作者简介

荆歌,号累翁,苏州人。20世纪90年代开始小说创作,在《人民文学》《收获》《十月》《当代》等核心文学期刊发表作品800余万字。曾受邀任香港浸会大学国际作家工作坊访问作家。出版有长篇小说《枪毙》《我们的爱情》《珠光宝气》等,中短篇小说集《八月之旅》《牙齿的尊严》等,散文集《闻香识人》《岁月的花朵》等,《诗巷不忧伤》《他们的塔》《音乐课》《记忆开出花来》等多部少儿长篇小说。小说集《八月之旅》选入《中国小说50强》丛书。另有作品被翻译至国外,多部作品被改编拍摄为电影。曾在杭州、苏州、宁波、成都等地举办个人书画展。

日月
西东

从苏州到马德里

荆歌 著

广西师范大学出版社
·桂林·

日月西东：从苏州到马德里
RIYUE XIDONG：CONG SUZHOU DAO MADELI

出版统筹：多　马
策　　划：多　马
责任编辑：吴义红
产品经理：多　加
书籍设计：鲁明静
篆　　刻：张泽南
责任技编：伍先林

图书在版编目（CIP）数据

日月西东：从苏州到马德里 / 荆歌著. --桂林：广西师范大学出版社，2021.5
（作家与故乡）
ISBN 978-7-5598-3650-2

Ⅰ. ①日… Ⅱ. ①荆… Ⅲ. ①中国文学－当代文学－作品综合集 Ⅳ. ①I217.2

中国版本图书馆 CIP 数据核字（2021）第 042641 号

广西师范大学出版社出版发行
（广西桂林市五里店路 9 号　邮政编码：541004）
　网址：http://www.bbtpress.com
出版人：黄轩庄
全国新华书店经销
湛江南华印务有限公司印刷
（广东省湛江市霞山区绿塘路 61 号　邮政编码：524002）
开本：880 mm × 1 230 mm　1/32
印张：10.75　　　字数：206 千
2021 年 5 月第 1 版　2021 年 5 月第 1 次印刷
印数：0 001~6 000 册　定价：69.80 元
如发现印装质量问题，影响阅读，请与出版社发行部门联系调换。

天上的云很白,

有人说,马德里人把棉花种到天上去了!

目 录

上编　马德里　　1

马德里你好　　3
马德里的春天　　11
马德里的华人社会　　12
8月的马德里　　16
火腿博物馆　　20
天生我材　　24
Usera图书馆　　28
西班牙小景　　29
海盗市场　　32
露天电影　　35
秘密花园　　38

西语不简单　　43

在马德里玩古　　48

马德里失踪案　　51

今年在马德里　　67

姐妹　　87

房东　　105

黑色的故事　　120

下编　苏州　　139

燕家巷　　141

蚕村或茧楼　　145

从文庙到定慧寺　　149

无限美丽之地　　156

才子书画　　160

窗外的四季　　163

关于苏州文化　　170

静之玄妙　　172

灵岩山　　175

两个艺术展　　180

青石弄5号　184

苏杭班　188

桃花坞　192

文化宫　198

熏风梅影　203

夜吃洞庭饭店　206

去向西山复东山　211

吃蟹记趣　215

黄焖河鳗　220

鸡头米　223

三虾面　226

既养性情又养胃　229

苏州四块肉　232

大厨毕建民　237

吃喝文章　241

老徐　245

读书精　249

水八仙　254

名士风流　258

因吃想高士　263

月饼还是爱苏式　266

平江路　　270

鸟事　　273

猫娘　　295

核雕的故事　　315

上编

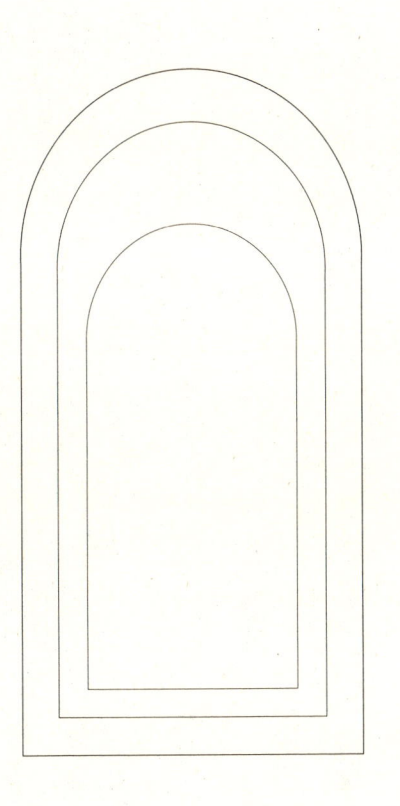

马德里

马德里你好

马德里的天很蓝。一年三百六十五天，有三百天以上，都是晴天。无论坐在窗口，还是走在路上，我经常都要忍不住抬起头来，看一看天。这天蓝得既陌生，又熟悉。陌生，是因为我也许有很多年很多年没有看到过这样的蓝天了吧！它只是仿佛在记忆中存留着。在我们小的时候，这样的天空，是经常可以看到的，并且是熟视无睹的。但是时至今日，它竟成了奢侈品。马德里的天空，经常是看不到一丝云，天瓦蓝瓦蓝的，又干净又深邃，仿佛是洗过的一样，好像是深得见不到底。它越往深处，越蓝，甚至蓝到发黑的样子。月亮不管圆缺，经常是挂在天空。我说的是白天。是的，在马德里，月亮经常在蓝天上悬挂着，像一片冰，或者天空的一个小缺口。天空有时候也会出现白云。那时候的天空，就更漂亮了。云干净得真的就像棉花，一朵，几朵，一缕，几缕，就那样浮在碧蓝的天空上。在马德里看天空，成了我最经常的活动。这对颈椎是有好处的，是吧？更对心灵有好处哇！心觉得很安静很安静。天空广阔，心于是也就广阔了。整个马德里没有几幢高楼,所以这个城市很容易就看到它的全貌。只要在一般的楼上,比方说我家的窗口吧,四楼,就能看到无限大的天空,以及天空下零乱而美丽的房子,许多都是红顶的。在我家的窗口,还能看到远处的雪山,那是瓜达拉马山,它并非终年积雪,只在冬天和春天能够看到它戴着白色的帽子。

拍了照片在微信朋友圈发图,得到了许多赞美和感叹。都是关于这天空的,这天空的纯净的蓝。有的说,这图,是P过的吗?有的说,蓝得太过分了!央视大美女王小丫则评论说:"蓝得不像话!"而更多的人,则发上来一个大哭的表情。为什么哭,我不说你也知道。多半是被这深邃纯净的蓝感动哭了,呵呵。

在马德里买房,基本就是因为这个蓝。说起来很不靠谱是不是?就因为广阔蔚蓝的天空,就决定在这里觅房而居。我买下了一套小房子,虽然小,但是三室一厅,厨卫里一应俱全。那是一个警察的房子,他工作的单位就在房子的旁边。是的,左前方那幢奇怪的建筑,就是警察局。他可能是因为两个儿子都渐渐大了,所以换了一套大房子住,就把这套卖掉了。我喜欢这里的环境,天辽地阔。而在道路的一边,摆放着一些长椅。我经常可以看到牵着狗的女人坐在椅子上发呆。也有支着手杖的老人,坐着打盹,当然,还有年轻的西班牙女郎,坐在椅子上抽烟。阳光灿烂,树影婆娑。

房子是经过了简单而精心的装修的。所有的材料都是真正环保的。因为房子不大，所以里面的设计非常巧妙。储物的功能很强大，因此生活也就很方便。我拿到房子以后，第一件事，就是把好朋友车前子书写的"累美轩"挂了起来。然后，从苏州带去的一块赏石，也摆放到了沙发边上。还有，香具、茶具，也都拿了出来。苏州的格调，在屋子弥漫开来。苏州人的生活，那种传统的悠闲雅致的文人生活情调，也就在这个南欧国家悄悄地展开。

　　我当然不是移民。我只是每年都会有几次到这里来住住。来看这里的蓝天，吸几口这里清洁甜美的空气。我开始学习西班牙语，觉得背背单词，一句一句地学，是一件挺有意思的事。我到书店找聂鲁达的诗，想看看他是如何将这些单词奇妙地组合到一起的。但是我没有找到，只买了一本希梅内斯的 Platero Y Yo（《小银和我》），希望自己能够慢慢地读懂它。就像剥一种外壳坚硬的果实，最终吃到里面的果仁，想来一定是特别的香甜。

　　当然，喜欢马德里的理由，是远不止这些的。

　　西班牙的食物，好像是很对中国人的胃口。无论是肉类，还是海鲜类，都不会感到不适。甚至是生吃火腿，我也丝毫没有感到不习惯。用手抓起一片片带着冻猪油一样白花花肥肉的生火腿片，送进嘴里，立刻有一种鲜香嫩滑的感觉让人胃口大开。我平时多吃一点肥肉，就会肠胃不适。但是奇怪，在西班牙，大嚼肥瘦相间的火腿肉，吃多少都没问题。其实，说火腿是生的并不科学，就像我们不会说松花蛋、酸菜和腐乳是生的一样。只是变熟的方法不同，其并非用火烤，而是自然风干发酵。还有橄榄油，直接从瓶子里倒出来，绿油油的，初榨的，用面包蘸了吃，好吃得不得了。据说西班牙人的健康，就是与橄榄油有关。经常食用，不易得心血管疾病。甚至在西班牙人嘴里，它几乎是包治百病的。初榨的橄榄油，是绿油油的。瓶子上会标明一个单词virgen，意思是"处女的"，呵呵。关键是西班牙橄榄太多了，腌制的青橄榄非常可口。橄榄油因此也多，又多又便宜。超市里品种繁多，都比国内的普通食用油便宜。在任何餐厅，有的咖啡厅，吃面包的时候，桌子上都摆放着小瓶的橄榄油。或者是塑料小包装的，一把拧开，绿色的油就流出来了。吃一个面包，可以搞掉它小半瓶橄榄油。可见，这是一个到处流油的国度，呵呵。

西班牙还是一个葡萄酒生产大国。我喜欢南欧红葡萄酒热烈浓郁的风格。作家苏童跟我讲，你在西班牙，一定要多喝那里的红酒！苏童说，十欧元的，就好得令人发指了！但是我在大大小小的超市里，看到的红酒，都没到十欧元的。都是一欧元、两欧元、三四欧元的。而这些折合成人民币只有十几元、几十元的红酒，其实也都是非常好喝的。还有水果，到处都是五彩缤纷的水果店。水果的标价，看起来和国内的水果差不多；但是，它们是以公斤卖的。

马德里还有多得数也数不清的美术馆、博物馆。这自然是更加能够吸引我的。这真是一个轻松浪漫的艺术之都。就是在街头、地铁上，也随处可以看到街头艺术家在表演。让我感到不解的是，我很少看到这些卖艺的人使用同一种乐器。有的在拉大提琴，有的是小提琴，有的把手风琴拉得好溜，有的则是两个老男人弹着吉他唱美妙的和声。有人一边弹吉他，一边嘴里咬一只口琴，搞得好像自己就是一个乐队似的。吹萨克斯的、吹小号的、跳弗拉明戈舞的、唱传统民歌的，还有演奏一些稀奇古怪的乐器的。不管是在教堂边，还是在地铁车厢里，演奏完一首曲子，总会有人掏出零钱。表演的和给钱的，都显出一种让人感到舒服的尊严和教养。

我还喜欢逛马德里的古玩店。古玩店里中国古董很少，但是西洋的钟表、家具、珠宝首饰不少。老外卖东西比较实在，老的就是老的，新的就是新的，不瞎掰，不蒙人。当然，很难讨价还价。他开价一百欧元，你如果说五十行不行，人家就会很反感，根本不会再和你多商量。我还遇到过一家很奇怪的店，里面的东西，凡是我看得上眼的，拿起来问价，他都说不卖。他是真的不卖，不是卖关子。我就不明白了，他什么都不卖，放在这里干什么？他开这个古董店又是为了什么？也许，他只是玩玩。他喜欢这些东西，陈列在这个店铺里，希望有人过来欣赏，与他分享，是这样吗？

在马德里附近的托莱多小城，有一家非常有名的旧书店，老板长得很像憨豆先生。他的店里堆满了旧书，同时也有一些他收罗来的古董。我看到有一支羽毛笔十分有趣，它是用贝壳制成的"羽毛"。我曾经在英国买到过一个老的墨水瓶，是用乌木制成的。我想如果配上这支笔,那就有点意思了。但是"憨豆"坚决不卖。我跟他商量,能不能多出一点钱,割爱给我?他还是坚持不卖。一点商量的余地都没有。我有点生他的气,觉得东西放在店里,人家看上了,却又不肯卖,这有点恶劣,好像是玩弄人嘛!但是后来,我在一个小酒吧里遇见他,他力邀我和他一起喝一杯啤酒,就像是老朋友一样。我就原谅他了,觉得他是一位很可爱的"憨豆先生"。

和国内一样,马德里的周日古董集市上,摊位很多,也算热闹,但是没有好东西。都是一些算不上古董的老物件,生活用品而已。地摊上最多的古董就是钥匙和照相机。不过洋人的钥匙确实漂亮,五花八门,非常艺术。但我不要钥匙。

说到钥匙,我的朋友、剧作家高锋兄以前和我同去马德里,在古玩店买了一只古董钟。带回家却发现它根本不能走。缺了很多东西,没有钟摆,也没有钥匙,连那个报时的时候敲响的铃铛,也没有。倒不是老外使坏,也不怪高兄粗心,而是当时店里好多人,搞得老板晕了,也就忘记了。年前我在马德里,自然要帮高锋兄把这些配件找到,让他的钟走起来。我去了那家古玩店N次,才把所有配件给弄齐。第一次去,人不在。按照门上挂着的电话号码打过去,说根本就不是开古董店的。第二次去,钥匙有了,钟摆也有了,但是呢,回来后发现那个铃铛还缺呢。又去,又不遇。再去,则说铃铛暂缺,让下礼拜再来取。

古老的钟,几经周折,当以年轻的步伐开始走动,是不是,高锋兄?

西班牙《联合时报》社离我家不远,位于胡利安·马里亚斯广场,一栋大楼的五楼,也就是顶楼。总编辑林先生是我的好朋友。我常常去他那里吃茶聊天。他们的大阳台,是个最好的观景台。阳台上能看到大半个马德里,密密麻麻的房子,在广阔的蓝天下红红黄黄地铺陈。就像积木一样,也像童话一般。林总和我不一样,他喜欢吃中餐。他好多次请我吃饭,都是选择了中餐馆。不过话说回来,那几家餐厅的中餐做得还真不错。但在马德里生活的时间里,我是不希望吃中餐的。林先生却说,这里中餐和国内不一样,不用味精,而且食材都好。他说得有点道理。但是我还是更愿意吃西班牙菜。无论是大餐,还是各种各样的小吃,都很对我胃口。比方说有一家奇葩小店,里面没有一张凳子,任何人进了店,都是站着吃。小小的店里,挤满了人。大家站着喝啤酒,吃名扬马德里的蜗牛。那蜗牛卤在一口大锅里,舀一碟出来,站着,两个人配合着:你端着,我就取一只蜗牛,用牙签挑出来吃;轮到你吃了,则我端着。用牙签挑出来,就着蜗牛壳里的卤水一起吸进嘴里,其鲜美,不可以言语道。

年前要回国了,林总说要给我饯行。这一次,我坚持说,我一定不吃中餐,要吃西班牙菜。他就把我带到一个教会学校的边上,一家据说很著名的西班牙餐厅。我们先是点了红酒,酒保开酒的技术,真是让人佩服。开瓶器扎进去,飞快地旋转,然后砰的一声,就OK了。请客人试酒,觉得不好就换。我毫不客气,嫌酒不够好。果然就换,并不觉得我们难侍候。最后竟然出店门,不知到什么地方弄了一瓶好酒来,于是开怀畅饮。

这一晚的海鲜饭,是我吃到的最好的西班牙海鲜饭。

马德里的春天

马德里的春天，花儿开得很艳。但是气候真的是变幻无常啊！突然一阵风雨，就会冷得让人要翻出羽绒服来穿。不过有的人就是不怕冷，他们依然穿着短袖，或者就是裸露着粗壮的大腿和丰满的酥胸。转瞬之间，阳光又金子一样重重地落下来，晒得人脸发烫。我在家里最爱做的事情就是坐在客厅里看窗外的天空。它总是有着纯净的蓝，飘浮着又白又干净的云。有人说，马德里的棉花都种到天上去了！云天是大风景，行云仿佛人生，无常且匆匆。可以厚重，也可以轻薄如风。今天下午风雨大作，之后，雨过风过，青天白云又来窗前展开无垠画卷。阳光斜射进来，照亮了餐桌上的酒和银杯，以及花生米。杯酒看云，日子是不见了，还是沉淀了，还是融化在了蓝天里，消散在了微风中？喝吧，老银杯里既有酒的香，也有银的气味。我熟悉这些气味，顺着它们踏上沉醉的小径。路边是鲜花，尽头是坟墓。就是这样，天空倒映出远方的故事，却不让你知道眼前发生的。

马德里的华人社会

通常周六周日，以及名目繁多的节假日，还有每天的下午2点到5点，商店都是关门的。而开着门的，往往是中国人的店。在中国人的观念里，有钱不赚显然是傻瓜。当然从另一个角度来看，也是中国人勤快的秉性使然吧。中国人有钱，这在西班牙人心目中，已经是美国人爱管闲事一样的常识了。所以在马德里，偷、抢的目标，通常是中国人，不光是那些大声嚷嚷、钱包鼓鼓、喜欢去奢侈品店扫货的中国游客，也包括当地的华侨，以及常年居住在马德里的中国人。据说老外身上一般不带钱，就是有钱也不会超过20欧元，所以偷他抢他基本是白费劲。而中国人喜欢用现金，钱包掏出来鼓鼓的，里面500欧元的钞票都有，难免不让人觊觎。来马德里之后，我也慢慢改变了习惯，出门只带一个零钱包，里面除了一张20欧元的钞票，其余都是硬币。反正马德里的消费不贵，有这点钱出门也够花了。据说比较爱偷钱的是罗姆人和南美人，还说对于罗姆妇女来说，偷钱是基本功，是守妇道的表现。作为一个罗姆女人，如果从来都没有偷过一次钱，那便是一个不合格的罗姆女人，甚至可以不配称为罗姆女人。但我想这里面肯定是存在偏见的，有小偷小摸爱好的人，在世界任何地方、任何族群中都应该是存在的。他们都说华人在西班牙的地位越来越高，因为生活在这里的华人勤劳朴实，不偷不抢，又有钱。可是我在马德里仅见的一次偷窃事件，小偷正是中国人。这个孩子应该不满18岁吧，他从游戏房里出来，抢了一个同胞的手机。一个飞快地逃，一个飞快地追，最后是不是追到了，不得而知，因为他们很快就消失了。开始还以为是两个孩子闹着玩，但后来听到追赶的人高喊了一句"帮我抓住他，他是小偷"，才明白真的是有人偷东西。围观的人都说，这个被偷的人太傻，喊得太复杂了，如果他简洁一点，只喊"小偷，小偷"，也许小偷就被大家抓住了。

马德里的华人，主要是浙江青田人，还有福建人。他们在这里的营生，大抵就是开店。百元店里，什么商品都有，大部分都是从中国进的货，价格便宜，许多节俭的老外也都喜欢买。马德里有一个货运码头，规模太大了，直通中国义乌的，集装箱码得几乎要看不见天空。但是说实话，质量与老外的产品比，还是有相当大的距离。我在百元店买了两把螺丝刀，中国产的，没用几次就坏了。头上的黑色部分，根本不是钨钢，而是涂上去的黑漆。后来又去老外店买了一把，那种坚硬，那种好使，真是不可同日而语。虽然说进入西班牙的货物，都会经过他们的检测，但是，凭着中国人的聪明智慧，应对老外的缺心眼，总有空子可钻。比方那个螺丝刀，用黑漆涂了，也没说是钨钢，你就不能说它不合格。但是消费者会误以为头子很硬，其实是蜡枪头。

生活在马德里的华人，普遍文化不高。他们都是家族式的、乡亲式的迁移。我接触到的很多华人，他们在这里生活，就是局限在邻里乡亲的圈子里，吃中国菜，说中国话，看中国电视。友谊通信或者乐视，200欧元一个机顶盒，就能收看到中国的几百个电视频道。有个餐厅老板，住在马德里已经20年了，至今说不来几句西班牙话，数数也只能数到三十。不过我发现，久居马德里的华人，他们待人接物的方式，与国内的中国人，渐渐产生了距离。毕竟是这方水土，空气始终是透明的，水从龙头里接了就能喝，食物嘛，谁都认为尽管放心吃。更为重要的是，大家都发现老外诚实，就是不喜欢骗人。所以久而久之，也慢慢简单实诚起来。我发现生活在这里的华人，不管文化如何，都彬彬有礼的，脸上是和和气气的表情，眼睛里是友善的光，也乐于助人。

有些人也会去语言学校学一点西语。比方友谊通信一家门店的老板娘的儿子，刚从国内过来，他就每天用两个小时去上收费的语言班。这些孩子可能和他们的父辈不一样，慢慢就能融入西班牙社会。当然更年轻的，那些在西班牙出生的孩子，移民的二代、三代，他们进学校读书，和西班牙孩子在一起，读西班牙书，长大以后就是西班牙人了。当然，也有华人对西班牙的教育不以为意，认为这里的学校，根本就不教什么，孩子在学校整天就是玩。于是他们不放心，就把孩子送回国内读书。他们觉得老师就应该严格,学校就应该拼命给孩子布置作业,多考试,这样才能学到真本事。其实他们没有往深里想一想,如果老外的学校只是玩,什么都不教,他们怎么立国?西班牙的教育、医疗、科技、文化艺术,在欧洲都是领先的,当然在世界上也是领先的,这些难道都是玩出来的吗?是从天上掉下来的吗?

  生活在这里的华人,普遍都特别爱国,当然是爱中国。中国运动员得了奥运奖牌,大家特别高兴;孙杨被老外数落,大家感觉是打了自己的脸。和他们聊起中国,都认为中国好,中国生机勃勃,中国强大,中国的地铁、高速公路都不比西班牙的差,高楼大厦也比马德里多,中国的生活充满乐趣。有些人还认为,虽然西班牙不像英国法国那样排华,但是政府、司法之类的,还是欺负中国人。比方有华人在这里从事不法活动,被判了刑,他们就认为其实不该判这么重,法官偏心。但是他们还是不想回国生活,为什么?回答说,这里的空气好,食物好,医疗好,东西便宜,而且生活压力不大,挺自在。买汽车也便宜,道路通常不收费。

8月的马德里

8月的马德里，真的是骄阳似火。因为空气是透明的，阳光就金属般无所阻碍地、重重地落下来。似乎能听到它落到地上的清脆的声音。红色的屋顶上，人车稀少的马路上，所有地方，都是阳光落脚的地方。如果没有在马德里居住，是很难体会到一个全年三百多天都是晴天的地方，究竟是什么样子的。空气像玻璃一样透明，阳光便无所遮挡。眼睛里的世界，除了蓝色，就是金色。所以马德里人看上去都是黑黝黝的，但是从未见到有人打伞啊。这么毒的太阳，要是在中国，那必定满街都是遮阳伞。其实应该在马德里倡导用伞，那将是一笔多大的生意呀！

本来西班牙人就喜欢午休，下午2点到5点，几乎所有的商店都关门了，开着的只是中国人的店。8月的马德里街头，走出去看看，是要让人禁不住大吃一惊的。大白天虽然不会见到鬼，但是，大白天见不到人，也是一件恐怖的事情吧！午休时间的马德里，多么像是一座空城啊！所有的马路，都白花花地流淌着阳光。停在马路边的车，一动不动，就像一切都被施了魔法，一切都是静止的。如果走到树荫下，或者建筑物浓黑的阴影里，则会感到微风是那么的清凉。这时候看马德里的天空，似乎越发的蓝，越发亮。马德里因为没有高房子，所以天空看上去特别大，特别辽阔。空中什么都没有，只有一些鸟儿，被阳光和风弹来弹去。鸟儿和飞机，在清洁的空中，特别地显眼。但是透明空气里被阳光镀得锃亮的飞机，它以金属的外壳，显示出与众生的不同。这种感觉，是冷酷而傲慢的，与鸟儿羽毛的柔软完全不同。

人少，这是马德里8月最显著的特征。在世界级名品街塞拉诺，放眼望去，居然看不到几个人。当然也看不到几家开门的店。开始我想，这西班牙的经济，确实是不景气呀，这样一条寸土寸金的大街，居然也在烈日下凝固了，不流动了。但是有人说，这都是因为8月。8月，许多马德里人都有了充分的理由休息。有钱的没钱的，都离开马德里度假去了，或者去南方的马拉加、马略卡，或者去北方的桑坦德、圣塞瓦斯蒂安和毕尔巴鄂。他们到了海边，其实也是晒太阳。但是，躺在优质的蓝旗海滩，吹着海风，听着海浪的声音晒太阳，尤其是花了钱晒太阳，与在马德里被晒，感受一定是大不一样的。许多事情都是这样的，主动就是娱乐和享受，被动就成了苦役。花钱的事情干起来就是开心，而清风明月无须花钱，则常常是熟视无睹的。

8月，许多其实非常重要的政府机构都几乎停止办公了。据说交通部也不上班。我随朋友去了一趟马德里一号法院，也被告知，相关事宜请于9月份前来商办。大家都走了，去海边了，去

上编　马德里

马拉加了，你还能在办公室里坐得住？我甚至猜想，一些小偷也自动休假了。辛辛苦苦偷了一年，到了8月，也该歇歇啦！一直听说西班牙的小偷挺厉害，丝毫不逊色于意大利的。上街最好不要背包，最好时刻捂住自己的钱包。但是在8月，我发现街上并没有什么形迹可疑的人，因为街上也几乎没有人。在名品街塞拉诺看见两个乞丐，也是懒懒的。其中一位似乎还有点精神气，见了人，还会嘀咕几句先生行行好，给几个子儿，恭喜发财。而另一个，则呆呆地坐在地上，靠着墙，似睡非睡，钱都懒得要呢！不过我很快发现他确实没有睡着，他慢吞吞地掏出一支雪茄，很陶醉地抽了起来。

妻子最高兴的是，与在苏州家里不同，她洗出来的衣裳，都不用放到阳光下，总是一会儿就干了。她是个浆洗爱好者，在苏州，若是连续阴雨，若是在梅雨季节，她一定是愁眉苦脸的。因为她一批批洗出来的东西，几天甚至一礼拜都不干，晾得到处都是，可她还在洗。而在马德里，早上晾出来的衣服，还没到吃午饭，就干得不敢再晾了，再晾就会变脆，就要褪色了！我在书房里画画儿，泼再多的墨，纸转眼就干了。钱也是脆脆的，打开钱包抽出一张来，我经常怀疑它其实是一张假钞！真的钞票，难道是这样的手感吗？抖一抖它，发出这样干脆声音的，难道是一张真的钞票吗？

8月，我在马德里，把几重窗帘都放下来，躲在屋子里读书、画画儿。等到太阳落下去，就走到街上，感受这座城市的生机。

星空下，马德里似乎才变得年轻，变得那么活力四射。马路上飙车的，广场上玩滑板的、跳街舞的，树荫下聊天的，马路边喝酒的，还有路上情侣们亲热相拥的。还有一些男同志女同志，大大方方地手挽手，或者勾肩搭背，或者就是完全不避路人地热吻。

虽然白天那么热，但是子夜过后，就凉爽了。早上 10 点钟我下楼，一阵风来，我竟打了个寒战。

火腿博物馆

马德里有太多的博物馆，说它是"博物馆之都"实不为过，这也是我喜欢它的原因之一。说什么钱多，多得可以买下多少个城市甚至国家，那钱是什么？是印刷机上印出来的红红绿绿的钞票吗？其实马德里才是有钱的地方，博物馆就是钱，达利、毕加索、戈雅、委拉斯开兹、里贝拉，这些人流芳于世的作品，才是真正的财富——不光是精神上的，也是物质上的，如果把它们卖掉，那当然是可以去买下别人的城池和国家的。

除了普拉多美术馆（他们好像博物馆和美术馆不分哦，都是museo）、索菲亚王后国家艺术中心、提森博物馆、国立考古博物馆这样的正规军，西班牙的另类博物馆五花八门、应有尽有。斗牛博物馆、海事博物馆、性博物馆、酷刑博物馆，甚至还有分手博物馆。

当然，说起西班牙，人们首先想到的是斗牛、足球和火腿。我就来说一说火腿博物馆吧。这个博物馆，其实是一家著名的连锁餐厅。在马德里，好像到处都能见到它。太阳门广场那里有，马约尔广场那里有，西班牙广场那里有，离我家不远，也有一家。

顺着 Usera 街一直往下走，慢慢走，估计半小时不到，就可以来到曼萨纳雷斯河边，就可以看到这里的火腿博物馆了。站在宽阔的大桥上四顾，火腿博物馆大楼虽然算不上巍峨，却也十分显眼。因为它的墙上，说广告也好，说涂鸦也好，花花绿绿的，无非都是火腿。

许多人对生吃火腿感到不习惯，但在我看来，实在是好吃。其实地中海的食物，中国人应该喜欢。比如火腿，它略咸，有着腌制品的鲜美。那切得薄薄的、连精带肥的一片，用手抓起来塞进嘴里，那种鲜香嫩滑的味道，真是迷人。仿佛是一种会让人上瘾的东西，一到嘴里，疲惫慵懒的，立马就精神起来了。

博物馆的大餐厅里，到处都是火腿。所有的墙壁，以及天花板，都是由火腿组成。排得密密的、整整齐齐的，有着不同颜色的标记。不同的产地，不同的猪，不同的年份，当然必须是不同的价格。一些火腿的下端，倒插着一个伞状的小东西，那是为了接住火腿滴下来的油。切火腿是个技术活，一点都不比削北京烤鸭容易。在西班牙，削火腿在学校里有此专业，学上一年半载，就是学怎么削火腿。

西班牙的物价比较便宜，这样的专业餐厅，人均消费 15～25 欧元。我们每次去，两个人都吃剩打包，消费人民币不过百余元。

第一次去的时候,我见识了餐厅的牛气。有对西班牙老夫妇,坐下来半天不见上菜,老先生来火了,嗓门奇大,还以手捶桌。但是柜台里留着两撇达利胡子的老头不但没有过来解释赔笑脸,反而以同样高的嗓门回敬道:"你要是不满意,可以走!"老夫妇立刻站起身来,扬长而去。而"达利胡子"则冲过去端起桌上刚才免费赠送的面包,狠狠地砸在垃圾桶里。其声音之响,就如燃放了一个炮仗。

西班牙人坦诚、真实、自然,如此对待顾客,并非服务不好,而是性情的自然流露。绝大多数时候,他们都是热情友善的。他们的服务,不是程式化的,不是装出来的,不是套路。我在国内,陪妻子去逛商场,最烦的就是那些导购小姐,她一见到你,就背诵几句"欢迎光临",那语气语调,怎么听怎么不舒服。然后就是盯梢一样紧贴着你,你到哪,她到哪,你还没有看上一件衣服,她就让你"喜欢可以试一下"。你对她说,不要跟着,我自己看,有需要的时候会请你过来。她却坚持说"没关系"。然后呢,不管是不是适合你,她都会拿来让你试。"试试嘛,又没关系!"在她眼里,每一件衣服都是适合你的。而在西班牙,服务人员没事不来打扰你,你可以自由地逛,尽情地逛,当你需要她的时候,她会立刻过来,语言和笑容,都是真诚的,不是背诵,而是真正的交流和服务。

火腿博物馆的尤维雅小姐就是一位十分活泼可爱的服务员。她青春精巧的身影,不停地在餐厅里穿梭。只要你一举手,她就飘然而至,问你有什么需要。你有什么问题问她,她一定会回答你,还会教你想要知道的西语单词。当我夸她漂亮的时候,她羞涩而快乐,亲昵地用她的粉拳,在我的肩膀上捶打一下。

天生我材

西班牙有很多帅哥美女，但也有很多胖子。一些人的体型，让我想起苏州人损人体胖为"柏油桶"。什么是"柏油桶"？马德里的街头，就有许多活样本。而更有一些超级胖子，在我看来，已经到了行动困难的地步。但是，在实际生活中，他们好像并没太大问题。我家的地漏有点毛病，朋友请来他两个邻居，据说这二人的关系是未来翁婿，但看年纪，也分辨不出谁是长辈。天哟，他们一样胖。两个人提了工具来我家，家里顿时显得十分拥挤，似乎采光也一下子变差了。而过来安装煤气的一个小伙子，也是一个胖子，我看他的背影，几乎就是方的。他文身，打着耳钉，有着时尚的发型。他要是瘦掉个一半，或者三分之二，也许就是个帅哥。但是胖似乎并没有妨碍他们工作，装煤气的小伙子，活儿干得非常漂亮。那对翁婿，则有点"捣糨糊"，收了钱，却并没有把问题解决。我猜他们根本不是专业的工人，而是朋友看在邻居的分上拉过来让他们赚我们50欧元的。当然活儿干得好不好，和胖不胖显然没有关系，这点必须强调。

有些姑娘，面容真是姣好，双肩也算秀气，上身非常漂亮。但是，却有硕大的臀部和奇粗无比的双腿。真是遗憾哪，我真的为她们感到遗憾！由此也引发了我对此的思考：这到底是为什么？

我想除了人种，除了食物结构，其主要原因，是他们的生活习惯太有问题了。马德里与北京时间，相差七个小时，夏天这里实行夏令时，就差六个小时。但是在我看来，其实是有十个小时的时差的。因为，晚上10点，马德里的天空才真正收尽夕阳余晖，天才真正暗下来。而在苏州，即使是夏季，晚上7点应该天就黑了吧。而马德里人民，似乎非得等到天黑才吃晚餐。他们一天的饮食，通常有四到五餐，而晚餐一般就会放在9点到10点。老外和我们吃饭不一样，咱们都是正经地吃，从前老人家总是教导我们，吃饭要坐端正，不能说话。我们要是在家里吃饭，估计半小时肯定搞定了。但是西班牙人喜欢慢慢吃，似乎聊天才是正经事，而吃点喝点则是附带。细嚼慢咽当然有助消化，比狼吞虎咽要健康得多，但是，一吃几个小时，也有点太过分了吧？如果早一点，吃到11点，再磨蹭一点，就吃到12点。这么晚，擦擦嘴就得洗洗睡了。

我们在苏州，晚上9点以后，除了茶水，是什么东西都不吃了。这样到12点钟就寝，胃肠里基本消化得差不多了，因此肠胃就不会有什么负担。消夜的习惯，绝对是于健康有害的。但是在马德里，我不知不觉就跟上了他们的节奏，每天也是几乎临到睡觉才吃晚饭。这样一来，天天胃里积食，实在不是好事情。我估计老外的肥胖，多半与此有关。

在马德里，我一直有点分不清那些小店，哪个是酒吧，哪个是咖啡店，哪个是tapas（小吃店），哪个是冷饮店，哪个是饭店，哪个是赌场。许多时候，这些功能集于一身。而且它们的桌椅，常常延伸到店外。小小的店，外面却有好多座位，甚至还有非常豪华舒适的沙发。也没有城管来取缔它们。马德里的天空，一直是碧蓝碧蓝的，空气始终是清凉透明的。哪怕是骄阳当头，只要是树荫下，在建筑物的阴影里，在这些小店沿街支起来的大伞底下，感觉就是很舒适，风凉凉的，街道上的一切和天空一样，都是清晰明澈的。这样坐下来，要一杯喝的，果汁或者可乐，或者啤酒，就着奉送的薯片，聊聊天，看看行人。或者点份简餐，慢慢吃。日子过得真的很舒坦，心宽也就体胖，顺理成章的事啊。

世界上原无所谓胖子瘦子，因为有了瘦子，也就有了所谓的胖子。如果很多胖子，那么胖子的体型也就算是正常。我以小人之心度中国的胖子，他们应该多半有些自卑吧。但是在马德里，我通过观察得出结论：胖子们心理大多健康，并没觉得自己胖成这样有多难看，更没觉得是做错了什么。他们坦然地接受他们的胖，并不隐藏他们的胖，女士一样穿紧身衣，一样穿很少的衣服，露出肩背，露出酥胸，当然她们的胸想藏也藏不住。她们还穿很短的短裤，穿露脐装，坦陈她们脂肪丰厚的肚子。这样好哇，胖得坦然，胖得快乐，胖得不卑不亢，胖也就不成其为一个问题了。健康的敌人有很多很多，胖既不是唯一，也不是必然。人生自古谁无死？肉与骨，终究灰飞烟灭。

Usera 图书馆

离家不远就是 Usera 图书馆，它在马德里算是比较高的建筑了。它在一座小山上，白云经常在窗口来来去去，把它擦拭得干干净净。我经常在窗口打量它，想象里面坐了些怎样的读者，仿佛能听到沙沙翻动书页的声音。因为语言不通，我想里面那么多的书，对我来说应该是完全陌生的，它们整整齐齐地排列着，优雅而冷漠。终于有一天，我走了进去，我自然是看到了塞万提斯，看到了希梅内斯，看到了聂鲁达、马尔克斯、米斯特拉尔，还看到了毕加索的诗集。可是中国书我一本都没看到。在世界各地，中餐馆很多，中国书真的很少。

西班牙小景

西班牙作家阿索林有一本名为《西班牙小景》的书,薄薄的,20世纪80年代福建人民出版社出了中译本,是徐霞村和戴望舒翻译的,当时才几毛钱。

我印象中,这是一本细腻、琐碎、陈旧,而又敏感、忧郁的书。年轻的时候读它,感到它的情怀和它所描绘的国度离我都是远得不能再远的。

最近几年,常常来马德里小住,所以又想起这本书。可是,寻遍了书柜,都找不到它了。它哪里去了呢?是被什么人借去一直没有还给我吗?

北京的龙冬兄非常喜欢这本书,他可能觉得阿索林是中国的汪曾祺一样的作家吧,他几次都对我说,你在西班牙啊?写一本阿索林这样的书吧。

我写不出这样的书,但是,我有了重新去阅读它的愿望。隔了这么多年,人生的阅历有了增长,对西班牙的了解,也与年轻时候大不一样了。现在再来读阿索林这本书,又会有什么样的感受呢？

我到网上去买，结果买到的不是一本严格意义上的书，只是人家复印了装订成册的。

阿索林生活的年代，是西班牙最不好的年代吧。他在19世纪出生，他去世的时候，我差不多刚生下来。

很小的时候，我喜欢往城郊跑，去看那些蒲公英。夏天，它们是数不清的太阳；秋天，它们化作一颗颗蓬松且神秘的银球，伴着西风，散得满身、满眼、满心、满世界都是。蟋蟀和我，一道为它们送行。

有一次，和家人说起这些蒲公英时，他们怀疑地问："哪里有那么多蒲公英？你撒谎吧？""真的，"我回答，"就在那边，所有的蒲公英，都长在那些小土包附近，那里还有小牌子呢……"

"天，那是人家的坟地！以后不许再去了！"大人呵斥道。

以后，我还是偷偷去那里玩。坟地的外面原来竟这样好，坟地里面如何呢？没人知道。我猜，那是一个幽深的境地，没有蟋蟀，没有蒲公英，也没有幼儿园。

"冬天来了它们会死的。"——有一年，当我在冬天想到蟋蟀时，心里产生了一种奇怪的感觉。

重读这样的文字，我才发现，我记忆中对阿索林《西班牙小景》这本书的印象，大致是没有错。

今天我在马德里，无论是在哪儿，都无法让眼前的图景与印象中的阿索林世界重叠。马德里给我的感觉是生机勃勃的，即使是空旷的街道和空旷的时间，它也一点都不忧郁，它给我的印象是一个废话连篇的城市，到处都在喋喋不休，或者唱着有点浮夸的歌。

那么阿索林这种近乎忧郁少年的细腻，在哪里可以寻找到呢？阿索林不是出生在马德里，但他卒于马德里，应该有许多文字，都是与马德里有关吧？

是不是要去附近的托莱多和塞哥维亚、阿维拉寻找？但是我发现那里也都成了欢乐的小镇，在古典的建筑里，在流淌过漫长时间的街道，也只有游人的肤浅笑声。

难道说对于西班牙来说，忧伤已经成为过去，古典的一切，都只能在博物馆里接触到了？

我和这里的人语言不通，我想即使可以有粗浅的交谈，也不会触摸到阿索林式的忧伤。

胡里奥情歌里的忧伤，还有弗拉明戈里的忧伤，我无法将它们与现实的马德里生活联系到一起。

只有某一个深夜，从远处传来一阵似有若无的哭泣，才让我想起，生活里终究是会有忧伤的。阿索林之于西班牙，他不是过去时，而是一代代人抽屉里隐秘的日记，记录着浮夸世相下面西班牙人深刻的情感。

海盗市场

以前每到星期四,我就要去 Plaza Elíptica(椭圆广场)那里的海盗市场,那儿离家不过步行十多分钟,那是个热火朝天的地方,卖什么的都有,最多的就是水果和蔬菜,价格可是真便宜!有的摊位上,一欧元能买到一公斤西红柿。因此所有的人都买买买,我也是。都是打算要把一个星期吃的东西都买足、买够了,在冰箱里储存起来。冰箱的空间不够,就把土豆、西红柿这些不太容易坏的东西,直接存放在厨房的地上。

在市场上,也会遇见熟人,此时就要互通一些信息,比方说,哪个摊位上的东西新鲜,虽然比别人略贵一点,但是物有所值;而那对玻利维亚兄弟,我们最好别去买他们的水果,因为他们会把烂水果夹杂在里面卖给你。

其实下个周四又到来的时候,我们才发现,上周四买回来的东西还没有吃完,其实都是没有吃完的,有时候会剩下很多。那还去吗?还是要去,因为便宜呀!剩下的就不要了呗,扔了,再去买新鲜的。

有一天我突然醒悟，其实这样买，一点都不便宜。因为海盗市场和超市毕竟不同，超市的东西，尽管是比那儿贵，但是，东西都有一样是一样。更重要的是，超市的东西，是你确实想要才买的，而海盗市场拖回来的东西，许多都吃不完，最后都是扔掉的。认真地算一下，烂的不少，扔掉又很多，其实是吃亏了，比零零碎碎去超市买要贵了很多。

所以后来我就再也不去了。

但是每逢星期四我路过那里，还是看到人山人海，有的马德里人是全家出动，你背他扛，把一星期肯定消费不完的水果和蔬菜运回家，就像蚂蚁搬食物一样。有的老头老太，路都走得不好了，每一步皆摇摇晃晃，也推着轮椅，或者婴儿车，去海盗市场搬运食物。

所以我得出结论，马德里贪图便宜的人，还真不少。Usera中国人开的百元店里，充斥着大量来自义乌的小商品，我因为在国内见到太多这样的商品，对它们有着一种近乎本能的抵触，所以很少购买。但是，它却生意兴隆，马德里人民似乎很爱它，因为它便宜。

我的邻居马丽亚大婶是个罗姆人，有时候路过她家，她就会把我叫住，让我去买她家里的水果。她家并不生产水果，但她经常向我推销甜瓜、黄桃、西红柿、橙子和草莓。这些东西是哪里来的呢？我猜，多半是她从海盗市场上买来的。不过她卖得很便宜，比超市便宜很多，但我相信，比海盗市场一定略贵，否则她就没有利润了。

只要她叫我，我都会买上几斤，因为情面难却，而且，毕竟比超市要便宜一些。与海盗市场不同的是，我不会因为太过便宜而买得过多，以至于最后因为吃不掉而浪费。

露天电影

警察局边上有一块空地,经常会在周五的晚上放映露天电影。

一直以为露天电影是20世纪六七十年代中国乡镇所特有的现象,没想到今天的马德里,还会有这种群众文艺样式。

银幕不大,其实是投影电视。观众也不多,估计不会满百吧。常常是一家老小,还有推着婴儿车、腆着大肚子的女人。他们坐在广阔的天空下,看得津津有味。

天空那是广阔!因为地处一个小山顶上,而马德里又没有高房子,所以四顾夜色,一片辽阔。

有时候黄昏我去散步,也会站在那里看上一看。

电影都不好看,但是站在那里,却有一种特别的乐趣。这感觉,和我小时候在乡政府的广场上看露天电影完全不一样,因为那时候看,可是人山人海。而这个地方,它冷清得怪异,让我莫名想起川端康成笔下的马戏团表演,就是这样,在天远地僻的地方,观众寥寥,银幕上的故事,看上去有几分孤寂,音乐也是绝对的异国情调的，与树木青草和花的香味一起在黑暗中弥散。婴儿车里，则不时会发出几声啼哭，顽童也会离开座位逃来追去，大人并不去管他们。有人点上了烟斗，烟草的香味和一些夜不归巢的鸟儿一起在人们的头顶上飞来飞去。夜晚的天空依然是那么的蓝，蓝得浓郁而纯净，是宝蓝色吧。还能看到白云，云在黑夜里还是白的，白得像棉花，蓬松而清洁。白云很低，低到似乎要碰着你的头发了。或者你伸一个懒腰，双手就插进云里去了。星星很亮，你要看到几颗就能看到几颗，而移动的亮点，并非星星，而是起降于马德里的航班。因为边上就是警察局，所以不时地有警车开出去，或者开进来。不管是进来还是出去，警车都是没有声音的。但是一旦它们开到小山脚下的大马路上，就会怪物一样呼啸起来。警笛的鸣叫，是在昭示着这个城市的平静呢，还是不安？

偶然有一次，星期五的晚上，警察局边上的小广场上，没有放映电影，而是搭起了一个小戏台。两个马德里小丑，在台上说话说得比Rap还要嗨，语速快到一小时可以将一部长篇小说念完。他们在说些什么？我当然听不明白。但是为什么观众们也似乎不明白呢？无论大人还是小孩，他们一点都不为所动，没有笑，也没有掌声。坐在最前面的几个孩子，玩偶一样可爱，她们的表情，是近乎呆滞的。而其他的人，则在忙于吃薯片和嗑瓜子。是的，马德里人和中国人一样爱嗑瓜子，而且他们好像更喜欢到公园、广场这样的公共场合嗑。瓜子壳从嘴里喷出来，飘落到地上，这样确实很潇洒。

经常是，我坐在家里伴着窗外透进来的清凉的晚风读书，一阵音乐传过来，断断续续，走着调儿，我就知道，今天又是星期五了，警察局边上的空地上，露天电影又开始了。

秘密花园

到马德里买房,纯属冲动消费。

那是一个"双十一",我和几位好友第一次踏上伊比利亚半岛灿烂的土地。蓝天、白云、阳光,以及漂亮的建筑,还有热情的食物,一切都让作为游客的我们感到欣喜。

一位当地的朋友,不知怎么就说起了马德里的低房价,与国内的房价涨上天,恍若隔世!这让我们顿时有了天方夜谭式的恍惚。

于是我马上决定去看房,好像房子才是西班牙的珠宝,才是马德里的第一风景。

这套面积不大的房子,位于马德里 Usera 区一座小山上,它在属于我之前,是一位警察一家四口的住宅。站在小小的阳台上,几乎半个马德里城尽收眼底,红顶白墙的建筑,像古典油画一样展现在我面前。

还能看到晚霞千里,还能看到皓月当空,还能看到远方雄伟的瓜达拉马雪山。

我和爱人当即决定，要下这套房子，立刻付了定金。

我把这个消息告诉给国内的女儿，她说："'双十一'都在买买买，你们竟然买了一套外国房子！"

因此第一次的西班牙之旅，我们完全沉浸在买房的兴奋中。仿佛戴上了一副奇幻的眼镜，看什么都是炫目的，又都是不真实的、模糊而虚幻的。

于是有了第二次、第三次，乃至无数次的飞行，飞往伊比利亚，飞往马德里。

第二次来，就进行了房产交割。中介带我们到了公证处，原来的房东警察先生也来了，他可是一个名副其实的西班牙大帅哥！一手交钱一手交房，我发现，他的脸上始终都没有笑容。但这并没有给我带来不快，反倒让我内心窃喜。我是这么想的，这个房子，他一定很是珍爱，他为什么要卖掉？卖掉总有他的理由吧！但他显然是心有不舍的，那么，我就是捡到了一个便宜，是不是？

是呀，这么好的房子，虽然面积不大，却结构合理，装修得也非常漂亮，里面生活用品一应俱全。房间的灯光、色调，以及窗帘的选择，都证明了原主人是有非常高的审美格调的。

我没想让自己成为马德里人！前世今生都没有，来生也不会。只是喜欢这里的天，喜欢这里的云，喜欢这里透明的空气和到处的绿，以及众多的博物馆、美术馆，整个马德里，到处洋溢着艺术的气氛，这是一种新鲜的、轻松的、不受拘束的空气。

我到这里来，不是来安家，而是来度假，来看看风景，来这个离家万里的"别处"读书、写作、画画，来享受美好的食物和水以及早已在固化生活里沉睡的激情。

这里毕竟不是我的故乡，这里的语言，这里的风土，这里一切的一切，都只能作为景物被观赏，而无法成为体温被触摸。

我非常清楚这一点，我们不可能成为马德里人。这几乎只是命运租借给我们的一个远方的园子，我们可以偶尔过来扫去落叶，将这有限的空间擦拭得窗明几净，然后春看花，秋赏月，比如做一次梦游，权当归一回山林。

也许过不了多久，我就会对原本新鲜的这一切，漠然视之，忽而生厌。或者因为山重水复、海遥天远，从而不胜其累，不胜其烦，倦鸟归林。他乡从来都不是故乡。

但是，最初的兴奋，在我的世界里，迟迟没有退去。

回到国内，凡说起西班牙，说起马德里，说起我的房子，我都喜形于色。这儿美丽的天空、文艺的世相，也成为我微信朋友圈晒出来的主要内容。

看到有人对此表示羡慕，我竟有了一点奢望，为什么不让一些好朋友也过来这里，奇文共赏呢？如果能有三五志趣相投、性情相近的朋友，相约同来，携手同归，在这遥远异乡，那真是什么都不缺了！它将是美丽大世界里的一个美妙小世界，它将成为一个异乡的故乡，一个国中之国，一个伊甸园里的特区，一个四季之外的秘密花园。

所以凡有朋友咨询西班牙买房事宜，我必不厌其烦，不厌其详，倒像我就是中介，倒像我就是移民局。我也毫无保留地把熟识的中介推给朋友，以为他们也像我一样会爱上马德里，爱上这里的一切，希望他们梦想成真，希望他们早来这里，一起创造美丽小世界。

四处去看房是有乐趣的，深入一个个马德里人的家庭，看各种不同的房子，看他们迥异的生活情趣，他们房子里的装修，他们摆放的不同的家具，他们墙上的画，他们柜子上的照片，他们阳台上的花，他们玻璃柜里的工艺品，甚至他们床头柜上的影碟和枕畔的书。

马德里有太多的好地方，不同的区，呈现出不同的色彩和风范。有的就像在花园里，有的则仿佛与童话为邻。但是，许多地方看下来，我觉得最适合我生活的，还是 Usera，因为这里生活方便，可以买到各种需要的东西，可以吃到各种可口的食物，尤其是中餐。

所以我想，如果有更多文化趣味相投的朋友来，每年约好了一段时间聚会于此，非世外却是桃源，亦梦亦真，若前世似来生，那是多么开心哪！

然而人心难测，热心招来是非，果然不是说着玩的。种瓜得豆，助人反遭诬，这样的事是如此无情地从天而降，叫人猝不及防。有人竟然罔顾事实，恶意猜测，泼我一身污水，让我悔恨交加，一时间心灰意冷，顿觉了无生趣。

人的内心，有多少光鲜外表下的阴沟，暗藏着看不见的肮脏臭水呢？

明净的蓝天里没有这些，白云就像种到天上的棉花，一朵朵没有纤毫的杂尘，还有那满街的音乐和笑容，还有那飘着香水味和咖啡香的街道，那挂着小灯笼一样的甜橙的道旁树，这种种的美好中，一不小心，竟泛起了无比的苦涩！

"阳光下的泡沫，一戳就破！"我的脑海里，响起了这句歌词。

呼朋引伴的肥皂泡，突然之间破了，碎了，在南欧的阳光下，不要留下一点痕迹，好吗？

就让我在季节的缝隙中，来到这里，来看雪山，来看碧海青天，来看毕加索和达利，来看甜橙树，来看德波神殿的落日，来看托莱多桥下曼萨纳雷斯河的清波，来看马德里8月的空旷和正午的宁静，来看健美的西班牙女郎，也来看我的孤独！

孤独是必需的，也是美好而安全的。

在这里，我不需要用语言和这个世界交流。我只是一片流云，拂过晚风的清凉；我只是一名观众，闲看马德里的精彩；我只是一个散步者在异乡，踩踏在别人古老的马路上，不留一个足印。

我在凌空的小屋里体验生命，在无根的时间里遥望故土，我用伊比利亚半岛上几乎无人能懂的文字写作，发回我的故乡。

西语不简单

一位好朋友曾多次对我说，学外语其实很简单。第一次听他这么说，我感到很是诧异。因为在我看来，世界上有很多很难的事，比如判断一件古董的真伪，比如让爱人的心永远都不要变，再比如，就是学外语。但是，他居然认为简单，难道这是他的真心话吗？后来，他又说，他再三说，我就有点相信了。而且我发现，长期生活在国内的这哥们，好像英语确实说得不错。对此，我还专门向一些国际友人求证，其中一位美国美女和一位爱尔兰美女，她们都认识我这哥们，关于他的英语水平是不是真的不错，她们的答案竟然那么一致：是呀，和他用英语交流完全没有问题呀！这令我对他肃然起敬，他真是一个学习外语的天才呀！不过我对他"其实很简单"的论调，至今还是持怀疑态度。他之所以英语程度不错，觉得"简单"，是因为他其实是下了很大功夫的。我肯定，他虽然身在中国，但是放眼全球，天天都会用另一种语言说一说、读一读，背一些单词和句子、文章。当然我知道他这么做，不是纯粹学着玩、说着玩，而是因为每年他都会去很多地方，经常会和汉语之外的作家交往，掌握一门世界通行的外语，实在是十分必要。

我的生活自从变成了每年都会有一段或者两段相对长的时间去马德里小住，语言问题就很严峻地摆在了面前。西班牙人当然不说汉语，也不说英语。你在西班牙生活，你到店里去吃饭或者喝咖啡，你用英语问他们 Wi-Fi，他们经常会表示听不懂。不知道他们是真不懂还是装的。在我看来，很多西班牙人好像是故意不懂英语，因为他们都觉得只有西班牙语才是世界上最美的语言。去国外生活，人们普遍觉得不习惯，饮食不对胃口，没有朋友，更深入一点，就是觉得老外还有歧视，自己无法融入当地社会，等等。其实，我觉得，什么都没有问题，最大的问题，还是语言。语言不通，当然不方便，当然就不能融入。你要融入，首先是要能够交流，一旦交流起来了，那么人家的文化，人家的习俗，以及价值观什么的，就可以沟通，就可以介入，就可以相互理解和包容。

但是把原本完全陌生的一门外语学好，那是一件多难的事呀！曾经有一个在英国生活了 10 多年的人，他还是在大学里教书的，中国人，在英国的大学用英语教书，那已经是很了不得了。但是他对我说，英语实在太难了。他说，咱们通常学习的英语，其实只是一些最普通的，而要谈到真正学会了英语，学到和一般英国人一样，那实在不是一件容易的事。他说，他虽然在英国的大学里教书，但是，要他用英语写一封合格的信，写出来之后要让英国人也看不出破绽，他仍不敢保证一定能做到。他还说，他是学文学的，但是，读莎士比亚的原文，还是不行，障碍太大。所以说，语言的问题，不光是能够说，听得懂，还有后面更深的民族习惯、文化传统、民族性格、俚语等等复杂的因素在阻隔着。关于这一点，我们反过来一想，就会明白。比如说现在活跃在中国的一些老外汉学家，像马悦然、葛浩文、顾彬等，他们很牛气的样子，好像比中国的文学批评家、学者还要权威，更具有对中国文学说三道四的话语权。对这一点我一直都是不服气的。

我曾对著名汉学家葛浩文说，中国文化是非常博大精深的，当然世界上所有的文化都不简单，我作为中国人，我非常知道中国的文化很丰富也很驳杂，一个外国人，再怎么中国通，他都通不过中国人。我对葛浩文说，中国人比较爱说段子，借着段子抖机灵，逗乐。这里面，就包含了非常独特的中国文化，中国语言的一些特征。我说一个段子，里面有许许多多的双关、谐音，以及暗喻、互文等修辞，你要是能听懂，你就真是中国通。再进一步，中国的灯谜，那就更不容易为外国人接受和掌握。比方说，我出一个谜面："无边落木萧萧下。"谜底是一个字"日"，为什么？不用你猜，你能说出来为什么，就算你厉害。我这样说被边上的几个中国作家认为是大不敬，可是我不敬什么了？他不是汉学家吗？大家不是都对汉文化、中国文学热爱并从事研究、推介吗？那么这种深入的探讨不是非常有益吗？葛浩文先生是个美国人，不远万里来到中国，贵为著名的汉学家，他当然有着不一样的胸怀和视野，他自然并不以为我这么说有任何不敬，反而兴致勃勃地交流，谈笑风生。

我决定认真地学西班牙语，买了教材，买了光盘，还上网学。我相信我能学好，因为榜样的力量是无穷的，近有好哥们，远一些有杨绛。杨绛老师当年自学西班牙语，居然就把《堂吉诃德》给翻译过来了！既然他们能够成功，我为什么不能！于是不管是在苏州还是在马德里，我每天都会读一读听一听，在车上也播放，在厨房干活的时候，一个抄写了西语单词和句子的小本本还竖在面前。我坚信开卷有益，学一个是一个，总比不学好。点钞票的时候，我都用西语数数。

但是真正跟西班牙人打交道时，我才发现，完全靠自学，可能这辈子我都学不好。一些简单的问答，问个好哇，问个路哇，点个菜呀，买点东西呀，自然很快就掌握了。但是，真要对起话来，你会发现，西班牙人的舌头，是世界上最灵活的人体器官，他们总是在你勉强听懂一个单词的时候，把几十个单词都一股脑儿地抛了过来。在说话上头，他们一点都不善解人意。没法交流，我有时候急了，只能把手机上的翻译器打开，让他说的时候，他又是在几秒钟内说出一篇千字散文。你请他少说点，慢慢说，一句一句说，虽然是翻译器，但是，毕竟你说那么多、那么快，它也会吃不消。但是不行，他们的嘴只要一动，就像机器被发动，就会亢奋得任何力量都无法将其阻止。

西班牙语的难，让许多生活在那里的中国人望而却步。我居住的 Usera 地区，有很多华人，有一个哥们对我说，他来马德里 10 多年了，一句西语都不会说，数数都不过十的。

其实——我也要像我哥们那样说到"其实"了，但我绝对不敢说"学外语其实很简单"，我知道很难——但是，其实，西班牙语也有它相对容易学的地方，只要你掌握了读音规律，你看到任何单词，都能瞬间读出来，这是比其他语言要容易很多的地方吧。当然我不再迷信自学，我决定要做一个正规的老学生，再去马德里，立刻去语言学校上学，每天背着书包迎着眯眯笑的太阳公公，去上学，认真听讲，积极提问，按时完成作业。相信这样通过一学期两学期的正规训练，才能真正让自己基本掌握这无比奇葩的语言。

展望美好前景，学好了西班牙语，就可以畅通无阻地在那里生活，吸那里透明的空气，看那里无比蓝的天空，欣赏那里看也看不完的美术馆、博物馆。然后，去墨西哥，去南美，一路畅通。

在马德里玩古

马德里有号称欧洲最大的跳蚤市场,埃尔拉斯特洛,每个星期天,这里都是人山人海。绝大多数的人,本地人也好,游客也好,都是来赶热闹的,购买的也都并非古董,而是服装、皮制品、工艺品、旧书、旧唱片、旧钟表、旧玩具等等。旧货倒是应有尽有,让我叹为观止的是,所有的日用工具,都能在这里找到,但是要论古董,这个地方的档次还是不够。

尤其是中国古董,无论是在地摊上还是古玩店里,都难见其踪。即使出现,也是要让人笑掉大牙的,因为其假其破,放到苏州的文庙地摊上,都是低档货。

有家古董店老板,马德里人,我每次去,他都要问我一遍:"要不要玉?"开始我以为他秘藏了什么宝贝,拿出来一看,竟是石粉压制的一尊观音。第二次去,他又作如是问。拿出来的,竟还是上次那件。接下来再路过他的店,他还没问"要不要玉",我就对他说不要。但是,他还是神秘兮兮地打开柜子,抱出这尊观音给我看。

我估计，这位仁兄，这辈子就打算抱着这尊观音，有朝一日撞上一个钱多人傻的中国哥们，他的梦想，方可成真。

因此，埃尔拉斯特洛，虽然我每个星期天都会去，但从来都不抱淘到什么东西的希望，所以去，也是一种生活的惯性罢了，好像每周都有这一天，结绳为记似的，去逛一下，算是没有辜负这一天，甚至是这一周。

而真要看到一些像样的东西，还是要去一些好的古董店。不过，中国古董还是难觅，有也都是一些假货。老外可能看外国古董比较在行，但是对于中国瓷器玉器，他们真是看不明白。他们特别锁在玻璃柜子里的一些东西，其实非常可笑，放到中国，没人会当回事。

真正值得一看的，是他们的古代雕塑，还有一些老银器。钉在十字架上的耶稣，各种材质的都有，但是我们不会买，买来没啥用。老的银器真是不错，价格也低，我四处转悠，看到好的老银盒，便会见好就收。我想这种年份和工艺水平的银器，价格以后一定会涨起来的。

最近我对古董画框颇有兴趣，购买的第一件，东西虽小，但雕饰古雅，泥金历经两百多年依旧灿然。拿回家来，挂于墙上，越看越爱。后来再去一些店里想多淘几个，看得上眼的，开价却高得令人吃惊。这一阵迷上古董画框后，去普拉多、提森等博物馆看画，常常看画一分钟，对框子却是左看右看，每个至少端详五分钟以上。

最能看到好东西的，还是一些拍卖会。前几天去的一个拍卖会，看到米罗的画估价2万到3万欧元，还有一幅毕加索的手迹，估价3000欧元。两幅东西放在一起，米罗的画充其量也和老毕的手迹一样，算是一幅书法。相比之下，毕加索老师的那幅，真心说是太便宜了。在国内，稍微有点江湖地位的书法家，都不止这个价。人家可是毕加索呀，世界级的德艺双馨艺术家！

我发现西班牙的古董店，对红珊瑚和黄金普遍看得很重，凡发现这两样东西，开价都不会低。你说它东西不好，他必强调，这是金的呀！这是红珊瑚哇！其实，金又怎样？在古董这行，金真不算什么。

这些古董店老板，和中国的还真不一样，他们开出来的价，你很难砍价。若是祭出佯装要走这种"淘宝三十六计"之一计，对他们似乎根本不起作用。大路朝天，你爱买不买，你要走就走。

所以有人说，马德里人开古董店，其实是开着玩玩的，并不幻想挣钱发财，没生意不要紧，打发时光才是王道。像那个见到中国人就捧出粉压玉观音的哥们，当是例外。他应该出趟远门，去中国练摊，学成归来，再来马德里经营古玩，相信一定会有建树。

马德里失踪案

在西班牙,有很多人名叫 Jose。就像在中国,叫小明的特别多。街上喊一声"小明",许多人都会有反应,有的人以为叫他,有的人则以为是在叫她的丈夫或者儿子。三毛作为华文作家,在西班牙有一点儿小痕迹,至少我在巴塞罗那的书店里看到了她的书,是因为,她有过一个名叫荷西的丈夫,并且在书里把他美化成一个男神。荷西当然就是 Jose 啦!我在马德里生活,耳朵里经常会听到这个名字,我没有统计过,在整个西班牙语世界里,到底有多少男人名叫 Jose。

为了区别三毛的荷西,我通常喜欢"何塞"这个译名。

如果我说我是何塞先生的邻居,这样说没什么问题吧?因为我家楼下,真的就住了一位谢顶的何塞先生。在马德里,不乏谢顶的男人。许多男人年纪轻轻,从脑门一直到头顶甚至后脑勺,就几乎没有头发了。怎么回事?据说谢顶如果不是因为年老的话,那就是性欲旺盛的象征。好吧。

我第一次见到我的邻居何塞先生,是在深夜。深夜有人敲门，你想，我能开门吗？虽然说马德里小偷不少，但是入室抢劫基本上是没有的，我大可不必担心一开门就有人用枪顶着我。但是，毕竟是深夜呀！我从猫眼里看到了他！是的，我第一眼看到的何塞先生，是通过猫眼看到的。他的脑袋很大，很光亮，当然，眼睛也很大。

他说他是这幢楼的临时楼长，负责收取这个月的水电及物业管理费。半夜来收费，为什么？我让他明天再来，我说，或者明天我到他家里也行。

我们楼一共八户人家，最底层左边的那家，房子一半陷在地下，但是通过那个扁平贴地的窗户，我早就看清了里面住了一个文艺青年。他是个大胡子，头发也茂盛，他经常靠窗而坐，弹着吉他。他的演奏水平在我看来，如果来中国，是可以进中央乐团的。当然我并不知道中央乐团有没有弹吉他的。如果有，那么这个大胡子小伙一定够格。因为弹得实在是太好了。当然，在马德里，无论是地铁上，还是地铁口，或者地铁长长的过道里，或者街头，或者教堂前，或者某个商店的台阶上，演奏各种乐器的，手风琴啦，大提琴小提琴啦，风笛啦，萨克斯管啦，吉他啦，他们的演奏水平，都是一流的，在我看来都可以进中央乐团。西班牙人这是怎么啦？他们吃饱了没事干，就爱摆弄乐器是不是？

还是说何塞吧。

第二天起，每天，无论白天还是黑夜，我去他家按门铃，皆无人应答。敲门也没有反应。他哪儿去了？里面到底有没有人？

我们的临时楼长,一定是受大家信赖而推选出来的,他负责收取水电费和物业管理费,他深夜来我家收取,但是,除了那个深夜,他去哪里了呢?

我想还是先打听一下,然后再考虑要不要报警吧。反正警察局就在我们家不远的地方。

我隔着牢窗一样的半地下室窗户,问吉他手。他正在弹一首我听起来似曾相识的曲子。后来我才想起来,那是歌手胡里奥唱过的一首情歌。"请问三楼左的何塞先生哪儿去了?"

"是右吧?"他一边回答,一边很随便地拨弦,仿佛为他磁性的声音配乐。

我的西班牙语还是幼儿园水平,但是,左右我分得清楚。我非常知道三楼右,也即何塞先生的对门,住着一位南美孕妇。她不光是大肚子,而且臀部奇大。当然在马德里,大臀女并不是什么稀罕风景。上身很正常,但是臀大到让人吃惊的女人随处可见。年纪大的、年轻的都有。邻居孕妇每次见到我,都是她先打招呼,她似乎要通过热情的语言交流,让我忽视她的大肚子,或者大臀,我这么认为。

"他遛狗去了。"吉他手说。

而南美孕妇竟也这么告诉我:"何塞先生遛狗去了。"

我无狗可遛,但我也只能像是牵扯着一条虚拟的狗,下楼去"遛",希望借此得以遇见何塞先生。

Usera 图书馆门口的广场上,总有一群孩子在玩滑板。他们拐弯、倒退、腾空，甚至翻筋斗，玩的水平很高。一些狗也夹杂其间。有的狗似乎跃跃欲试，也想跳上滑板来几下子。我在马德里很少看见漂亮的狗，除了灵缇，是的，这种身子细长到极致的狗，以前我只是在郎世宁的画里见到，但是在西班牙，确有这种妖怪一样的狗。除了灵缇，则到处都是一些丑八怪似的"梗"，尤其牛头梗，那还是狗吗？如果让我分类，应该把它们归入猪那一门去。

整个细长的玛丽阿诺贝拉街上，都没有何塞先生的影子。遛狗的人倒是不少。

你只要问，无论是问谁，洁具店的店员，坐在长椅上抽烟的女人，被狗牵扯得一路小跑的老太太，看别人玩滑板的小女孩，甚至是从浙江青田来的中国人，只要你问，他们居然都认识何塞先生。而且他们的答案都出奇地一致："何塞先生在遛狗。"

于是我也选择了一个深夜，我在客厅里枯坐，看乌蓝的天空上，月亮深落下去了，星星奇怪地闪耀，路灯也在闪耀，但是市声明显渐渐收尽了，真正让你感到夜深的，不是夜的黑，而是寂静。即使是打开窗户，也几乎听不到多少声音了，只有远处偶尔有汽车驶过的仿佛衣物摩擦的声音。或者就是突然来一阵巨响，那是清洁车，巨大的吹风机——好古怪哦，开始我以为是吸尘器，谁知道清洁工拿着的火箭筒一样的家伙不是用来吸尘的，而是把地上的灰尘、树叶和烟头什么的吹得飞扬起来，然后跟在他身后的清洁车，扫把飞轮似的旋转，把飞扬起来的尘土和垃圾全部吸进它肚子里去。我从窗口探出头去,看到这个手持吹风机的人,牵着身后的清洁车,就像是牵扯了一条狗。

何塞家的门铃按钮上,贴了一个皇家马德里足球队的队徽,看来他是一位球迷。换了谁都会怀疑的,这里到底是不是何塞的家?屋子里面到底有没有人?我把眼睛贴向猫眼,自然是什么都没有看到。我也知道我这么做实属愚蠢。

谁也不会想到背后有人的。是的,我忽然发现,我背后站着一个人。她居然靠在墙上,眼泪流得稀里哗啦的。要是她一点声音都不发出来,我还不知道我后身有人呢。

南美人很好辨认。他们的皮肤比较黑,头发也是黑的,面孔长相其实跟中国人蛮像的。或者就是像印第安人。说不好,反正我无法精确总结,但是你若让我分辨,我觉得实在简单,一眼就能看出来,谁是南美人。至于是智利人还是玻利维亚人,我还没这个本事去辨别。

"怎么啦?你怎么啦?"我问大肚子女人,"有什么需要帮助的吗?"

她摇摇头,只顾哭。

我想到了报警。警察局就在楼下不远处。

她像是看懂了我之所想,立刻制止我。"不!"她说,"很抱歉!"

何塞先生哪儿去了?我在这个时候问一个哭得泪人儿似的孕妇,好像不太合适吧?

"他遛狗去了。"她哭哭啼啼地说。

不会吧！这么晚，这是黑夜最黑最深的时候，谁会在这时候去遛狗？他遛的是一条什么样的狗？

是忘记钥匙了吗？

她说"不"。

那么，是不是她被男人关在了门外？家暴了没有？什么原因？是不是因为她给他戴了绿帽子？据说西班牙人很喜欢通奸，尽管买春的费用并不昂贵，但是西班牙人还是喜欢通奸，可见他们都是一些讲究情调的人。我听说，在西班牙，还有人发明了一种床垫，只要有非本家庭成员在这张床上睡过，床垫就会有记忆。那么，这个女人的家里，使用的是不是这么一款床垫呢？她不知道自己睡的是这样的床垫吗？

我当然不可能扔下她不管。这在西方是不可能的，你不能说事不关己高高挂起，不能说少管闲事，不能说是非之地不可久留。看到别人有困难了，一定要帮助呀！否则你还算个人吗？要是哪天你遇上了麻烦事，又会有谁来管你？

"我是何塞先生的一幅画。"当她这么幽幽地说的时候，我一点都不感到吃惊。这是因为，她此刻看上去，就是一幅画。她的脸上，有明显的油画笔触。她的五官看上去一点都不真实，不像是一个真正的健康红润的南美女人。

她打开了她家的门，让我进去。

深夜进入一位女邻居的家里，一位孕妇的家里，而且根本不知道屋子里还有没有其他人,这当然不是一件适宜的事。合适吗?我问自己。

但是她已经转身,率先走了进去。我发现她的臀部,差不多是把门框撑满了。

"进来吧——"她说。

我看到一幅油画,在灯光的照耀下,有着油彩的反光。孕妇的裸体,被画得非常粗糙,笔触不安,仿佛匆匆画就。但是那凸起的大肚子,却似乎相对细腻光滑。

距离马德里阿托查火车站不远的索菲亚王后国家艺术中心,有着丰富的现代绘画馆藏。毕加索最著名的作品《格尔尼卡》就悬挂在那里,占据了整面墙。还有达利和米罗的大量作品,在那座古老医院改造而成的美术馆里陈列着。人们通过室外加装的两部透明电梯上上下下,可以饱览西班牙现代绘画的无数精品力作。

而我面前的这幅裸体孕妇,似曾相识,难道是我在索菲亚皇后艺术中心博物馆见过它?

画上的女人,目光直视着看画的人,她的肚脐像一个酒窝那么可爱。而孕妇的眼角,有着一滴晶莹的泪珠,它在午夜灯光的照耀下,就像一颗钻石。

"这是何塞先生的作品吗?"我想此时此刻,换了谁都会这么提问。

我身边的孕妇,与画中人自然一般无二。我指的是面容。是何塞先生画了这个来自南美的女人吗？住在她对门的何塞先生，是一位画家吗？他可真会找模特，就地取材，兔子吃了窝边草，竟然让他的大肚子芳邻，为他当了一回模特。

关于何塞先生究竟去了哪里，这个问题对我来说才是更重要的。他们都说他遛狗去了。可是，谁会始终是在遛狗？谁会因为遛狗而整夜不归？他到底是谁？他为什么一直是在遛狗？他在什么地方遛狗？

何塞先生的职业似乎在不经意间让我了解到了，他是一位画家。他画了他的芳邻，他画了这幅裸体孕妇，画得如此杰出，以至让我恍惚，似乎曾经在索菲亚王后国家艺术中心看到过它。

冈萨雷斯先生在马德里的仓库区开了一家批发店，东西都是从浙江义乌过来的各种小商品。从打火机到电灯泡，从拖把到衣架，从插座到发卡，无所不有，应有尽有。这些廉价商品所以廉价，我以为，质量肯定是存在一定问题的。但是它们似乎畅通无阻地进入西班牙，进入欧洲，并不是说此地的质检出了问题，而是对于这些无伤大雅的东西，比之于食品，质量检测相对要宽松很多。西班牙对于食品安全，那是看得比天大。任何入口的东西，只要稍微不符合欧洲标准，就不能准入。所以在马德里，吃的喝的，包括拧开龙头就能直接饮用的自来水，都不会有任何问题。另外我想，可能是马德里人认为，来自中国义乌的小商品，价格低廉，更大一部分原因是因为中国有廉价的劳动力。是劳动力的廉价，导致了产品价格的便宜。所以中国制造，对于西班牙人来说，还是有相当吸引力的。世界上没有不贪小便宜的国度，没有一个民族的人坚决不贪小便宜。阔太太进超市，顺便偷走一两件小东西，也是常有的事。

冈萨雷斯先生有时候就住在仓库区，因为那儿离 Usera 还有一段路。他在那里不仅学会了一些简单的中文，还爱上了喝中国酒。都是通过集装箱从中国运来的，二锅头，还有绍兴的黄酒。他还学会了打"三公"，即用三张扑克牌赌钱。生意不是那么忙碌的时候，他和一帮温州人以及青田人玩上了。

西班牙人真的是不想发财的居多。或者说是懒吧！如果你跟一般的西班牙人说，咱们来商量一下做笔什么生意赚点钱吧，他们就会觉得你很奇怪。勤劳不是美德。有过这样一个传闻，说是一位来自中国的小伙子，他找到了一份邮递员的工作。但是他太勤快了，需要一天时间送完的信件，他半天就完成了。他完成以后，又去投递公司领任务，希望多干一点活，能够多一点工资。就这样他被公司解雇了。炒他鱿鱼的理由是，他侵犯了其他人的工作权利。

你想，这样的事是不是很奇葩？

如果你跟西班牙朋友说，有一种事情很好玩，你想不想玩？很有乐趣的！他就多半会有兴趣。因为生而为人，及时行乐，可以吃喝，可以旅行，可以玩艺术，那才是应有的人生，才是有价值的，才是应该积极去做的。

冈萨雷斯越来越迷恋上了打"三公",开始是小赌。我说过了,西班牙人不喜欢挣钱,所以对于赌博,兴趣也并不是太浓厚。但是对于玩"三公",冈萨雷斯似乎渐渐迷上了,越来越迷,越陷越深。所以有时候他一个礼拜都不回家一次,就住在仓库区,和温州人或者青田人一起喝酒,然后打"三公"。他很快就玩得很好了,成了一名"三公"高手。他的手气不错,几乎每次都赢,通常小赢,偶尔大赢。

他是一名玻利维亚人。他刚来马德里的时候,连住的地方都没有。晚上就睡在一个银行的门口。银行的人起先很不乐意,觉得一个乞丐样子的人躺在门口,总是有碍观瞻。但是后来反而觉得每天晚上有个人横在门外的台阶上,倒是一件好事。因为相对来说安全很多嘛。银行是个什么地方?钱呗!世界上钱最多最集中的地方,自然是银行。因此免不了有人会打银行的主意。现在有个人躺在门口,几乎是个免费的守夜人呀!

银行还特意在门口装了一个伞状取暖器,为的是不让冈萨雷斯先生在冬天挨冻。

其实在马德里并不是所有的流浪汉都是因为无家可归。其实有那么一些人,他们即使衣食无忧,居有定所,他们也还是愿意流浪。他们觉得一个人每天晚上都睡在同一个地方,睡在同一张床上,是一件多么无聊无趣的事啊!也是没出息的表现!街上多好啊,繁华、热闹,不断发生着各种新鲜的事。还可以看各种各样的美女走来走去。所以他们宁愿荒废家里的床,也要睡在外面。看着星光，枕着周边的人声车马声入睡，那是很甜美的事。

冈萨雷斯先生因为露宿，认识了一位喜欢流浪的西班牙人阿瓦多。后者精通音乐，能作曲，擅长弹吉他。他开发出了冈萨雷斯唱歌的天赋，相当长的一段时间，他俩合作在街头卖艺，颇受欢迎。后来阿瓦多了解到，在 Usera，也就是我居住的这个区域，有一幢房子里有几间屋子，是长期没人居住的。他带着冈萨雷斯一起来到这里，把久无人住的房子撬开，住了进去。他让冈萨雷斯住进三楼，而自己则在半地下室住。他让冈萨雷斯不必有任何歉意，因为他是自己喜欢住地下室。他从小就喜欢住地下室，觉得这样心里踏实。他一直希望人类能够回到穴居的时代。

在西班牙这样的高度法治社会，出现这样的事不可思议是不是？怎么能够平白无故地占据人家的房子呢？房子的主人难道会容忍自己的房子被莫名其妙的人占领？你不用奇怪，这在西班牙确实屡见不鲜。如果你的房子长时间空着，有人租了这个房子，但他耍赖不付房租，或者说他确实是付不起房租，那么他就有可能继续住下去，法院不会判他搬走。这是个重视法治的社会，同时也是讲人情人性的社会。虽然这样做，某种程度上是侵害了某些人的利益，但是没办法，穷人也要活。

冈萨雷斯不仅有了自己的住处，他还和一位黑人姑娘同居了。他在仓库区跟一帮温州人混熟了之后，免不了有时候会交流一些很隐私的话题。冈萨雷斯纠正了温州人一些错误的认识，他们一向认为非洲人的皮肤不好，又黑又粗。冈萨雷斯先生说，完全错了，恰恰相反，非洲人的皮肤是最细腻光滑的。他以他的个人经验做证，非洲女人的皮肤，比你们中国丝绸还要光滑。他形容和他同居的女人，她高高隆起又弹性十足的屁股就像涂了橄榄油那么滑溜。

后来他又和别的女人同居。他入住我们这幢楼的三楼右已经3年，而我住进来则才两个月。据说3年中，他换了好多女人来此同居。最后一位，就是臀部异常硕大的南美洲女人萨莉，她还为他怀了孕。

86号楼民主推举楼长，何塞先生当选，只有冈萨雷斯是投了反对票的。他反对的理由并非对何塞能力的不信任，而是出于个人恩怨。他对何塞邀请萨莉去当他的模特大为不满。他甚至一度怀疑她肚子里的种子是不是何塞先生种下的。他甚至扬言要干掉何塞这个杂种。这是他不潇洒的地方。作为一个在西班牙生活的人，对这种事又为何如此计较？萨莉怀孕了，孩子是谁的这不重要，一点都不重要，重要的是两个人的同居生活是获得好评还是差评。冈萨雷斯的表现，很像是一个从小地方出来的人。

他几次都想把她的画像撕毁。但她歇斯底里大发作，又哭又闹又喊又叫，给他的感觉是，如果他真的下手毁了这幅画，她一定会跟他拼命，把整个房子一把火烧了的可能都不是没有。

于是他住在仓库区的时间越来越多了，和温州人、青田人打"三公"，和他们一起喝酒，似乎也有借酒浇愁的意思。他自己都感到奇怪，为什么当自己的女人有背叛倾向的时候，她才显得格外重要？如果没有何塞，如果没有画她裸体画这件事，如果她始终是令他放心的，那么他会这么在乎她吗？也许他早已经去和别的女人同居了呢！

他的心情越来越差，与此同时手气也开始转运了，他打"三公"变得很少能赢，小输已经算是不错了。他开始欠债，向温州人借，也向青田人借。

温州人为他找来了一个从长春来的姑娘。冈萨雷斯好像对东方人并不感兴趣。当然他自己认为，他是心里纠结着萨莉，他虽然一个多礼拜都没有回去了，但他的脑子几乎全部被她占据了。她的大肚子，她酒窝一样可爱的肚脐眼，还有她硕大的臀部。她的臀部像一片安稳的土地，躺在上面，就意味着远离了颠簸，远离了孤岛的恐惧和不安。

几乎所有的人都说何塞先生是遛狗去了，这真是一件太过奇怪的事。他遛什么狗？去哪里遛了？为什么始终是在遛狗？难道晚上也不睡觉就是在遛狗吗？

还有，他们真的看到他在遛狗吗？住在地下室弹吉他的大胡子青年阿瓦多，还有何塞先生对门住着的大臀大肚子的女人萨莉，还有长椅上抽烟的女人，还有杂货店的老板，他们为什么要这么说？

其实是不是就是说，何塞先生其实是失踪了？他不见了！谁都不知道他去了哪里，就以为他是去遛狗了。因为他本人，何塞先生，确实曾经对一些人说过，他是去遛狗了。比如，他对萨莉就是这么说的，他说他遛狗去了，让她顺带留意对面的门，如果有人按门铃，别理他，只要在猫眼里看一眼，看看是什么人站在他的门外按门铃，注意看看他是不是想撬门而入就行了。

冈萨雷斯在仓库区的生意做得虽然还马马虎虎过得去，但是他欠钱实在太多了。温州人、青田人不再跟他打"三公"，也不再借钱给他。他们只是催他还钱，见面别的不说，就说个钱字。可是可怜的冈萨雷斯哪来钱还给他们？他只得提出继续鏖战"三公"，"来大点来大点！"他嚷嚷，希望能够转运，把钱赢回来。

但是没人跟他玩。

有个青田人对他说，我可以借给你一万欧元，条件是把你的萨莉借给我睡一晚。居住在马德里的中国人，大多是来自青田和温州。青田整个县，每家每户都有人在马德里生活，所以那个县是个名副其实的华侨县。他们通过各种方式来到西班牙，或者是劳务输出，或者是申请亲人团聚，或者就是过来报个语言班，申请学生居留。反正中国人脑子灵活，办法有的是。比起在老家，这里赚钱要容易得多。在这里开个店，或者百元店，卖小商品，或者是中餐馆，或者就是水果店、小服装店，还有美甲店、理发店，总之应付生计完全没问题。因为开店的门槛低，手续简便，几乎不需要什么费用。另外，马德里的物价实在是便宜，政府对吃的东西几乎不收税。所以肉类、奶制品、水果、海鲜、葡萄酒等等，都比国内便宜很多。比如水果，在商店、在超市，它的标价和国内是一样的,但这里是以公斤计。也就是说,只是国内的一半价。

但是中国人在这里,无论如何,都有被排斥的感觉。没有精英,文化的、经济的、科技的,哪怕是施工,都不如西班牙工人质量高,而自己并不找自身原因,总是觉得人家排外。因此对于西班牙女人,虽然觉得她们皮肤偏粗,臀大,并不好看,但还是对洋女人有幻想。性的侵略和性的占领,才是人性深处真正的胜利和尊严,是不是这样?然而通常的情况是,西班牙女人根本不理中国人。她们根本不会把温州人、青田人放在眼里,她们不跟你玩的。

冈萨雷斯非常愤怒,当即向提出要以借款一万欧元泡他女人的温州人挥出一记老拳。他非常威猛,以一当十,很多温州人一起上也不是他的对手。

等警察赶到,冈萨雷斯已经不见了踪影。一帮温州人则被打得鼻青脸肿,有一个人的下巴还脱了臼。

冈萨雷斯就此失踪了,他和何塞先生一样失踪了。但是,后者只是去遛他的狗了,并没有更多的人惦记他。大家都知道何塞先生去遛狗了,月升日落,对谁都没有影响,大家生活照常进行。但冈萨雷斯不见了,却有很多人为此着急,包括萨莉。她快要生了,孩子生下来怎么办?她想找到冈萨雷斯,希望他不是一走了之,总得见个面说说话,把该说的事情说清楚才好。还有一些借钱给了他的人,当然不愿意他就此失踪。钱得要回来,不是吗？

但是茫茫世界，哪里去找到他？伊比利亚半岛还连着欧洲大陆，以任何一种方式，都可以很快跑得无影无踪。还有那窄窄的直布罗陀海峡，游泳都可以过去。非洲那么大，哪里去找到他？

但是很多人都依然很执着地寻找冈萨雷斯。最后，冈萨雷斯没有找到，倒是在一片橄榄树林里找到了几乎已经风干成木乃伊的何塞先生。他的尸体半埋在泥土里，脖子里系着一根绳子，他看上去就像一条正在被遛的狗。他显然是被绳子勒死的。绳子的另一头，没有遛他的人。当然何塞先生不是一条狗，他是一个会画画的人。他是在传说中没日没夜地遛狗。但是，绳子的另一头，却并没有狗。

绳子的另一头，是原本什么都没有呢，还是狗儿早就跑远了？

今年在马德里

在 Usera 地铁站，伊娟又看到了那个南美人。他似乎也看到了她，他很快地跑向闸口，一跃而起，就跳了过去。他逃票了！她赶紧刷了票追上去。他们两个，一个逃的一个追的，在电动扶梯上都没有停脚，但是她还是没能追上他。等她追到月台，车门正好关了。她看到他在车厢里对她傻笑。她在月台上又追了几步，但是列车提速太快了，转眼就开走了。

这个星期她已经是第二次看到他了。前天晚上，她和表哥他们一帮小伙子去警察局边的大公园玩，看到公园里到处都是人，有的在打排球，有孩子在踢足球，更多的人三三两两在草地上喝啤酒、唱歌、跳舞。这些南美人，玻利维亚的、委内瑞拉的、智利的、秘鲁的，还有阿根廷的，他们一到周末，就在这里寻欢作乐。他们好像天生就是属于音乐和舞蹈的，也属于烟草和酒。他们带来成箱的啤酒，在草坪上堆得小山似的。他们很多人都是玩乐器的高手，手风琴、吉他、排箫，都玩得好溜！伊娟发现了他，那个个子高高的家伙，正搂着一个大屁股姑娘跳舞。就是他！她叫了出来。

但是那个角落太暗了，那个人是怎么不见了的，伊娟真的不知道。人呢人呢？他们问她，她不知道。大屁股姑娘还在跳舞，但她的舞伴已经不是刚才那个人，而是一个光头的胖子。表哥就责怪她：你眼睛出问题了是不是？本来他可能会说她是不是脑子出问题了，但他没有这么说，怕她生气。因为她妈妈是天生智力障碍，她很敏感，特别忌讳听到傻瓜、神经病、脑子有问题这样的话。

她来马德里不过才两个多月。她还不到18岁，是申请亲人团聚过来的。两年前，她过继给她舅舅，做了他的女儿。她就是为了来西班牙，才做了舅舅的女儿的。她初中毕业后没上高中，也没去找工作，整天就是在家里看手机。父亲说，长大成人了，不工作怎么行！我一个人养你们这么多人，我怎么养得起啊！她说，我不想工作嘛，谁谁谁不是也不工作吗！那你就嫁人！父亲说，女孩子不可以靠爹娘一辈子！舅妈见他们天天吵，就说，让她去西班牙吧，去她舅舅那里，那里好，就在法国隔壁，那里找工作容易。

来到马德里，过了一个月，她就满18周岁了。舅舅给她过生日，说，小娟，今天起你就是大人了，你得出去工作，你不能让你爸寄钱来养你，他没钱。出来的时候说好的，你要工作，赚了钱还要寄回家里去给你爸，他养大你们不容易，你不给他们挣钱，你弟弟就娶不到老婆，这些话你没忘记吧？现在我虽然是你爸，但你知道那是假的，只是为了让你来西班牙。我还是你舅舅，你不能让我养你。在西班牙，孩子长大了都是自己养活自己，没有谁是靠父母的。

表哥带她去文身店，在小腿上刺了一个蝎子。其实她是怕蝎子的，也怕蛇啊老鼠蟑螂什么的。你怎么不怕了呢？表哥说，你不是刚才还说刺个蝴蝶的吗？伊娟说，假蝎子我不怕的，我有这个蝎子就不怕了，谁都不怕了，男人也不怕了，蝎子辟邪的！

你为什么要怕男人？表哥说，女人都喜欢男人，男人都喜欢女人，异性相吸。不会是你喜欢女人吧？你不会是同性恋吧？西班牙有很多同性恋的，上几天他们还在街上游行呢！伊娟捶了他一拳，不要瞎说，你才是同性恋呢！那你为什么要怕男人？表哥说。伊娟说，我也不知道，反正我怕，做梦梦见男人碰我，我都吓醒的，都是噩梦！

生活在马德里的华人，最多就是青田人和温州人。伊娟是温州人，每当有人问她是不是青田人，她都要赶紧说自己是温州人，不是青田人，好像要撇清什么似的。她是特别喜欢温州吗？温州很多有钱人，但她家不是，她母亲有智力障碍，父亲娶母亲的时候，都说不能生育的，不能要孩子，生出来孩子出了问题，那不是造孽呀！但他们还是生了，生了她，还有弟弟。所幸的是，她和弟弟都正常，没有问题。

表哥谈了个女朋友，是青田人。伊娟对表哥说，她是青田人啊？表哥说，怎么啦，青田人怎么啦？伊娟说，还是温州人好！

表哥说，这还歧视啊？那西班牙人歧视中国人呢，你什么感觉？

为什么要歧视中国人？中国人不比他们笨啊，四大发明都是中国古代的呢！中国人还比他们勤劳，谁像他们啊，懒死了，商店一到星期六星期天就关门，平时中午还要关门三小时！

你喜欢中国人啊，不想找老外啊？

不要不要！伊娟说，我不要老外的，老外身上都是毛，像猩猩一样！

舅舅让她先去友谊手机店帮几天忙。语言不通没关系，老外顾客来，你就跟他说 hola，然后叫店里另外的营业员过来接待。舅舅说，不会西班牙语没关系，你在这里生活，慢慢自然就会了。当然，等你工作了，赚到了钱，就去上语言班，就会说得更好，你们年轻人学起来快！

那个人进来，走到伊娟面前，没有说 hola，而是用中文说"你好"。她闻到了他身上淡雅的香水味，也看到了他手臂上浓密的毛，她有点害怕。他继续用中文说，请把那款手机给我！

没想到他拿了手机转身就跑。伊娟一时没有反应过来，店长却瞬间就明白出了什么事，他大喊"抢劫"，就追了出去。

伊娟也追了出去。但是那个人跑得太快了，他是个大长腿。等她冲出店门，他几乎已经跑没了。

他们让她努力回忆，那个人长什么样，个子有多高，单眼皮双眼皮，皮肤是黑是黄。店长说，我没有看得太清楚，但是我看到了,他肯定是南美人!伊娟本来是记得这个人的长相的,她闭上眼睛脑子里就能出现那个人的影像。但是他们一遍遍问她,一遍遍让她说,她的脑子就乱了,反而想不起他长什么样了。她只记得他的手臂上有浓密的毛,其他则是一片模糊。她很烦恼,她让他们不要再问她了,我不知道!我不知道!她说。

店长说,手机是你拿给他的,你要负全责。什么全责?她问。你赔啊!店长说。

她回到家就哭,饭也不吃。舅舅安慰她,还好这个手机也不贵,你两个月工资就可以赔的。你慢慢赔嘛,分三个月或者半年还他们钱。你还要生活要吃饭,不能工资一分不剩全给他们,你分半年还,就可以了。伊娟说,她想回中国去。她听说,这里很多留学生毕业之后留不下来,他们回国去了,这里欠的钱像房租什么的,还有信用卡透支的钱,都不还了,一走了之,人家拿他们也没办法。她也想这么走,赶紧逃回中国去。舅舅说,这怎么行?这样做你就再也不能来西班牙了,连欧盟任何国家都不能去了,你一落地就会被抓起来!那我就再也不来了!她说,那我就再也不来了!

舅舅火起来了,说,但是你这样就会连累我们!

舅舅说,你已经是大人了,不能任性,你回去怎么办?能工作养家吗?你妈有病,你爸养活一家子不容易,你弟弟还要娶媳妇,你们家就靠你了!你要是回去,你爸会打死你的。

伊娟说,我还是死了算了!

舅舅说，你虽然不是我亲生女儿，但是我还是要说你，你是个不孝女！你长大成人了，到西班牙来，你以为是来玩的啊？你要好好工作，给家里赚钱，挑起家庭的担子来！你刚工作就出了这样的事，这不怪你，只要吸取教训，以后特别当心，赔掉手机钱就好了，日子会越来越好的。

表哥偷偷给了她300欧元，说，这钱够了，赔一个手机够了。伊娟扑进他怀里说，表哥你对我太好了！表哥说，没关系，我昨天去赌场赢了一百多。伊娟说，真的吗？表哥说，真的！但是你不要去赌，很难赢的。那你为什么赢了呢？她说。表哥说，碰巧呗！

弟弟发微信给她，问她要600块钱。他想买一双鞋。我的鞋破了，脚指头都露在外面，他说。可是她哪有钱呢？表哥给她的300欧元，她进赌场没几分钟就没了。她一开始去的是老外的赌场，但是她没带护照，老外不让她进。于是她就去了金犀牛赌场，那是中国人开的。300欧元一下子就输掉了，她全身冰凉，缠着赌场的人要他们把钱还给她。赌场是温州人开的，她哭着说，我也是温州人，我也是温州人！但是人家哪里会睬她，保安轻轻一推，就把她推到了门外。她扶着红色的大门哭，保安又来把她撵走。

走投无路中她也想到是不是可以去卖，卖自己。小街小巷里停着的汽车雨刮片上，经常插着小广告，都是卖的，有鬼妹，也有中国妹子。她拿了一张下来，照着上面写着的电话打了一个过去，那边问谁，她却又把电话挂断了。她在飘着炸薯条香气的街上瑟瑟发抖，不是因为寒冷，而是她一想到男人的身体，就害怕得要瘫下来似的。她又想起了那个抢手机的老外，他手臂上的毛，仿佛在嘶嘶生长。

表哥抽了她一个耳光。他打得很重，她感觉很痛，好像满口牙齿都被打下来了。但是她觉得很舒服，心里痛快。仿佛这一巴掌，是她自己打的。她使出了全身的力气，给了自己一记耳光，就是这样。这一巴掌，让她感到痛，也给了她平静。她不想死了，也不再害怕什么了。她甚至都没有哭。她看到自己的脸肿起来了，自己的眼睛能够看到自己肿起的脸。她还看到了自己的内心，里面干干净净的，就是有一块黑乎乎的石头。她知道，只有搬掉这块石头，她才能好好过日子。

是的，她下定决心要搬掉它！她一定要找到那个人，那个抢手机的南美人，不找到那个贱人，她心里的石头就搬不走，她就不能安安心心地过日子。她要找到他，让他把手机交出来。她还要咬掉他一块肉！想到他毛茸茸的手臂，她感到恶心。尽管如此，她还是要咬他一口，狠狠地！

表哥说，你怎么可能找到他！马德里那么大，南美人那么多，你又不一定记得他的脸，你上哪儿去找他？可能他已经不在马德里了呢，可能早就去了马拉加或者塞尔维亚。

凡是有男的老外进店里来，她都要盯着他的脸认真看。她也知道自己很荒唐，那个人还会来这里吗？世界上任何地方他都有可能去，唯独不会再来友谊手机店。他来干什么？再来抢一个吗？来看她吗？主动来让她看到他吗？

伊娟从小就怀疑自己有精神病。她读小学五年级的时候，经常看到黑板上淌下水来。她举手，老师说，什么事？她说，老师，黑板上有水淌下来！老师看看黑板，说，哪有啊？同学们都哈哈大笑。哄笑声中，有人说，神经病！她回家问父亲，爸，我是不是有神经病？父亲说，谁说的？伊娟说，我看到黑板上有水淌下来！父亲问，有吗？伊娟说，没有！

爸，是不是妈遗传给我了？伊娟颤颤地问。

父亲说，她不是神经病，她是脑子没有发育好。

伊娟说，我的脑子也没有发育好，所以我读书不好！

父亲说，你很正常！

但是她还是觉得自己不正常。她经常会看到别人看不到的东西，比如，天上飞过一只轮子。还有，她有时候能看到一个人的肠子在动啊动的，就像蛇在扭动。她在白天也会做梦，只要眼睛闭起来，就能做好多梦。有时候做到很好的梦，有人叫她，她睁开眼，梦就中断了。她舍不得这个梦就这样丢了，于是闭上眼睛，把梦接着做下去。

她是在初一的时候发现自己害怕男人的。她的同桌和隔壁班的一个男生恋爱，给她看手机里他们的合影，她看了觉得很恶心，你为什么让他搂着你呀？她不让同桌女生碰她，觉得她身上有很讨厌的气味，碰她一下，她的手就有了黏糊糊的感觉，赶紧就要去洗手。她还看到他们在学校的假山后面亲嘴，她恶心得差一点吐出来。你怎么啦？同桌觉得好奇怪，对她说，我告诉你啊，被男生抱着的感觉真的好美的呀！等你恋爱了你就知道了！伊娟马上说，我才不要恋爱呢，要是被男生碰了，我会去死的！

表哥是个例外，她一直都把他当作亲哥哥。在这个世界上，只有她爸和她弟弟以及表哥这三个男人是可以碰她的。即使是舅舅也不行！每当舅舅靠近她，离她太近的时候，她都会本能地退缩。舅舅是个很敏感的人，他心里一定清楚，他一定感觉到了她的避让，所以他总是很注意和她保持距离。

她只很认真地问过一次父亲，爸，我真的是妈生的吗？父亲没有回答她。但是她从他的表情和叹息中得到了答案。神经病！神经病！这样的骂声，她早已经习惯。她一直都能听到有人在她耳边说这三个字，她早已不再感到屈辱，也不会悲哀。她只是经常怀疑自己，到底是不是神经病！因为在她看来，母亲确实是不正常。尽管父亲否认她是神经病，但是在伊娟看来，她就是。母亲这样的先天性智力障碍，不就是神经病吗？她知道神经病是会遗传的，没有遗传给弟弟，多半是遗传给了她。

她离开手机店之后，去了丽丽美甲店工作。她喜欢这个工作，指甲油的气味，她都觉得是好闻的。她很喜欢给老外做指甲。她给她们涂画指甲的时候，闻到她们身上的香水味，觉得心里很愉快。她想，女人真好啊，可以是很香的，可以那么美！她庆幸自己是个女人。她也庆幸自己找到了这份工作，一天到晚只和女人打交道，见不到一个男人。她还喜欢西班牙女人的笑声,虽然她们有时候笑得像男人一样豪放,但那是开朗爽快真诚的,她喜欢。她常常被这样的笑声感染,觉得美好得人都轻飘飘的了。

美甲店里从来没有男人进来,只有表哥来过一次。他拿来一把钥匙,告诉伊娟,家里的门锁坏了,他换了新的锁,怕她回家进不了门,就把钥匙给她送来。伊娟正弯腰为一个黑人姑娘涂脚指甲,回头看表哥,脸上竟有了红晕。表哥走后,同事说,他是不是你男朋友啊?伊娟说,什么呀,他是我哥哥!同事说,你不是只有一个弟弟吗?伊娟说,我过继给我舅舅的。同事就说,哦,是表哥呀,表兄妹相爱很正常啊,贾宝玉和林黛玉、薛宝钗不都是表亲吗!伊娟说,我讨厌男人的!同事说,没觉得你讨厌他呀!伊娟说,他是我哥哥。同事说,我看到你脸红了,我们都看到了,对不对?大家都说看到了,连那个在涂宝蓝色脚指甲的黑人姑娘也说看到了。伊娟说,那是因为我怕你们瞎说我!

她在美甲店做了三个月,把手机钱赔清了,还给家里寄了2000元人民币,她对父亲说,给弟弟600元买鞋。手机店就在美甲店不远的地方,大概一百多米吧,再过去就是一家土耳其人开的烤鸡店。她们经常会去烤鸡店买烤鸡和炸鸡吃,不过每次伊娟都是绕道而去,不想路过手机店。现在该赔的钱已经赔了,她去烤鸡店就不再绕开手机店。店长好像特意守在门口,等她路过,对她说,还来我们"友谊"上班好吗?店长说,工资肯定比美甲店高,而且给你上工作保险,休假也都会按规定给你。西班牙人是很看重休假的，他们的假期也特别多，除了双休日，还有各种名目繁多的节日，而且节日和双休日之间的那一天两天，他们也一并休息了，称之为"桥假"。整个8月，更是很少有人上班，都去海边度假了。很少见到西班牙人放弃休假上班的，节假日还营业的，都是华人的店。条件是优惠，但是伊娟不愿意，她喜欢美甲店，觉得给各种各样的女人做美甲很快乐。何况，手机店是她的伤心地，当初被抢走一只手机的感觉，她至今回想起来还觉得郁闷。

有时候外面走过一个南美人，她会扔下手上的东西，傻傻地追出去。同事就说她，你太神经过敏了，老外很多都长得一样，你真的能认出他吗？时间已经过去那么久了，你还能认得他吗？

她怅怅地走回店里，说，我要咬掉他一块肉！

父亲发微信给她，告诉她妈妈没了！是死了吗？不，是不见了，失踪了。舅舅说，她小时候也失踪过两次的，但每次都自己回来了。没事的，舅舅安慰伊娟，过几天，你妈就会自己回家了。

可是弟弟说，妈不见了，是因为爸打了她。伊娟长这么大，没见过父亲打母亲的。倒是有时候母亲会没来由地骂父亲，咒他快死。而父亲总是笑眯眯地说，我死了谁养你啊？母亲还会去抓他，他就逃出去，任她在身后追着骂。人家都说他，娶了个这样的老婆，却还这么怕她，这个男人真是没出息！伊娟也为父亲感到不平，她觉得她的母亲就是一头怪兽，是她让家始终笼罩在奇怪的气氛中。她的不可理喻，突发的歇斯底里，经常让她害怕。她经常想，她怎么会有这么一个妈？但是弟弟却说，要是没有妈，怎么会有我们呢！小时候她一直希望母亲突然死掉，她真的不想要这样的妈。她的屈辱，她的担惊受怕，她的全部的不幸，都是因为有这个妈！虽然弟弟说得对，要怪也应该怪爸，是他娶了她呀！但是弟弟总是说，要是没有妈，要是爸不娶她，就没有我们了。是啊，但是，为什么一定要有我？伊娟想，如果没有她，不是也很好吗？在这个世界上，为什么一定要有她？有她没她对这个世界来说，一点都不重要。那么对她来说呢？有她好还是没她好？她认真地想这个问题，结果认为还是没她好。我为什么要来到这个世界？这个世界要我吗？

连续几天都没有母亲的消息，她哪里去了？真的找不到了吗？伊娟突然想，会不会是被父亲杀害了？她于是反过来催促父亲，快去找呀！报警呀！微博、微信朋友圈让大家转发呀！她很着急，她希望马上得到母亲已找到的消息。她不希望母亲就此不见，在人间消失。她更害怕真的是父亲杀了母亲。她跟舅舅说，她要回去一趟，她要去把母亲找回来！

舅舅说，你一去一回飞机票要多少钱呀？你要多久才能赚出来？他一副不急不躁的样子，好像他亲妹的失踪，完全跟他没关系，只是一个社会新闻。伊娟感到悲哀，更是来气。她因此断定，母亲的死，几乎是所有人都希望的，包括舅舅，以及自己。

然后就说找到她了，死了，在一个喷水池里淹死了。弟弟说，脸已经浸泡得认不出了，只认得衣裳，她穿了大花的上衣，灯笼裤，一双系带皮鞋。伊娟说，这双鞋子是舅妈买给她的，她穿不下，就给了妈。

舅舅和她都没有飞回去。舅舅扯了一块黑布，剪成两个黑袖章，和伊娟一人套了一个。表哥也要，舅舅说，你就算了！

伊娟狠狠地哭了，她好久没这么哭了，舅舅让她不要再哭，她不理他。表哥在一旁看她哭。她好像是在哭母亲，其实是在哭自己。她不知道为什么心里压着那么多东西，心头始终闷闷的。大声地哭，放肆地哭，那是多么痛快呀！心里的积郁软化了，松动了，稀释了。她仿佛看到母亲躺在门板上，身上盖着白布，她走近母亲大哭，眼泪滴在母亲身上。她又好像看到直挺挺躺着的是自己，很多人围着她哭，而她自己，是人群中哭得最厉害的一个。

马德里的春天开了很多花，在太阳光强烈的照射下，不知名的小花散发出若隐若现的香气。天上的云很白，有人说，马德里人把棉花种到天上去了！伊娟摘掉臂上的黑纱，把它埋在了一棵树边的泥土里。你没有妈妈了！她对自己说。她看到喜鹊从一棵树飞向另一棵树，就像飞机那么平稳。而嘎嘎叫着的，是绿皮鹦鹉。大松树下，松果掉了一地，有一只松鼠，正在吃力地搬运一枚松果儿。她回想起母亲骂人的声音，就像这些绿皮鹦鹉的声音呢！

表哥和他的青田女朋友决定同居，他们像很多西班牙人一样，并不正式结婚，也就是说，不像中国人那样打印结婚证、办喜酒，其他都一样，两个人住到一起。表哥没有自己的房子，他们就只能住到家里。舅舅家的房子本来不大，虽是三房一厅，但是房间都很小。最大的那间给了表哥他们，伊娟就没地方住了。舅舅当然要住一间，另一间呢，必须用来放东西，否则家里乱七八糟的东西只能堆在本来不大的客厅里，那就无法走路了。舅舅很为难的样子，吞吞吐吐对伊娟说，我也没有办法，舅舅无能，买不起大房子，就是这个小房子，也还有10年的贷款没还呢！你大姑娘了，和他们住在一起，大家都不方便，出去租个房间，花个200欧元，你也自由。你也会找男朋友，家里真的不方便。

她的第一反应是说了句"我不会找男朋友的"，自己也觉得莫名其妙，跟舅舅说这个干啥呢！她知道这是舅舅赶她走，心里一酸。但是转念一想，自己又不真的是他女儿，凭什么一直住在他家？在这里住了这么久，一分钱房租没出，煤气水电费也不让她出，只是每月收她一些伙食费，舅舅这样已经很不错了。她对表哥说，等我攒够600欧元，就给你，算我给你们的份子钱。表哥说，我不要你的钱，你还要去租房子，你哪还有多少余钱！再说我们也不是正经结婚，只是她也没地方住，合起来住省点开支。

伊娟想，你们开支节省了，我就每月要多付200欧元。

西班牙经济不好，目前的房价，只是10年前的一半。尽管如此，大部分人还是买不起房子，大家通常都是租房住。所以在西班牙，房租相对来说比较贵。伊娟租了一个小间，房东最低要250欧元，不肯还价。这套房子另外两个房间，一间住了一个中国留学生，一间住了一对在百元店上班的夫妇。留学生对她很殷勤，她入住的那天，他帮她搬东西，跟她介绍这里的情况，包括马桶使用的技巧。而百元店夫妇则不知道为什么很是冷淡，目中无人。是嫌她侵占了他们的居住空间吗？她想。

她自己都感到奇怪，她从来都是害怕男人的，不要说陌生的男人，就是以前的同学、邻居、熟人，凡是男性，她都戒备，不喜欢和他们说话，更不愿意他们靠近。但是这个留学生却没有让她很排斥。他起了西班牙名字 Andrés，用中国字写就是安德烈吧，他让她叫他安德烈。他还建议她也应该有一个西语名，并表示他愿意帮她取一个最好听的。她不要，她感谢他，但是很坚决地说不要，她就叫伊娟，不要西班牙名字。

她对他任何亲近的言语举止，始终是婉拒的，用沉默和退避来回应。但是她心里是有点喜悦的。她问自己，为什么？是喜欢他吗？他不是男人吗？他和别的男人又有什么不一样呢？

她从不去他房间，更不让他来自己房间。他来敲她房门，她不理，装着里面没人。但是他知道她在的，所以他坚持敲门。那对百元店夫妇就探头出来看，看他被拒之门外。他把气撒到他们身上，对他们说，看什么看？有什么好看的？百元店的男店员说，你干什么？百元店的女店员说，要报警的！

她就发微信给他，对他说，不早了，睡吧，有什么事明天再说。他说，我想见你！她说，不是天天见的吗？他说，我想现在！

他们的交流，从这一天起，更多就在微信里。他每天都要给她发很多微信，她却回复得很少。她发现，她回复得越少，他发过来就越多。她好像是故意的吧，故意少回复。在她想回复的时候，她也不让自己回复。你是希望他发很多过来是吗？她问自己。也许真是的！有一天他整个下午都没有发一条过来，她感到奇怪极了，也备感不习惯。好像他突然抛弃自己了，她就有了站在午夜的长途汽车站的感觉，四处静谧无人，没有一辆车会来。

但是她依然没有主动发消息给他。

他终于直白地对她说，我们在一起吧！我不能没有你，你是我的女神，我的全部！要是没有你，我在西班牙就没有意义，活着就没有意义！不要拒绝我，我知道你不会拒绝我，否则我只能回国了，或者我只能去死了！

她竟然有些感动，但是她回复他说，我可能有精神病的，是我妈妈遗传给我的。

这句话发过去，就像关掉了灯，就像是把全世界的灯都关掉了，一片黑暗，深黑如漆，没有一点光，没有一点颜色，天从此不再亮。他就像消失了一样，不再有半句话发过来。

她没有哭。她只是更加知道，男人对她来说，是另外一种动物，是另一个世界里的人，是永远都不会和她有任何关系的。她的世界里，不会有男人，她的世界里，也许只有她自己。

不久他就带一个女孩子回来，戴眼镜的，应该是他同学吧，或者学妹。他们见了她，他有点不自然，有点想要回避她的意思。她却主动跟他们打招呼，对他们友好地微笑。

眼镜妹在他的房间里过夜，他们嬉笑的声音，在午夜清清楚楚地传到她耳朵里。她无法入睡，就在手机里翻看和他以前的对话，确切地说，是看海量的他对她说的话，无数的废话，情意绵绵的话。她听到百元店夫妇出来敲他的房间门，让他们声音小点，不要影响到别人休息。否则要报警了！那是百元店的女店员说的。

表哥和青田女孩同居了不久，就换了一个厄瓜多尔姑娘，并且很快就生了娃。伊娟好喜欢这个混血宝宝，常常回舅舅家，就是为了看她、抱她。舅舅说，小娟你这么喜欢孩子，就自己也生一个！她说，舅舅你不也喜欢吗？舅舅说，我是喜欢啊，你要是生一个，我也这样喜欢的。

厄瓜多尔表嫂说，她想把她哥哥介绍给伊娟，他很帅的，她说。伊娟的脑子里，马上又浮现出那个抢手机的男人，他个子高高的，手臂上有浓密的毛。虽然时间过去很久了，但是她心上的那块石头还是没有搬掉，它还压着她，让她想起来就闷闷的，呼吸都不畅快了。她不是不想忘掉它，她也知道，300多欧元的手机，实在也不是天大的事。况且，她早已赔了钱，已经挣钱过正常日子了，房租、生活费，在美甲店工作，挣的钱足够了。但她就是忘不掉，好像心里躲着另外一个人，不时提醒她，她被抢过一个手机,她应该郁闷,她不可忘记,她必须要找到那个人,让他把钱吐出来!

伊娟对混血宝宝的喜爱,让她自己都感到吃惊。她一天看不到小家伙,心里就觉得空落落的。她一下班就往舅舅家里跑,只有把小玛西亚抱在怀里才感到幸福和踏实。表嫂本来就不是会带孩子的女人,她自己都像个孩子。她凸胸翘臀的样子,抱着小孩哪像个妈妈,倒像是拿着一个橄榄球。伊娟有空就去抱孩子,表嫂觉得她来得正好,自己出去玩了。有时候说是去超市买牛奶、尿不湿什么的,却一去半天不回来,甚至干脆就在外面吃了晚饭才回家。西班牙人的晚餐,那真是担当得起一个"晚"字,通常都要九十点钟开始,吃得慢一点的话,要到半夜才结束。伊娟要回自己的住处,已经没有公交车了,坐地铁的话,则要穿过那个大公园。

玛西亚也很喜欢她的表姑妈,伊娟抱她,她总是特别地开心。小手还会扯伊娟的衣襟,扒开她的衣裳,去摸她的乳房。有一次还含住了她的乳头,还吸吮起来。伊娟感到难为情,但是心里也有很奇妙的幸福的感觉。她甚至想,不要嫁人,却可以要一个孩子呢!但是想到要孩子必须要有男人,她又害怕起来。可以领养一个呀,她心想。

每次在舅舅家玩到夜深了,表哥总会送她,一起穿过很大很大的公园,送到地铁站。但是这天夜里 12 点多了,表哥也没有回家。混血宝宝玛西亚哭着闹着不让她走,伊娟还是走了。她亲吻了玛西亚，告别了舅舅，一个人去坐地铁。她走进很大很大的公园，感觉今晚的公园有些特别，好像特别大，又像是特别暗。她走到一半，收到了一条微信，是住在她隔壁的中国留学生安德烈发来的，他问她，哪里去了？怎么还不回家呀？她觉得很奇怪，多久了，他自从和眼镜妹好上之后，就没再发过信息给她。什么事？她问他。过了一会儿他发来一句，可以借我500欧元吗？我碰到麻烦了！

她正在想怎么答复他，一个人从她眼前走过。很熟悉的身影啊！心中一直都没有忘记这个人，梦里也常常有他出现。他终于又出现了！这个从她手上抢走手机的家伙，这个不知道是南美哪个国家的垃圾人，他竟然再次出现在了她的面前！她顾不得看手机，就尾随他，她悄悄地跟着他，想等他们穿过这个公园到了大马路上的时候，她就大喊，让路人听见，然后将他抓获。

她专注地跟着他，脚步尽量地轻，唯恐他听到，发现有人跟踪。又不敢放慢脚步，怕他走得那么快，转眼就不见了。

一个在前面走，一个在后头跟。这么一路走，就走到了一个茂密的树林里。这个被跟踪的人，突然回转身来，将伊娟一把抱住。原来他是早就觉察到身后跟着一个人，而且是一个女人。他的力气真大啊，一下子就把她按倒在地。她的嘴巴里，根本发不出声音，因为他的一只手，掐住她的脖子。他很熟练地单手剥去她的裤子，尽管她死命挣扎，他还是得逞了。他以为他得逞了就完事了，没想到她猛地咬住了他的手臂，把他毛茸茸的手臂生生地咬下一大块肉来。他痛得怪叫起来。这还没完,她吐掉嘴里的肉,又咬了第二口。这次,没把肉咬下来,而是死死地咬住不松口。他叫了几声,又用拳头猛击她的头,她就是不松口。她像甲鱼一样,好像即使把她的脑袋割下来,嘴还是紧紧地咬着他。

在警察局,他对自己的强奸行为供认不讳。但是他否认曾在Usera的友谊手机店抢劫。警察对伊娟说,他没说谎,因为他才来马德里一个多星期,他是摩洛哥人,他是两星期前从直布罗陀海峡偷渡过来的。小姐,你认错人了,警察说。

姐妹

【U】

秦云婷是苏州人。苏州人在西班牙，不说绝无仅有，肯定也是没几个的。西班牙的华人，最多的是青田人，其次是温州人。秦云婷有一门青田亲戚，挺远的亲戚，以前也一直都没有来往的，后来她要女儿学画画，约了一个美术老师见面，可是女儿见到他，一声不响就走掉了。美术老师比较宽宏大量，他说，也不是每个人都能画画，也不是每个人都要学画画，你家孩子，既然不喜欢画画，那就不要学了吧！秦云婷却不甘，她说，不一定要当画家，就是素质教育，增加一点才艺，多一点气质。现在每个孩子课余都学点东西的，要么钢琴，要么古筝、芭蕾舞什么的。她曾想给女儿买架钢琴，跟男人一说，男人差点跳起来，那么贵，买得起啊？美术老师建议说，你孩子学篆刻挺好的，我可以介绍我朋友来教她，他是个很有造诣的篆刻家。

什么是篆刻？就是刻图章嘛！男人连声说好，学这门手艺，以后考不上大学就帮人家刻图章，总可以混口饭吃。但是现在发工资、去邮局领汇款，也不用图章了，能有生意吗？他又担心。

秦云婷觉得很好。她让女儿学画也好学篆刻也好，就是素质教育，就是要培养她有高雅的气质。谢峰老师长得高大粗犷，但他却心灵手巧，是一位非常著名的篆刻家。苏州这座城市里，书画家所使用的印章里，一定有谢峰老师刻的。乃至全国各地，一些书画家，尤其是一些爱好书画的作家，都特别喜欢他刻的章，觉得不匠气，味道足。谢老师的工作室，位于苏州博物馆对面，那是多么艺术的地方啊，简直就是艺术圣地。他的"宝丰堂"是配得上这个地方的。他热情接待了秦云婷母女，对她们说，篆刻虽然被有些人看作是雕虫小技，但是它却是这个传统文化中很重要的部分，笔墨纸砚诗书画印，一幅画上要是缺了一方印，那就缺了精神。学了篆刻，就会深刻理解中国文字，体会到书法艺术的魅力，修养就不同于一般人。人的修养好了，层次高了，就不一样了。

说起篆刻，谢峰老师真是滔滔不绝。他那么热爱篆刻，使秦云婷母女受到了感染。尤其是母亲，秦云婷恨不得自己也学起篆刻来。只要一把刻刀，几方石头，就可以开始了。

这不是普通的石头，谢老师说，可以用来刻印章的石头，传统的两大类，就是寿山石和青田石。寿山石出于福建，青田石出于浙江的青田。寿山石里面最珍贵的是田黄，青田石里最好的是封门青。当然还有其他地方也出印石，比如内蒙古巴林、陕西、甘肃等。现在国外的印石也大量进来，比如老挝石……

秦云婷想起她在青田是有一门亲戚的。

这真是一个非同寻常的地方，这座小城，无论是它的建筑，还是这城里的人，他们的表情、着装，都是和其他地方很不一样的。各种各样的房子都有，秦云婷感觉是来到了国外的哪一个地方，但好像也还是在中国。非常陌生但又是熟悉的。人也是这样，都是黄皮肤黑头发，但是他们的面容，他们的笑容和走路的姿势，都和江浙地方的其他人不一样。他们的衣着，既不是土，也不算洋，是一种不太得体的时尚吧！谢峰老师说得没错啊，果然到处都是卖石头的店，小店、大商场。她没有想到的是，不只是刻图章的印石，更多的是滥大街的石雕，山水人物花鸟都有。一些雕刻的精美，让她产生了购买的欲望，但是她知道自己买不起。

她买了一堆印石。

范冬梅是秦云婷母亲的表姐所生，她就叫她范姐。范冬梅看了秦云婷买的那包印石，很夸张地说，啊呀，你不会买呀！秦云婷说，是买错了吗？不是青田石吗？

范冬梅说，石头是对的，但是石质不好，里面很多黑钉，刻起来不舒服的。这样的僵石头不值钱，一半价就可以买两堆的！

秦云婷很心痛，要范冬梅陪她去跟店家论理。范冬梅对店主说，你不作兴这样的，欺负外行，卖得太贵了，不可以这样做生意的！

穿着一身花西服的店主说，石头没有好坏，喜欢就好。你说不好,我说好。石头是你挑的,你要的,我说好说坏不算,你说不好也不算。在我们青田买石头,没有退货的规矩,你们一家一家去问好了,也没有说买了之后才觉得贵要退货的规矩!要是觉得贵,当初就别买!

范冬梅说,你吃吃外地人也就算了,我老街坊邻居过来,你这么说,就不上路子了!

什么上路不上路,我又不认识你!

范冬梅说,你这个人,蛮的!

花西服居然放出一条黑背大狗来,凶狠地冲上来狂吠。她们两个扭转屁股逃跑,范冬梅说,这个人要断子绝孙的,像日本人一样放狼狗出来。

谢峰老师说,这些石头,石质是差一点,但是,我的风格适合用这样的石头,我喜欢刀锋在石头上爆开来的感觉,这种感觉是最有书法趣味的,就像用饱含墨汁的笔在宣纸上疾书。

女儿翁倩倩居然没有排斥篆刻。她的手被自己凿了一刀,竟然贴一个创可贴继续刻,没事人似的。也是她跟谢老师有缘分吧,她学得很认真,很快就有点腔调了。她刻了自己的名字,还刻了一方朱文印"秦云婷"送给母亲。秦云婷激动得流眼泪,说女儿一夜之间长大了!

给你爸爸也刻一个吧!

翁倩倩却不肯。秦云婷知道,女儿讨厌她的爸。翁量全确实是个不称职的父亲,也是个不称职的丈夫。他每天晚上都会出去喝酒，喝得醉醺醺回家用皮带抽门。有时候就用皮带抽妻女。他们家穷，他喝酒倒也不花家里的钱，因为他酒量好，所以天天有人叫他去喝酒，都是别人花钱。他们都叫他翁量大。而他自称是"陪酒员"。可是哪有陪酒员天天喝醉的！他能喝两斤，没错，但是回家没有一次不醉的。半夜三更，有时候是第二天早上，他哇哇哇地呕吐，狼一样嚎，整幢居民楼都听得见。秦云婷觉得特别丢人，遇见邻居，好像人家就是用异样的眼光在打量她，好像在说，看，这个酒鬼的女人！

女儿说，老妈你要是不跟他离婚，我就离家出走了！

【D】

范冬梅发了个微信朋友圈，说她在马德里看玻利维亚人的节日游行。她发了一些照片，玻利维亚人穿了五彩缤纷的民族服装，在大街上载歌载舞。那些玻利维亚姑娘，丰乳肥臀，男人则个子矮矮的，皮肤黑黑的。秦云婷评论说，怎么去西班牙了？

范冬梅私信说，你不知道啊，我们青田每家每户都有人在西班牙的！

她对秦云婷说，你也来西班牙吧，你在国内又没有工作，没有收入，靠男人养，他当然就是大爷，要打要骂随他啦！你来马德里吧，首都啊不会比你苏州差吧！

秦云婷说，你不回来了吗？

范冬梅说，我回去干吗？！

男人对她说，去西班牙那种鬼地方干吗？全世界中国是最好的，全中国苏州最好，上有天堂下有苏杭不是吗？你要是敢去，我就打断你的腿！

秦云婷骗男人说，范姐帮她买了机票，她在西班牙赚了大钱，请她去玩一趟，十天半月就回来。

女儿一定要跟她去，男人表示支持。他说，去吧去吧，她在家里，看到我就像看到仇人似的，我管不了她！他说。

到了马德里，秦云婷就去申请了工作居留。你不要回去了！范冬梅对她说，你在这里随便干个什么工作，就能养活自己和倩倩了。马德里物价很便宜的，只要你不是在外面吃，自己在超市里买了回家做，那是很便宜的。比我们青田便宜很多，比苏州肯定还要便宜。这里的东西而且放心吃，没有什么食品安全问题。

可是我语言不通，到哪里找工作？

范冬梅说，我也语言不通。很多只会说 hola 的中国人，在这里已经生活了 10 多年甚至 20 年了，一点问题都没有！你看 Usera 这里，都是中国人。生活在这里，就像在中国的某个城市一样的，跟青田一样！

秦云婷去一家饺子馆工作，包饺子、洗碗。但是每月的保险费要她自己交。老板说，按道理是应该我交，但是我交的话，就雇不起你，成本太高了！一般都是这样的，你自己交，先挣口饭吃，立稳脚跟再说。

她算了一笔账，挣的工资除了母女俩生活费，还要交房租水电,实在太拮据了。她就有了想要回国的打算。

看她一副愁眉苦脸的样子,范冬梅说,你别怪我哦,不是我骗你出来的,你来不来跟我一点关系都没有。你又不是来帮我干活,我也不能把你们卖掉。我是觉得这边好,才过来的,才让你过来过好日子的。

可是……

我知道你现在紧一点,但是你可以想办法呀!

秦云婷叹了一口气,我有什么办法啊!

范冬梅神秘地看着她,笑着说,你可以卖自己啊!

秦云婷感到惊愕,说,怎么能做这种事呢!再说,我这把年纪了!

范冬梅说,一个月做几次,房租水电什么的都出来了。她拍拍秦云婷的脸说,你不知道吧,这里不是国内,老外不只是喜欢年轻姑娘,像你这样的,比你老很多的,也有很多人喜欢的。许多老外,反而更喜欢你这样的,年纪更大的女人!

秦云婷初中同学群里有一个女同学,是以前隔壁班的同学,一直没有交往的,突然来加她,加上之后告诉她说,你老公好像跟路通电缆公司的一个会计好上了。秦云婷见过那个会计,有点瘸腿的,她听男人几次说起过她,说她酒量非常了得,是女中豪杰。秦云婷没有搭理她的耳报神同学,但她相信她没有瞎说。她感到伤心,自己怎么会嫁了这样一个男人,这个男人有什么好?他似乎从来都没有对她好过,也不对女儿好。但是却和一个瘸腿的女人好上了。这是为什么？这既是背叛，也是侮辱。

她就死了回国的心。她父母都去世得早，女儿跟着她，说起来国内就再也没有亲人了。根没有了，譬如飘萍，在哪里不是过日子呢？三餐饭，一张床。唯一希望的是，女儿完成语言学校的学习后能顺利考上一所大学。

女儿却说她不要上学，她一直都不喜欢上学的。那你以后怎么养活自己？翁倩倩说，妈你不用担心，我不会饿死的！但你这样整天待在家里，就是拿了个手机，哪里也不去，什么也不干，总不是个事嘛！

没想到农历新年在马德里，竟然是那么热闹。中国人自己倒似乎并不那么当回事，但是老外很重视这个节日。马德里到处都挂起了宣传画，画上一只大公鸡，西班牙语的"新年快乐"下面，还有"丁酉"两个中国字。Usera 政府还举办了以中国为主题的画展。街道上彩旗飘飘，老外或是一家子，或是成双成对的，头上戴了鸡头帽，走来走去，傻乎乎地欢度中国新年。秦云婷打工的饺子馆生意火爆，来吃饺子的绝大多数是老外。Usera 政府广场上，还搭起大棚子，搞中国庙会。不知道翁倩倩会刻印章是怎么让这些人知道的，青田同乡会的人找上门，一定要让她年初一那天去庙会上表演刻印。两个老外让她刻了人名章，一方是安东尼，一方是玛丽，每方收费 10 欧元。翁倩倩把钱交给母亲，秦云婷说，她不会把这 20 欧元钱用掉的，她要一直存着，到时候和她的嫁妆一起给倩倩。

饺子馆老板是一个50多岁的青田人，他对秦云婷好像特别关照，他的"好吃"饺子馆在西班牙有好几家分店，光马德里就有三家。巴塞罗那和马拉加各有一家。他想在马德里开出第四家，就在西班牙广场那里，店面都已经物色好了，他想让她去那里做店长。但是秦云婷有点怕他，不想跟他太近乎。范冬梅说，他不是挺好吗，老板很大的，又是单身，是钻石王老五呢！你这么挑剔啊？那你客人也挑吗？秦云婷说，客人就是闭上眼睛忍一会儿就过去了，但是他老要黏着，像谈恋爱一样，吃不消的。范冬梅说，没想到你这么讨厌他！

其实老板人不错，对她也挺真心的。比起她的老公翁量全，真的不知道要好到哪里去。但她就是不能接受他，每当他靠近她，温柔地和她轻声说话，她就有说不出的难受。她很主观地认为，他的嘴应该是臭的。他的秃顶和大肚子，实在让她受不了。不要说接受他，就是想一想接受，她都会觉得很恶心。

老板给她上保险，她没有拒绝。他还通过朋友在银行的关系，帮她弄到了全额贷款，买了一个二室一厅小房子。她知道他对她好，心里也感激，但就是不能接受他这个人。她也尽量忍的，每当他靠近她，她也尽量不表现出厌恶，但是他邀她单独出去吃饭，她总是拒绝了。他要到她家来，她也都想方设法婉拒了。她估计他很快就要对她失望，对她要么放弃，要么报复。她等着那一天。她知道会有那一天，那一天迟早要来。只不过她不主动说什么，只是默默地等待着。

她等来的结果，是她万万没有想到的，就是给她一百个脑袋也不会想到，老板和她的女儿翁倩倩搞上了！她扇了女儿一记耳光，打得很重，她自己的手也打麻了。你不该打她的，范冬梅说，你打了她，你看，她就不回来了是不是！

她打女儿电话，她不接。再打，干脆关机了。一个让她厌恶的老男人，竟然成了她的女婿，这么荒诞的事，她睡了几天，醒来之后还是觉得只是梦。她不知道应该怎么办！她又想到了回国，可是，回国后去哪里？她的家都被人占了，没地方去了！再说，碰到熟人，都会问她女儿呢？她的女儿呢？她把女儿弄丢了！那么她还能去什么地方？继续留在马德里吗？继续在饺子馆工作吗？

【T】

女儿不回来，按理她可以把另一个房间出租掉，每月可以有250欧元的收入。但是她偶尔还会带男人来家里，所以没有租出去。带回来的都是老外，没有中国人，有西班牙人，也有南美人，还有摩洛哥人。她不让他们进房间，只是在客厅里做。

那个摩洛哥人法迪，居然跟秦云婷说，他想娶她。他说他不是难民，他在西班牙是有合法身份的。他掏出他的居留卡给她看，他认为上面的照片拍得不好，不如他本人好看。他说他家在阿加迪尔，开着一家很大的超市和一家海鲜餐馆，他希望他们结婚后，她能跟他去阿加迪尔。她就跟他似真似假地说，好啊，让我想想。

他就觉得他们的关系，已经不是那种关系了，已经变成情侣了，他就没有付钱给她。但是她不这么认为，她坚持问他要钱。法迪说，你不肯嫁给我吗？秦云婷说，现在还不！

没过几天，法迪又来找她。秦云婷不开门。他连续按楼下的门铃，她就是不理他。

有天她下楼去扔垃圾，看到法迪就坐在垃圾桶边上的长椅上。她掉转头就走，但他飞跑过来拦住了她，他的大长腿，跑步就像闪电一样。他问她为什么要拒绝他。她说不为什么。他叽里呱啦说了一通，凭她的西班牙语，根本听不明白。最后她听懂了一句，好像是他说要报警。她就很来气，觉得这个人是个垃圾，进了楼道，她把门很响地关上了。

秦云婷有点怕他报警，但是又想他也没有证据，对他就只剩下恨了，恨这个垃圾男人，说是想娶她，为的就是免嫖资，居然还说出报警这样的混账话。后来她一点都不害怕了，因为她听说，虽然色情交易在西班牙是不合法的，但是取证难，警察不可以直接闯进家里来。如果他们进来，他们就是先违法了。报警有个屁用啊！她对着地上狠狠地说了一句，好像法迪能听到一样。

为了避免他再来纠缠，她决定把一个房间租出去。有房客住进来，谁还敢胡来？她通过中介，很快租出去了，与房客见了面，那是一个中国女孩，30多岁了，还来马德里读书，在康普读硕士研究生。两下见了面，签了合同，星期四就要住进来。她觉得这个女硕士生，长得跟自己有点像呢，特别是身材，背影会不会完全一样？想到她们就要住在一起，秦云婷觉得有些温暖，好像从此不再孤单。

还有两天，女硕士生就要住进来。仿佛是做一个告别仪式，秦云婷在星期一最后一次带男人回家。这个矮小的西班牙人，进屋后就是叽里呱啦说话，好像他来这里，不是为了别的，就是来说话的。秦云婷让他不要再说，因为她只会一点点西班牙语，根本听不懂他的长篇大论。她让他进卫生间洗澡，而她，则在地上铺开了一个床垫，又往床垫上喷洒了一点香水。

她怎么能想到在这个时刻，女儿翁倩倩会开门进来呢？而且是和她的水饺馆老板一起进来的。他俩一边说笑，一边咔嗒咔嗒开门，于是就进来了。客厅里的四个人，瞬间都凝固了。楼底下木头长椅上，一个人正在弹吉他，乐声飘上来，从窗户里进来，就像吉他是在这个客厅里弹奏一样。

【C】

女硕士生是南京人，和秦云婷可以算是老乡吧，都是江苏的嘛。她拖了两个硕大的行李箱进入秦云婷的房子里，秦云婷的第一反应，竟然是流泪了。她不知道自己为什么这样。是突然而至的亲切温暖的感觉冲击了她，又撞击出委屈、羞辱的浪花吗？女硕士生周燕一脸的不解，这个房东好奇怪啊，她为什么要哭？房子租给一个陌生人，不至于这样激动或伤心吧？老乡见老乡两眼泪汪汪难道是这样吗?

秦云婷直接就把自己的遭遇说给了周燕听,没有隐瞒,没有防备。当然带男人回来没有说。彼此好像真的是前世有缘,一见如故。只是房东和租客的关系,却亲如姐妹,说了那么多的话,倾诉的安慰的,交换了太多的人生甘苦,说了太多太多只有闺蜜才会说的话。周燕说,虽然她出身在一个幸福的家庭,从小到大真不知道什么是人间的不幸什么是家庭的悲哀,但是她理解秦姐,感同身受,她为她的所有不幸而感叹伤怀,她心疼她的遭遇,希望她不要像玻璃一样被命运的冰雹打碎了。她祈愿雨过天晴,一切都会好起来,曾经的失去,由甜美的得到来替代;曾经的伤害,由接踵而至的幸运来补偿。她庆幸自己来到西班牙,能认识这样一位房东,能住进这样的房子。她离开幸福温暖的家,远离对她呵护备至的父母,因为有了这样的房东,不,是朋友,她将不会孤单,不会再想家想得断肠。马德里的学习生活,将不再是天涯孤旅。

事实也正如周燕所料,秦云婷对她的好,就是家人一般的,姐妹一般的,甚至是父母一般的。秦云婷很会做菜,她前所未有地焕发出做菜的热情。而周燕对于苏州菜,竟也是那么的喜爱。她去上课的时候,秦姐会把她的房间整理得干干净净,抹桌子拖地,床上也叠得整整齐齐。开始她很不习惯,觉得自己的房间还是别人不要进来的好,那是最私密的空间嘛!但是慢慢也适应了,觉得回来看到一切都那么整洁舒适,真的很好!而且她发现，秦姐并不乱动她的东西，抽屉、箱子、桌子上的各种本本，都丝毫没有被翻看的迹象。周燕为之感动：她是个好人，她是好秦姐！

时间够的话，她会在超市买很多东西回来，吃的喝的用的，提回来几大包，让秦姐一起吃喝一起用。秦云婷觉得不好意思，要亲兄弟明算账，周燕说，不要见外啦，你为我付出那么多，我也没有计较呀！我们家经济条件比较好，我妈又打了两万欧元给我，花不掉呢！

巴塞罗那恐怖袭击那几天，周燕感到害怕，睡不着觉，就到秦姐房间里和她一起睡。两个长得很像的女人，挤在一张床上，结果睡得更少，说了太多太多的话，一直到天明。

范冬梅说，你们会不会是同性恋？秦云婷说，范姐你说什么呀，你好阴暗啊，怎么就往那上头想。我告诉你，不是的！我们就是好姐妹，上辈子我们一定是亲姐妹。我们在一起有说不完的话，说什么话都是大家感兴趣的。真的，自从她住进来，我就不再像以前那样天天沉落在悲伤和孤独中，不再想自己是世界上最倒霉的女人。人生也就是这样，没有什么的，不要去计较幸福和不幸，不要去想那些可怜的事，不要想什么希望不希望，过一天算一天，每天开开心心就好了。

有天周燕告诉她，有个同班的男生在追她，他每天都要发几十条微信给她。秦云婷说，人怎么样？周燕说，还好。秦云婷从她的表情里，看出来她对那个男同学其实挺有好感。她一时间心里酸酸的，颇为失落。但是转念一想，她应该感到高兴，应该为她高兴呀！几天之后，周燕对她说，那个男的，是有女朋友的，她在国内上大学，马上毕业了，也要来西班牙读研。那他为什么追你？秦云婷有点来气。他说他想我做他的情人。秦云婷说，放屁！他做梦！

周燕哭了，她说她从来没有谈过恋爱，之前有过男生追她，她没有接受过。这个男生算什么呀，长得又不好，我为什么会和他去看电影？我是不是一个人在这里读书太寂寞了？我是不是太贱了？

秦云婷把她抱进怀里。周燕说的那些话，让她感到酸楚和失落。她一个人在这里读书感到寂寞，她还是寂寞啊，没她秦云婷她感到寂寞，有她秦云婷其实还是寂寞啊！秦姐没那么重要的，根本比不上一个长得很路人的轻浮男生！秦姐再好，也不过就是房东，就是一个会为她做做菜打扫一下房间的女人，只是这个女人，房东，同时还可以和她说说话解解闷罢了！

秦姐，你为什么不开心？这几天你都不太说话，我好担心哦！

是不是有什么事？或者是我说错什么话了吧？

秦姐你不要不理我，你不理我我郁闷的！

秦云婷说，我给你介绍个男朋友吧，交了男朋友你就不寂寞了。

周燕说，我不要我不要，我和秦姐在一起就不寂寞！

上编　马德里

听她这么说，秦云婷几乎是心花怒放。她来回走了四十分钟路，去买了周燕喜欢的火腿蘑菇比萨回来，两个人一起吃。她们打开一瓶周燕买的红葡萄酒，就着比萨喝开了。周燕的酒量很好，她喝了大半瓶，只是脸上有些微红，根本没事人一样。而秦云婷，则头晕晕的，坐都不稳了，她半趴在桌子上，口齿不清地说话。她在这种状态里，想起她的酒鬼男人，每天都是喝成这样吗？半夜呕吐，狼一样嚎叫。你酒量不行！他酒量不行！她说着胡话。

早上三四点钟的时候她醒过来，胃里翻江倒海，难受得就想死。她侧过身对着地上吐，其实是吐在了周燕放在她床头的一个塑料盆里。她不知道自己是不是哭了，反正就是在哀号。

这天周燕没去上课，在家里照顾她。她熬了粥，去温州超市买了榨菜，给秦姐醒酒。秦姐，她笑道，你从来没有醉过是吗？你先生酒量那么好，你要像他那么能喝就牛了。秦云婷说，别提那个"十三点"，提起他就恶心！周燕说，可是你昨晚自己就在说他呀！还说他酒量不行，哈哈！

如果你回去，还会和他好吗？周燕问她，如果他到西班牙来找你，你会见他吗？

不！秦云婷说，我早就当他已经死了！还有翁倩倩，也死了！他们翁家的人都死了！

你这么说，就是还很在乎他们呀！

秦云婷哭了，说我再也不想他们了，我要开开心心地活，活一天开心一天。人反正都是要死的，开心地死就是赚了，不开心地活100岁也是受罪！

她对周燕说，我要是有你这么一个亲妹妹就好了！我如果是男的，我一定要追你，一定要把你追到手。她说着，突然又大哭起来，说，可是我知道我追不到你的，我配不上你的，我又穷又贱，我怎么能追到你啊！我是癞蛤蟆想吃天鹅肉啊！

不要这样说秦姐，咱们有缘，就是亲姐妹，比亲姐妹还要亲呀！有时候亲人也没有这么亲的是吗？我来西班牙能认识你这个亲姐姐，是我的福气呀！

她们好像是无话不谈，但是卖身的经历，秦云婷是咬紧口风一点点都不说给周燕听的。她怕周燕知道。周燕要是知道了，就会瞧不起她，鄙视她，不再把她当亲姐姐看。摩洛哥人法迪追她的事，她也不让周燕知道。周燕是纯洁的小妹妹，她是周燕温暖的大姐姐。纯洁的小妹妹，怎么可能有一个污浊的姐姐呢！

法迪打过几次电话给她，她也没有告诉周燕。有一次她俩在客厅里吃她做的酒酿小圆子，法迪打来电话，居然向她借钱。她把电话挂掉了。谁呀？周燕问。一个朋友，她说。周燕疑惑地看着她，说，为什么要挂断朋友的电话？

秦云婷说，借钱的。周燕说，不借给他吗？秦云婷说，我哪有钱借给别人。周燕说，他要多少呢？要不我借给他吧。

不要不要！秦云婷赶紧说，他不是个好人！

前天晚上，秦云婷家楼下，路灯坏了，有点黑。法迪在木条长椅上等秦云婷等到半夜,才看见她从大巴车站那里走过来。她没有发现他,她掏出钥匙开门,他就走到她身后,突然用胳膊夹紧她的头颈,另一只手去抢她的包。她虽然喉咙被卡着,但是不松手。他就一刀从她的后颈刺下去。她倒下之后,他才发现,她其实不是秦云婷,她只是一个背影和秦云婷极像的年轻女子。

房东

她的房子最早是出租给两位中国留学生的,男的姓刘,女的姓方。他们看上去都是斯斯文文的,尽管女孩长得不好看,但她对他们印象还是不错。她一直都对漂亮女孩比较排斥,而对丑一点的有莫名其妙的信任感。房子租给这两个人,应该放心。马德里的房东,一般都愿意把房子租给中国人,因为中国人付房租没有问题。南美人、摩洛哥人、罗姆人,他们总体来说不如中国人守信。他们要是不付房租,如果是没钱付,闹到法院都没用。法院不仅不会判他们付清房租,还不允许你把他们赶走,如果他们确实没地方住的话。中国留学生一般来说都是家庭条件不错的,每月都会及时付钱。

谁想到他们其实不是她想象的那么斯文安静。小刘和小方,本来是不认识的,他们只是因为同时租了梅格的房子,才成为室友,又成了男女朋友。他们开始是每人租了一间梅格的房子,认识不久就好上了,住到了一起。两个人现在只需要一间房了,他们因此提出来减掉一间房。但是梅格不同意,她说,咱们得按合同办，咱们签的是半年的合同，你现在退租，我不就损失了吗？"

他们经常会邀一些同学来，在这里聚餐，喝酒抽烟唱歌，有时候还会打麻将。总之很闹腾，有时候通宵达旦，让梅格觉得很烦恼。没有派对的平常日子，他们也不安静，两个人每晚都会在深夜闹出很大动静，声音响，持续时间长。她又不好去说他们。他们是在自己的房间里，这点自由应该有吧！后半夜，有时候是凌晨了，两个人还从房间里出来，进卫生间哗哗哗洗澡。洗澡的时候，还打情骂俏。

她来马德里的时候，没有自己的房子，住在她表妹家里。表妹家是两房一厅，一个是他们夫妇俩的房间，另一间就借给梅格住。开始并不付租金，只是免费借住。梅格不好意思，常常会抢着去超市买菜，回来做了一起吃。但是渐渐地她觉得吃亏了，买菜买得多了，算一算比付房租还要贵好多。她就提出来，亲兄弟明算账，时间长了不能白住。

付了房租的，等于她住的是自己的房子。两家关系在不知不觉中变得不像往日那么亲密了。吃的东西，不知道从哪一天起，也自然地分开了，泾渭分明，她买的东西，即使放在公用的厨房、客厅，他们也不会动。她也不动他们的东西。有天她很饿，看到厨房有香蕉。若是以前的话，她会很自然地掰一个吃。她很想吃，但是没去掰，因为那是他们的东西。

她也带过朋友到家里，是一个玻利维亚人，但是出生在西班牙，小时候在阿利坎特生活，5年前来到马德里。他因为搭乘梅格的车而彼此认识，成了朋友。她跟他学西班牙语，而他则喜欢吃中餐，听梅格说精于厨艺，就想来她住处吃一顿她做的中餐。

表妹表现得很不友好，脸色始终是冷冷的。梅格做好了几个菜，请表妹夫妇一起过来吃，他们没有答应。他们在餐厅摆开自己的饭菜，两夫妇闷声吃了起来。梅格就把酒菜搬去她的房间，和玻利维亚人在房间里吃。

玻利维亚人酒有点多，似乎并不想酒足饭饱后离去。夜里两点的时候，表妹过来敲门，对梅格说，这个老外晚上不能住在这里哦！

梅格很来气。虽然她并不打算让老外留下来过夜，但是表妹这样子，她当然不高兴。她不吱声，表妹就再次严正警告，不允许老外在这里过夜。

玻利维亚人问梅格，房东说了什么？梅格说，她叫你先去洗澡。老外信以为真，就拿了梅格的毛巾去卫生间。表妹过来大骂梅格，要她立刻赶老外走。梅格不理她，只管收拾碗碟，去厨房洗刷。

老外洗完澡出来，不见了梅格。表妹对他说，梅格出去了，她被男朋友叫走了。

尽管如此，梅格也并不是主动要搬走。搬走之前，表妹夫的父母从国内来马德里，老夫妻住梅格的房间，梅格就和表妹夫妇挤一张床。表妹对梅格说，我不介意，你就不要介意。表妹夫说，还没问我介不介意呢！表妹啐了他一口，你介意什么？还不是你占便宜！

一张大床，表妹睡中间，梅格和表妹夫，各睡一边。表妹夫妇都打呼噜，吵得梅格根本睡不着。不过她开始以为，表妹夫的呼噜是假的，他其实没睡着。所以她也一直都不让自己入睡。她有很多想象，总以为他的手会越过表妹肥胖的身体伸过来。黑暗中，她好像已经看到了，他的手伸过来了。但是因为表妹长出一口气，翻了个身，他又缩回去了。

第二天早上，她对表妹说，你们两个都打鼾，声音好大哦！表妹却说，三个人睡，我一直都睡不着，我听到你打鼾呢，你的鼾声好响的，没想到你那么瘦，音量倒很大！

第三天，表妹夫的父母就让表妹一定要让梅格搬走。这样不成体统！老人家很来火。

第四天从表妹家搬出去的时候，梅格决定，就此再也不会踏进她家一步了！在马德里，她就没有了这个亲戚。今生不再相见！

第五天，当她决定自己买房，看中了一套房子，她打电话给表妹，告诉了她，希望他们帮她看看，参谋参谋。

第六天她买的房子位于 Usera，好多中国人都住在那里。华人多的地方，生活总是要方便许多。更重要的是，方便出租。梅格买房的目的，就是一间自己住，另外两个房间出租。

第七天西班牙连续经济下滑，现在的房价，几乎是 10 年前的一半。而且梅格可以贷款，15万欧元的房子，贷款百分之八十，首付只要3万欧元，相当于人民币20万元出头。自己住一间，两间房间租出去，每月可以有500欧元的租金收入。贷款利息是2.5，每月还贷200多欧元，还有200多欧元进账。而且10年后，这房子就是白拿了。

表妹夫妇帮她去看房，挑了很多毛病，房子太旧，而且朝西。特别不好的是地段，Usera治安不好，小偷太多！总之在梅格自己看来是激动人心的事，表妹夫妇却横竖觉得不如意，好像是多么落魄的人，才会要这样的房子。

但是梅格很喜欢这个房子，它的三个房间都很正气，后面就是一个大公园，前面是大马路，离地铁站也只须步行七八分钟。小刘小方两位留学生，和她一样，也是看到这个房子就喜欢上了。

小刘是个帅哥，梅格在马德里这么多年，很少见到留学生有长得很帅的。好像歪瓜裂枣的居多，而且很多都是土了吧唧的，看上去没有一点品位。这是为什么？她感到纳闷。按理说，能够出来留学的，家里条件应该都不差，不应该是这副样子，至少气质会不错。小刘长得像王力宏，很奶油但不算娘娘腔。和梅格的前夫算是一路的男人。梅格不是恋旧，她的前夫确实很帅的，和这个小刘一样。

而小方则是个丑女，她的那一口又脏又乱的牙不笑还好，一笑"倾城"的。不知道小刘是怎么会和她好上的！奇怪，奇怪！这似乎也是一个较为普遍的现象，帅哥往往找丑女。鲜花插在牛粪上，是指美女嫁了丑男。这好理解，因为男人只要有钱，不愁找不到美女。但是美男子为什么要那么丑的女人？梅格常常因此内疚，觉得都是自己造孽，把房子租给了这两个人，把这素不相识的两人，硬是凑成了一对！对男孩，更是觉得愧疚，好像是自己设了一个局，把好端端的一个帅哥给害了。与此同时，她也有点恨他，鄙夷他：你是从来没有见过女人还是怎么的？这种丑女竟然同枕共眠？这样一张烂嘴，你也亲得下去？你是远涉重洋来西班牙，寂寞坏了吧？逮着个人就爱，你妈妈知道吗？你对得起谁啊？

她几次都忍不住，想跟男孩谈谈。作为旁观者，稍稍点醒梦中人。虽说世界上只有撮合没有挑分离的，但是梅格实在觉得这样的一对太毁三观了！男孩不是长得像她前夫吗？这种长相的人是不是都贱？前夫以前追她，算他审美没问题。后来不要她了，难道是被小方一样的母夜叉迷上了？但是小刘小方这一对，并不在同一所大学读书，却总是同出同进，完全不给她机会。她想要对他说的许多话，自己都背熟了，就是没机会说出来。

似乎是她苦苦盼来的，他们终于打起来了。天快亮的时候，梅格被吵架的声音闹醒。她听到女孩的房间里传出来大声的争吵，明显女的声音要盖过男的。然后乒乒乓乓的声音，说明他们动手了。不一定打架，至少是拍桌子跺脚摔东西吧。她听到女孩咆哮，又听到她怪叫了一声，估计是男孩出手打了她吧！梅格感到一阵说不出的愉快。

她的前夫也曾经打过她。他突然袭击，狠踹了她一脚，痛得她以为自己是要死了。但是女人啊，受了这样的一脚，居然后半夜还让他爬到身上，居然还用双腿绕紧了他，居然似乎比平常更有了激情。结果怎么样呢，最终还是他不要她了！他明明白白地对她说，他喜欢上了另外的人。他振振有词地说，没有爱情的婚姻，是不道德的。谁没有爱情？她傻傻地问。

她很痛苦，对他说，我不想活了！他回答说，这个随你便！她又说，我也不会让你活！他说，我不怕的！

梅格来马德里5年多了，她西语不行，只会一些最简单的生活语言。但她居此不久就考到了西班牙的驾照。这个很难。路考没问题，她在国内也算是老司机了，但是理论考非常不容易，完全西班牙语，而且无法作弊，更不能像国内一样代考。她就是凭着机械的记忆，记单词的长短、记单词的第一个字母等等傻瓜方法。如果是来西班牙旅游，国际驾照可以用。但是拿了西班牙居留卡，就一定要有西班牙驾照才能上路。拿到驾照后，梅格就开出租车，其实是黑车，把联系电话印在名片上，放在一些华人开的饭店和餐厅，有需要接送机的、运货的、去近郊旅游的，还有拉去夜总会或者其他地方找小姐的，就会打电话过来。玻利维亚人就是搭乘她的黑出租认识的。他招招手，上了车就对她说，他想找个中国女孩。他说，他想找皮肤白一点的姑娘。梅格说，那你应该去找白人。玻利维亚人说他不喜欢白人，白人皮肤太粗糙了，而且西班牙人其实也不白，晒成巧克力色很难看，满是色斑。他显然是个寻欢的老手，还说，他不喜欢西方人，西方的女人太男性化了。他喜欢东方女性的含蓄温柔。梅格说，那你一定最喜欢日本女孩！玻利维亚人说，不，我喜欢中国女孩。梅格说，你找过中国女孩吗？玻利维亚人说，没有没有，所以……

梅格认识两个东北女孩，她们来西班牙，就是做这个的。她们先是在巴塞罗那，后来又去马拉加，上个月才来马德里。梅格拉过两个中国人去她们那里。中国人是来旅游的，晚上自由活动，就出来找小姐。一般都是要洋妞，开开洋荤。但是那两个中国游客说还是喜欢中国人，和洋妞语言不通，不好玩。听他们在她车里聊天，她知道他们是带了老婆跟团旅游的，竟然溜出来找小姐，天哪，天知道他们跟老婆扯了什么谎，溜出来干这个！

两个东北姑娘的电话，怎么也打不通。到她们 Legazpi 的住处按门铃，按了半天也没有回应。看她们的阳台上，并没有插着纸风车，说明她们并不是正在上钟呀！是的，她们的规矩是，正在上钟的话，就会在阳台上插上纸风车。她们去哪里了呢？

玻利维亚人说，不要找她们了！他邀请梅格一起去酒吧。她说，我不会喝酒。他说，在西班牙，啤酒不是酒，只是普通的饮料。梅格说，我要上班的。玻利维亚人说，你不是要学西班牙语吗？我教你好了！你和我一起聊天，你就能说好西班牙语了。

两个房客，小刘和小方，他们从房间吵到客厅里了，两个人用粗话骂对方。他们在客厅里吵了一阵，打了一阵，实在动静太大了，梅格不得不出去。也许，促使她出面干涉的更主要的原因，是因为她听到了哭声。是男孩哭了！这个没出息的！他的个子，起码高出女孩一头，关键他是男的呀，怎么就打不过女孩，反倒哭了呢！

她打开门，他们两个就停了手，也不骂了，傻站着看梅格。梅格说，你们吵得我不能睡觉！

男孩擦擦眼睛，道歉。女孩却一副满不在乎的样子。梅格说，有什么问题好好说，吵啊打啊像什么样子啊！要是老外，早就报警了！

女孩说，不关你的事！

梅格说，你们影响到我了，怎么不关我的事？

女孩就跟梅格吵起来，她那张嘴，一口乱牙，看上去很是狰狞。她嫌梅格的房子卫生间太小了，淋浴房的花洒洗澡一会儿冷一会儿烫。而且埋怨房东不给他们房间打扫卫生。梅格说，当初并没有约定由她打扫，她是房东，不是保姆。女孩说，房子是你的，当然你打扫。梅格很气，就抱怨说后悔租给他们，他们太会闹了，一点都不文明，经常带朋友来这里闹腾，她再也受不了啦！女孩说，我们签了半年合同的，你想提前赶我们走？休想！而且，我们只住一个房间，却付两个房间的钱，你还不知足啊！

最让梅格气得要死的是，男孩居然帮腔说，毁约是要赔偿损失的！他们一对活宝，居然手拉手进房间去了，恩恩爱爱的样子,好像什么都没有发生。

后来他们又弄了一只猫回来养。他们根本不可能对小动物负责,也不好好管它,大小便懒得铲,整套房子里都是臊臭的。小猫经常饿得乱叫。梅格看它可怜的样子,一双眼睛清纯无辜到极点,就动了恻隐之心,去买了猫粮来喂它。实在臭得不行,就打开女孩的房间去铲猫砂盆里的屎尿。

你怎么能随便进我房间?小方大为光火,你把钥匙交出来!我的房间你不可以随便进!

梅格说,这房子是我的,我是房东!我有一套房间钥匙天经地义!

你随便进我房间也是天经地义吗?

太臭了!你的房间太臭了,整个房子都臭,一进楼道也是臭的!

臭也不能进我房间!你这是侵犯隐私!你以为这是在中国啊?我房间里东西不见了就怪你!

梅格气得不得了,但她没办法,只能忍。她计算着日期,好在,很快就到租期结束了。不会再租给他们,即使空着,也不租给他们。

可是她忽然不舍得那只猫。圆头胖脑的样子,那童真的眼睛,让她喜欢得不行。想到他们就要搬出去了,这只英短猫自然也要带走,她内心居然空空的。

能不能把猫留下?我少收你们一个月房租。

不行，这猫是我儿子！女孩小方说。

不过，她又说，可以暂时留在你这里，我过一阵来带它走。

他们也不提猫粮的事，似乎由她来养这只猫，是理所当然的。

梅格拒绝了玻利维亚人。他长得不难看，对她也挺好，看来他是真喜欢中国女人。但她不喜欢外国人，她觉得和老外在一起是不可想象的。她宁可一辈子不结婚，也不会嫁给老外。他们经常见面，也上过一次床。但是梅格知道不会再有第二次了。他太猛烈了，像是疯了一样，她实在是吃不消的。她喜欢温情脉脉。一想到他那不要命的样子，她就非常害怕。

玻利维亚人也喜欢猫，他每次来，都把猫抱在怀里。但是猫不要他抱，总是挣扎几下就逃走了。玻利维亚人说，它为什么不喜欢我？梅格说，它不喜欢老外！玻利维亚人说，你才是老外呢！

和玻利维亚人交往多了，梅格的西班牙语进步很快。她说话就像一个地道的西班牙人了，这让表妹感到惊讶。表妹说，你不要开黑车了，哪天被警察查到，你可能要坐牢！表妹夫妇在马德里仓库区做生意，每月都要包几个火车车皮，从义乌进货过来，批发给各种百元店和小超市。生意做得挺大。你帮我们开车，有时候看看仓库，毕竟是自己人，总比外人可靠。表妹说，以前的合伙人，虽然也是青田人，老乡，但是手脚不干净，不仅偷仓库的货，家里的东西也偷。放在车里的一个 iPad 也被他偷去了。

梅格每次载表妹夫，他的手都不规矩。你不怕我告诉表妹？表妹夫说，她不会相信你的。那我告诉你，你不要再碰我！

表妹夫说，你表妹怎么一点都不像你？

她怎么了？

她一点女人味都没有！

那你当初为什么娶她？

表妹夫的手又放到她腿上。她一个急刹车，把他的手摔开了。

表妹夫开门下车，去后备厢里拿出一只LOEWE包包，递给梅格，这个给你！

梅格发动了汽车，她紧踩油门，把车开得飞快。西班牙道路上很少探头，所以超速很少被罚。许多在马路上开车奇快，大多是华人。表妹夫的手，又搭了上来。他用力捏她的腿，她被捏痛了。晚上脱下裤子看，竟有一片淤血。

半年后，留学生女孩小方突然来要回她的猫。梅格感到奇怪，你们搬走之后大概一个礼拜，你男朋友小刘就来把它带走了呀！

什么？谁让你给他的？那是我的猫！

梅格说，他不是你男朋友吗？

谁是我男朋友！我不认识他！

梅格说，小方啊，你不要这样，你们在我这里住了这么久，你们一直住在一起，怎么说这个话？

这个流氓！女孩说，他一定把我的猫弄死了，他是个虐猫狂魔！

不会吧？我看他很喜欢猫的，不像是变态。

我知道他恨我，他就折磨我的猫，他一定把它虐死了！

你赔我猫！小方对梅格吼。

梅格说，你这个人好不讲理，我跟你说了，早就被你男朋友带着了。

我也跟你说了，他不是我男朋友！

可是……

可是什么呀，你赔我猫！

女孩伸出猫一样的爪子，对着梅格一通乱抓，把她的脸、脖子、手，都抓破了。梅格反过来也抓她，但完全不是她的对手。年轻姑娘的灵敏度明显高过梅格。梅格感到左眼突然钻心痛，心想眼睛被她抓瞎了，赶紧蹲下来捂住自己眼睛。

梅格站在卫生间的镜子前，看着里面的自己，脸被抓得像蜘蛛网似的。眼睛好像没事，还能看见，但是又红又肿，仿佛是哭了一夜。伊比利亚半岛的阳光，实在是慷慨，马德里一年有三百天以上都是晴天，天特别蓝，云特别白，但是紫外线很强。她来马德里这些年，明显晒黑了，虽然出门都涂防晒霜，色斑还是从身体深处浮了出来。她因此看上去比实际年龄要大几岁。现在脸上的色斑笼罩在蜘蛛网一般的抓痕里。她这张脸就这样毁了吗？

此时此刻，她很想见到玻利维亚人。他经常对她说，他就是堂吉诃德。他的长相确实和塞万提斯笔下的人物有点像。他不止一次地说，他最喜欢的书就是《堂吉诃德》，他的内心，就潜伏着一个骑士，他从小就希望自己长大后能够铲除邪恶，扫除人间不平！他会做得比堂吉诃德好，因为堂吉诃德不靠谱！是的，他从梅格那儿学会了几句中文，他会说"不靠谱"。

他向她求过婚，他说他要和她生三个孩子，因为三个孩子在西班牙可以享受到政府特别的照顾和优待。但是梅格不可能嫁给一个老外。她历来喜欢小白脸，比如留学生小刘这样的款式。说起来难为情，以前小刘小方租住在她房子里的时候，她不止一次梦到这个中国男孩，在梦里和他缠绵，甚至交欢。醒来怅怅。见到他们，则内心不免惭愧。

梅格打电话给玻利维亚人，她希望这位堂吉诃德能过来帮她出头。她恨死了那个女孩！她一定要以牙还牙，要把她那张丑脸抓成碎片。把她砸死的心都有。她真正需要玻利维亚人的时刻到了。她哭着对他说，我想你，我要见你，我……她差一点说出来，我想嫁给你。她此刻的心情，是很无助，他如果马上过来，拔刀相助，为她出头，她也许真的愿意嫁给他。虽然在她心目中，这个老外品行不端，长相也远不是她喜欢的。但是她太郁闷了，太委屈了，甚至悲伤到几乎要崩溃！她必须要报复那个丑八怪，那个小母夜叉，只有把她撕碎，她才能咽下这口恶气。

但是一接通电话，玻利维亚人就向她报喜，说，亲爱的，告诉你一个好消息，我要结婚了，她是越南人，和你一样温柔美丽。

眼睛和脸上、脖子里、心里，都痛。她感到好累啊！她累了，困了，她想睡觉。她要沉沉地睡，关掉现实生活就像关掉灯，让一切东西都陷于黑暗，变为不可见。

醒来她不知道是什么时候，是早晨还是深夜？是昨天还是明天？身上原本疼痛的地方一点都不痛了，仿佛只是梦。但是，一块大石头还是沉沉地压在她心上。她太郁闷了，太委屈了，她被欺负得太可怜了。她必须搬掉心上的石头，不惜一切代价都要做！她已经想好了，她可能会杀人。她已经在想象中杀过她好几次了。刀子刺进那个女人柴火一样干瘪的胸，她的血喷出来，让梅格感到无比的快意。她还想象用一把榔头猛击她的脑袋，它竟像皮脆的西瓜一样迸裂了。

她决定给表妹夫打电话。她认为由一个男人出面教训那个女人，应该更有效。

接电话的竟然是表妹！梅格你这个女人！你个狐狸精！竟敢抢我的男人，你吃错药了？你给我等着，看我不撕了你！她听到表妹在电话里大吼，声震如雷，嗡嗡的好像表妹是钻进她耳朵里去了。

黑色的故事

她一年到头都穿着黑色的衣裳,所以我很容易就记住了她。开始的时候,我还以为,她可能只有这件衣裳吧,一条漆黑的长裙。她怎么不换衣裳呢?有这么懒或者说穷的女人吗?但是后来我发现,其实是她所有的衣裳,都是黑色的。世界上有的人确实是对某种颜色有特别的偏好,但是,像她这样对黑色迷恋到如此程度的,好像也不多吧。她全身上下,除了脸,都是黑色的。也就是说,她除了黑色的长裙,她的袜子,她的鞋子,也都是黑的。头发当然也是黑的。西班牙人许多都是黑头发。

但是严格地说来,她并不是一位地道的西班牙人。她是一个居住在西班牙的罗姆人。

我为什么要叫她"梅隆大妈"?这是因为,每当甜瓜上市的季节,她都会在家里卖瓜。她坐在她家门外十几步远的地方,一张长条的木头椅子上。这时候的马德里,天气炎热,空气干燥。她坐在那里,仿佛是明亮世界里的一个黑斑,或者说一个黑洞吧。她见我路过,就会把我叫住,让我买她的甜瓜。对了,你也许并不知道，甜瓜的西班牙语是"梅隆"。如果你到过西班牙，一定知道"哈蒙"，也就是火腿。火腿是西班牙的名片，它是西班牙最有名的物产。而哈蒙配梅隆，则是一种非常著名的吃法，也就是火腿片和甜瓜叠在一块儿一起吃。顺便要说一下啦，许多人都说，西班牙人是生吃火腿。怎么会是生的呢？其实不是生的，那只是成熟的方法不同而已。并不是所有的食物都要经过火烤水煮才能变熟。自然风干、发酵，都是令食物变熟的方法。比方说，咱们中国人喜欢吃的松花蛋，没有煮过吧，也没有烤过吧，你说它是生的还是熟的？还有榨菜，酸菜，这些菜，你说你是生吃还是熟吃？好了，话休絮烦，咱们还是来说梅隆，也就是甜瓜，也就是咱们通常见到的哈密瓜。其实火腿配甜瓜一起吃，并不是西班牙人的正宗吃法，而法国人、意大利人才喜欢那样吃。

她每次见到我，都要让我去买她家的梅隆。所以，我们就暗地里叫她梅隆大妈啦。

我们在家里，只要打开窗，经常就能听到她在那里吆喝："梅隆梅隆，新鲜的梅隆，甜极了的梅隆——"她的声音很响亮，有时候听上去就像是男的。是的，如果你故意听，这个声音是不是男人发出的，那么，真的不像是一个女人在那里吆喝。

我不知道在西班牙，自己家里卖食品是不是合法。我估计够呛。因为我听说，两个青田人，因为自己在家里烧卤菜，而被警察抓起来了。在西方国家，食品安全是天大的事，可不能乱来。

但是，为什么梅隆大妈却能够在自己家里卖水果呢？她有营业执照吗？她有卫生许可证吗？有没有类似城管这样的人来管她，查她？

夏天的时候，一帮与梅隆大妈年龄差不多的女人，每到傍晚，就会聚集在一片合欢树下聊天。这个地方既是人行道，又像是一个小公园。两张长条椅，总是供不应求。因此有人就会自带椅子，常常是那种帆布的可折叠的椅子，既可以坐，也可以躺。他们真会享受！我所以说"他们"而不是"她们"，是因为，尽管在合欢树下聊天的绝大多数是梅隆大妈一样的中老年妇女，但是偶尔也会有一两位先生混杂其中。年龄是一样的老，混在妇女堆里，一般不说话。所以我在家里只要打开窗，听到不远处叽叽喳喳说话的，都是女人的声音。偶尔听到男声，其实也是错觉，那其实只是梅隆大妈在说话。

吃过晚饭去和他们聊天，加入他们中间去，确实是学习西班牙语的最好途径。我因此了解到，梅隆大妈是一位罗姆人，她的好几任丈夫都已不在，而她的一个儿子，则在阿托查火车站的一次恐怖爆炸中丧生了。

有人告诉我说，梅隆大妈有一项极其超人的技艺，那就是偷钱。在她还很年轻的时候，非常年轻，20岁不到吧，她就展露了这个才华。只要被她盯上，没有不得手的。她甚至能够把人家的手表从腕上脱下来，而对方全然不知。更神的是，她还能将手表给人家戴回去，人家竟然依然浑然不觉。如果有什么机构来组织一次偷窃大赛，那么她是无疑能够获得冠军的。她最神的一次，是跟别人打赌，大家说好了，她要开始偷这个人身上的钱包。而这个人，把他的钱包放在他西装马甲的口袋里，而他外面还套着西装。更为重要的是，他是知道，请注意，是知道，是非常知道，面前的这个罗姆女人说好了要把他的钱包掏出来。他就是防守队员，而她则开始进攻。并且还有人围观。这个人非常自以为是，认为在这样的场景下，要当着这么多人的面，要在他异常警觉的情况下，将他西装内那个西装马甲里塞得很紧的一个钱包掏走，几乎是不可能的事。除非你把我打晕了。他说。

打赌的条件是，如果钱包真的到了梅隆大妈（当然她当时还是位姑娘）的手上，那么他就不要他的钱包了！但是，如果她出手没有掏到钱包，而是被他发现了，或者护住了，那么，她就要让他睡一次。

结果当然是你猜到了的，那个人还没有明白发生了什么事，钱包就到了她的手上。她从她黑色连衣裙的口袋里取出了一个钱包，问他，这是不是你的钱包？那个人惊得眼珠子差点儿掉出来了，伸手去摸自己的马甲口袋。口袋里空空如也，钱包没了。

还给你吧！梅隆大妈（姑娘）大度地把钱包还给了这个倒霉的男人，这个想睡她的男人。男人很没风度地接过了钱包。他这样做得到了在场所有人的鄙夷，一个大男人，怎么也得愿赌服输嘛，说好了钱包一旦被掏走，他就不要了，怎么还能拿回去呢？

更让他惊愕不已的是，当他拿回自己的钱包，发现里面竟然是空的，什么都没有！钱，银行卡，还有地铁票，都没了。

这不是魔术，这是梅隆大妈年轻时候众多传奇中的一种。她敏捷的身手，如果任其发展，完全是可以日进斗金的。

也正因为这样，她才被警方非常严厉地抓进去过几次。通常西班牙警方对小偷，尤其是罗姆人，是比较宽容的。还有摩洛哥人，那些偷渡来西班牙的非洲客，他们坐着皮划艇，冒着生命危险，穿越直布罗陀海峡，九死一生，在马拉加上岸。只要一踏上西班牙的土地，他们就算获得了合法居留，并不会被遣送回去。这是闲话，此处不赘。我要说的是，西班牙警方对于非法移民，对于喜欢流浪的罗姆人，历来都是非常宽容的。小偷小摸，只要不是谋财害命，常常都是睁只眼闭只眼。而这些洋"时迁"，他们也都懂得适可而止，通常都只是对中国游客下手，因为他们知道中国人的身上才有现金。并且，他们掏了中国人的钱包，一般来说只拿走现金，会把里面的护照、银行卡之类扔掉，扔在马路边的花坛里，或者长椅底下。有人捡到，就会交给警察叔叔，因此也不至于导致人家回不了他们伟大的祖国这悲惨结局。

但是梅隆大妈还是姑娘时，因为身手了得，闯了大祸。她竟然偷了一个埃及人。这个人是西班牙警方的特工，他身上带着非常重要的绝密材料，是关于恐怖分子炸弹袭击阿托查火车站的。也正是因为这份材料的丢失，导致了人肉炸弹袭击成功。而梅隆大妈的一个儿子，也在那次爆炸中丧生。不过，他是作为受害者还是施暴者，至今还没有一个定论。

她不得不就此歇手。并且从此一直都穿着墨黑的衣裳，无论春夏，还是秋冬。但也有人说，她一袭黑衣，是在她这个儿子死去之前就这样了。

我居住的房子，原先是一位警察佛朗哥先生住的。他是一个帅哥，或者更确切些说吧，他是一位很酷的人。我买他的房子，从见他第一面洽谈起，到最后去公证处成交，一手交付支票，一手把房子的钥匙从他手上拿过来，始终都没见他笑过一笑。他那留着漂亮胡子的脸，一直都是板着的。所以我想，全世界的警察是不是都是一个德行，他们出于职业习惯，把世界上所有的人都当成了嫌疑人，当成了罪犯，是不是这样的呢？不过警察佛朗哥把钥匙交给我，分手的时候，他提醒我说，虽然住在这里与警察局相邻，但还是一定要注意安全，尤其是一个女人。

后来，我认识了梅隆大妈，听说了她过去的传奇，我就想，佛朗哥先生所说的女人，一定就是她吧！

我的家位于一座小山的顶上，所以视野出奇地开阔。马德里的空气在全世界都是出类拔萃的，全年三百天以上是晴天，空气纯净，天色湛蓝。我常常就是坐在客厅里，或者看书，或者画画写字，或者就是喝茶发呆。但是无论做什么，都会经常抬起头来看天。马德里的天空是我百看不厌的风景，是世界上最美的风景。看那蓝天，深邃得似乎可以在白天看到星星。确实如此，至少月亮是经常在大白天挂在空中的，像一片薄冰。如果天上有云，那这些云真的可以是诗，可以是歌，可以是童话。它们白得像棉花，但是比棉花更轻盈，更干净。蓬松蓬松的，在碧蓝的底色上缓缓移动，悄悄变化，自然而然，随心所欲。因为马德里没有高楼，所以视野开阔到可以看到整个世界。天空壮阔的图画，真是美得让人感觉不像是在人间。

　　警察局就位于窗外的左侧，一座很奇怪的建筑，我觉得它应该是像一支手枪吧。而右前方那片合欢树林的后面，就是梅隆大妈的家。我每次出去，穿过合欢树林去坐公交车，或者去那个小苹果超市买东西，甚至下楼扔垃圾，都会被梅隆大妈喊住。她不是叫我去买甜瓜，就是跟我说话。西班牙人一般不会问你吃了吗，他们的寒暄，其实跟中国人也差不多，除了不问吃了吗，其他都一样。比如说，天气好冷啊！或者说，今天真凉快！或者就是明知故问地说，扔垃圾啊？

　　我去她家买甜瓜，说实话，心里总是虚虚的。我当然不是怕她多收我钱。恰恰相反，她是个很大方的大妈，她总是在卖给我甜瓜之后，送我两个苹果，或者一个黄桃，或者抓一把车厘子，或者无花果。水果在西班牙是最便宜的东西，便宜到有时候简直是不要钱。但我还是能感到她的善意，感觉到她是一位大方的大妈。那我紧张什么？你一定猜到了，我是怕她偷我的钱。所以我每次走进她家，身上都只有一点点现金。就抓在手上，5欧元，最多10欧元。其他的东西，尽量不带。手机啦，钱包啦，都不带。除了钥匙。我还怕她偷我的钥匙，所以我总是把钥匙圈像戒指一样套在手指上，手指弯曲起来，尽管这样，还是担心被她偷去。

所以我去她家，身上的饰物一律除下来放在家里，说句笑话，就是想赤条条去。我平时就喜欢戴个手钏，腕上总不空着，虽然人家看了并不觉得什么，只以为是花花绿绿的玻璃一样的东西。确实有些是玻璃，但是彼玻璃非此玻璃。玻璃到了工业化时代，就很普遍，不值钱了，但是它在古代，却是和白玉、玛瑙、珍珠，以及金银器、青铜器一样珍贵的，所以说我手上的汉代琉璃还挺珍贵。没错，玻璃在古代叫琉璃，在更古的时候，也就是汉代以前，它被叫作费昂斯，那是从古罗马传过来的技术，是一种提炼石英砂还不完全彻底，也就是带有很多陶土属性的原始玻璃，那可是古代琉璃的鼻祖哦！费昂斯到了汉代基本就没有了。之后，一直到明清时期，玻璃不再叫琉璃，而被称为"料"，意思就是与和田白玉一样的玉料，炼制出来，用传统的琢玉方式，雕刻成各种主要供赏玩的器皿，比方花瓶、花觚之类的东西。清宫使用的料器，那是与和田白玉一样珍贵的。现在世界上一些大的艺术品拍卖会，动辄会拍出几百万元的天价，就是一件料器，或者叫玻璃花瓶或者玻璃碗。

好了，废话又很多了。我说的是，我手上戴的，虽然可能绝大多数人不以为意，但我自己却知道还算是宝贝。除了琉璃，还有一些像西周的玛瑙、战国的水晶和绿松石之类的珠串，自己十分珍爱的。所以去梅隆大妈家里，我都会特别小心地事先取下来，不带过去。

通常来说在马德里这样的大城市，人和人除非是通过特定的社会关系认识，互加微信，或者 Whats App，才有可能成为朋友，以后还会交往。而萍水相逢，则之后也就在人海中，在时间的海中消失得无影无踪了。佛朗哥先生和我，其实就是应该这样。我买了他的房子，办完交割，银货两讫，从此就一定是老死不相往来。

偏偏我们家的设备，好像不时出问题。一次是安装闭路电视，不得不找到他，请教他墙内空心管道的布置走向。马德里人即使是100年历史的房子，基础设施还都是没有落伍的样子。墙体内布置的空心管子，连通所有的房间，不管是户内还是户外，如果要有线路进来，不用开膛破肚，也不必走明线，只要清楚空管的布局，就能不露痕迹地拉进线来。但是闭路电视公司的工程师遇到了困难，无法顺利布线，他就让我一定要找到以前的房东，让他交出墙体内空管的布置图。

我说过了，佛朗哥先生是名警察。他的单位就在他家附近，没错，是警察局。但是他曾经的家，现在成了我的家。而他自己，则搬到较远的地方去了。他现在住在哪里，我只知道个大概，只能去他单位找他。

我发现我们家附近的警察局里，个个都是帅哥。其实马德里人并不是太漂亮，东欧人才真帅。但是我走进警察局，才发现，里面的人个个气宇轩昂，个个都是大帅哥。佛朗哥先生虽然年龄偏大，但他穿着警服，真是有腔调。

他依然脸上没有一丝笑容。

后来又有一次,楼下的邻居上来打招呼,说他的天花板渗水了,而且一天比一天严重,他没有征得我的同意,就进了我家,直冲厨房间。由此可见,他对渗水已经十分恼火,顾不得礼貌,非请即入。他在厨房里没有发现什么,后来就断定是我们的淋浴房出了问题。

怎么办?当然是去找警察啦!不是找一般的人民警察,而是我家房子的前主人,佛朗哥先生。

这么一来二去,我们彼此也留了电话,算是熟人了。

我们甚至还相约了去酒吧喝啤酒。

他脱下了警服,依然很帅很酷。他的眼睛不大不小,眼珠明亮,目光坚定。而脸部的轮廓,当然没话说,仿佛是古希腊大理石雕塑的头像。关键是胡子,他留着非常漂亮的胡子,虽然不长,但是茂密。而且打理得干干净净,造型看上去并不刻意,但我知道绝对不是自然生长,一定是经过了精心修理和长期养护的。

他居然还有文身。这在我看来简直是不可思议的!不要说警察,如果在中国,如果你是机关干部,或者教师,或者学生,你都不可能有文身。即使你只是一个普普通通的人,身上刺了一条龙,或者弄一行"不成功便成仁"或者一个"忍"字,都会被视为异类。但西班牙人不是。马德里的街头,似乎到处晃荡的,都不是正经人。不是发型奇奇怪怪,就是身上文得五彩缤纷。相对而言,他们的衣着反倒并不出格,相反还有点土气。

佛朗哥的手臂上,文的是一行中文,上面写着"伊莎贝尔宝贝"。他说,这个伊莎贝尔,是他年轻时候的一个恋人。因为他爱她太深,关键那是他的第一个恋人,所以刻骨铭心,把她文在了手臂上。我跟他开玩笑说,那你后来的恋人,应该全部都叫伊莎贝尔吧?否则她们会不会跟你翻脸?他说你猜对了一半,在他众多的女朋友中,曾经确实又有两位名叫伊莎贝尔的。

他掀开他的T恤,给我看胸前的一幅肖像。这是我的妈妈。他说。他把母亲文在了胸前,这是个恋母的家伙呀!她真漂亮!我说。这时候,我破天荒地看到他的脸上露出了笑容。

我们聊了半天文身,我还跟他说,伊莎贝尔四个字有三个是繁体字,我估计他是去了一家台湾人开的店里文的,是不是?他说正是。但是我告诉他,三个繁体字里,错了两个。我告诉他错在哪里,正确的方法又应该怎样写。他听得很认真,最后说,他喜欢中文,他还曾经去语言班学过几天。但是中文太难了!

而我是觉得西班牙语才是世界上最难的语言。别的不说,他们说话语速之快,简直不像是人类,倒像是录音之后通过快速播放功能发出来的声音。他们的舌头,是他们身体上最灵活的器官,他们一口气简直就能说完一部短篇小说。

言谈之中,还说到了梅隆大妈。他特别提醒,这是一个危险的邻居。为什么?我很担心地问他。

他想了想,说,她是一个鬼!

我觉得好惊悚啊！什么？梅隆大妈居然是个鬼？这个话，从一个文明高度发达的西方人嘴里说出来，从一个马德里警察的嘴里说出来，可信吗？

佛朗哥对我说，他还住在原来的房子里的时候，他说的原来的房子，当然就是指我现在住的，他好几次在楼道里看见一袭黑衣的梅隆大妈。而她，是不会有我们楼道门的钥匙的呀！你是谁？他当然要盘问她。但是，她很快就下楼走了。几次都是这样。而且，她的行动看上去一点都不像一个五六十岁的老太太，而是有小姑娘一样的轻盈、灵敏。她就像墨鱼喷出的一股黑水，他形容说。

她是来偷东西吗？

佛朗哥摇摇头。

还有一次，他说，他居然在自己家的窗外看见她。但是，我们家的房子，是位于四楼的呀！四楼的窗外，她有可能出现吗？她会飞吗？她会像气球一样飘浮起来吗？

我很认真地打量佛朗哥，我觉得这个英俊的西班牙警察是不是脑子有点问题？他说的话，显然越来越不靠谱了！

有一天我在街头看见佛朗哥。这时候的他呀，正把一个小男孩按倒在地，一只穿皮鞋的脚，则踏着地上男孩的头。他全副武装，腰里不仅有警棍，还有一把枪。围观的人很多，各种人都有，有西班牙人，有南美人，有摩洛哥人，还有东欧人和中国人。我一看这情景，心里马上想，这个佛朗哥，果然神经有问题。作为一名警察,他怎么能当众做出这种事?居然把一个最多12岁的男孩按倒在地,还用大皮鞋踩住了他的脑袋!

警笛在呜呜地响,看来来此执行任务的,不止佛朗哥一人。我就问吃瓜群众,到底发生了什么事。有人说地上被踩着的孩子,是一个小偷。还有人说,边上的水果店失窃了,报了警,警察来了,这个男孩却莫名其妙地辱骂警察。警察在执行公务,辱骂警察当然算是妨碍公务,佛朗哥似乎有理由这么做。但他只是个孩子呀,教训他几句谅他也就不敢再骂人了。或者掏出警棍吓唬他一下,他估计也就不敢再吱声。有必要这样吗?像对待恐怖分子一样如临大敌?

后来梅隆大妈出现了,她冲进人圈子里,要将佛朗哥推开。佛朗哥身手了得,只是一挡,就把她推倒在地。她跌坐在地,哭了起来。她一边哭,一边叽里呱啦地说着什么,似乎在解释,又像在控诉。凭我这点西班牙语,几乎听不懂她在说啥。

有人告诉我,她在说,这个孩子,是她的侄子。她的亲人,只有这侄子了!她还在诅咒警察,说警察滥用权力,说马德里警察没有一个好东西,他们都是垃圾。

佛朗哥的同事,另外两名警察,过去把梅隆大妈扶了起来,其实是把她架走了。而佛朗哥先生,则从小男孩的身上,掏出了两个手雷。这种奇怪而危险的武器,怎么会在孩子的身上出现?围观的人们哗的一下就散开了,好像手雷马上就会在警察佛朗哥的手上爆炸。

当年和菲力斯一起坐皮划艇到西班牙来,一共六个人,最终只有他一个人成功地靠岸。在马拉加海边被警察拉上来的时候,他冷得浑身发抖。但是他的发抖,他自己认为,还与激动有关。他忍不住哭了。警察给他穿上了羽绒服,他还是身子抖得像装了发动机一样。

羽绒服穿在他身上,显得太小了,显得他的腿更长了。是的,他是一位长腿大叔,手长腿长,飞跑起来估计地球上很少有几个人能追到他。

他的五个同伴,都葬身大海了。他们横穿直布罗陀海峡,就是为了来西班牙。他们知道海上会遇到困难,无论有多困难,他们也都做好了迎战的准备。比方鲨鱼,这是他们最害怕的。但是最后还是这种凶猛的海上动物要了几乎所有人的命。菲力斯的同伴马丁,由于对着海面撒了一泡尿,他的尿膻味,引来了鲨鱼。鲨鱼先是咬断了他们的桨,很快就把皮划艇咬破了。一共六个人,五个成了它的食物。也许它的食量只有那么大,菲力斯死里逃生,漂到了马拉加。

马拉加是西班牙南部美丽的海滨城市,海水优质,风光如画。一些西欧东欧的有钱人,尤其是英国人,还有俄罗斯土豪,在马拉加购买别墅,享受那里透明的海风和金子般的阳光。但是菲力斯根本不知道马拉加长什么样,他一上岸,就被警方带走。

后来他就一直生活在马德里。他用塑料布做了一个包袱,四个角穿上绳子，让它可以像降落伞一样打开和收拢。他在马德里太阳门广场一带，以及地铁站摆放一些假名牌包包，或者世界一线品牌的运动鞋，当然都是假货，出售它们，以此为生。只要看到警察的影子，他就将手中的绳子一收，全部的货品，都随着"降落伞"的收拢而迅速变成一个可以驮在背上的大包袱。他奔跑起来，没人能追上他。他的长腿像黑色的闪电，转眼就跑得没影了。

有一天他在丽池公园的草地上出摊，没有发现警察出现。但是有个女人及时提醒了他。她对他大喊："警察！警察！"

警察没有追上菲力斯，于是对女人进行了一番盘问。得知女人和逃跑的人并无瓜葛后，警察放走了女人。这个女人就是梅隆大妈。当时她还算年轻，和一个埃及男人结过一次婚，但是男人因为横穿马路，被一辆飞驰而过的跑车撞死了。

我曾经斗胆问过梅隆大妈，她一身黑衣，四季如此，是不是就是从那时候开始的。想当然地认为她和埃及男人感情非同一般，他死于非命，对她而言，打击过于巨大，她心灰意冷，于是从此一年到头都穿黑衣黑衫，以此纪念她的第一次婚姻。

梅隆大妈不置可否，她只是撸起袖子给我看，她里面的衣裳，也都是黑色的。

有一天我在楼下的合欢树林下和老人们聊天，梅隆大妈缺席。有人说她拔了一颗牙，创口感染了，发很高的烧，正在诊所治疗。老人们谈论起别人的家长里短来，一点都不比中国的大妈们逊色。他们的闲言碎语，充斥着俚语、暗语，我根本就没办法听懂太多，无法领略到他们闲谈的生动和乐趣。只是大概获得了一些信息，关于梅隆大妈的。因为她本人不在场，这给了所有人尽情议论她的绝佳机会。因为平时，一圈人纳凉也好，晒太阳也好，梅隆大妈总是从不缺席的一位。

她其实不是罗姆人，有人说，她的埃及丈夫车祸离世后，她嫁给了一个罗姆人，并且生有一子。不过严格说来，他们并不是正式的婚姻，而只是有过一阵短暂的同居。这算不得什么。在西班牙，同居的现象十分普遍，相反正式的结婚反倒像是一件另类的事。她的罗姆儿子，现在也早已不在人世了。那年阿托查火车站的恐怖事件中，他死于爆炸。老人们说，他就是恐怖分子之一。

有人见过他。虽然这个儿子并没有跟着梅隆大妈过，但是，有人看到过他来梅隆大妈家里，给她扛来两袋面粉。看见他的人说，他是一位英俊的小伙子，长得和梅隆大妈有点像，但是比她好看多了！

一位坐在轮椅上的老人家说，她那时候还没有中风，走路腿脚灵着哪！那年新年，她在马约尔广场波丁餐厅边上的排档上吃饭，见到了梅隆大妈一家！她强调了"一家"。很多人哪！她说。除了梅隆大妈本人，还有她的儿子，还有一个男人，还有另外两个女孩子，一大家子。他们就坐在轮椅老人相邻的桌子上吃饭，吃烧烤，吃海鲜饭，喝桑格利亚酒，庆祝新年。马约尔广场上还有人演杂技，还有人抱着吉他唱歌。她还看到梅隆大妈的男人给唱歌的人一个硬币的小费。但是吃完饭，这一大家子的人，基本都走了，他们高高兴兴地说着话，对着广场上的新鲜事儿指手画脚。只留下梅隆大妈一个人，她正了正衣裳，过去对排档老板说，新年来到，大家都非常开心！她首先祝老板新年快乐！接着她说，他们这一家子相亲相爱，但是他们没钱。没钱也要欢度新年，她希望排档老板能够理解他们的心情。最后她希望能够给他们这顿新年饭免单。

老板答应了吗？大家以不同的姿势坐在合欢树下，却问了同样的问题。

嗯，轮椅大妈说，排档老板是个好人，他皱着眉头爽快地答应了，上帝保佑他！

也就是在那天晚上，在散发着清香的合欢树下，我了解到，梅隆大妈还和摩洛哥人菲力斯有过一段时间的同居。他们也住在Usera，但不是这个地方。他们详细地描述了菲力斯的外貌，说他长臂长腿，长得就像一只黑猩猩。有人说见过他几次，都是在夜里。他和梅隆大妈走在一起，他穿着一件绿色的T恤。两个人在黑暗中走路，就像是空中飘浮着一张脸和一件绿色短袖上衣，其他都是黑的，看不见。

最后他们说，菲力斯后来不知所终。警察佛朗哥先生一直在寻找他。据说有天佛朗哥在附近的小酒吧喝酒，喝得有点多了，他告诉别人，说菲力斯是一名上了马德里警方黑名单的人，他涉嫌参与了多起恐怖袭击,只是都没有成功实施。他现在可能在北方圣地亚哥一带潜伏,佛朗哥先生说,马德里警察一定会把他找到的。

下编　苏州

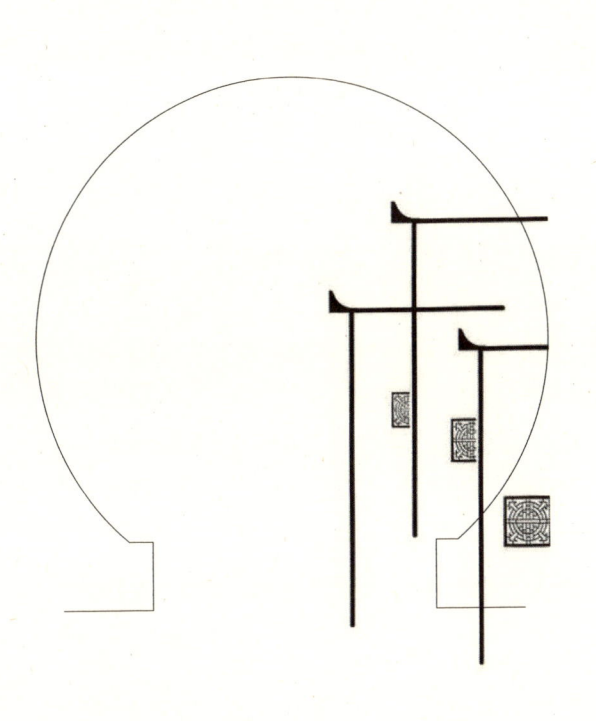

燕家巷

这条巷子如今在还是不在,已经不是很重要了。据说它就在医学院后门,从十全街可以绕进去。而我无数次到十全街去,为的是去看望诗人陶文瑜,他在苏州杂志社工作,他的单位在十全街的南林饭店一侧,一条也许跟燕家巷同样幽深、破旧的小巷子里。这巷子名叫青石弄,杂志社位于青石弄5号,这个漂亮的小院子是叶圣陶先生的故居。每次走进青石弄,我都会有这样的念头突然降临:我为什么不去燕家巷看一看呢?或者想:这是不是燕家巷呢?燕家巷也是这个样子吗?

但我真的一次都没有重回燕家巷。它对我来说,并不是一条实实在在的小巷,也绝对不是一条像青石弄这样平凡的巷子。它是一个神秘所在,业已消失了的一道时间的缝隙,是我人生的出口。现在这个非同寻常的地方,即使还存在着,它也一定早已面目全非了。如果再刻意地去寻访它,又有什么意义呢?它只能是留在记忆中的——甚至连记忆都谈不上,其实我早已忘记了与它有关的一切,关于燕家巷的所有知识,都只是来自母亲零零碎碎的叙述。燕家巷，燕家巷，这个地方，世界上是不是真有这个地方呢？也许绕进十全街，放慢脚步，抬起头，终能找到一块深蓝色的小搪瓷牌子，上头用隶书写着"燕家巷"三个白字。但它果真是"那一条"燕家巷吗？母亲已经不在人世，那么还有什么人能明确地告诉我，我就是出生在这条巷子里的呢？

20世纪60年代的第一个春天，我在燕家巷里出现了。此前我一直交融在一片混沌之中，那里没有欢乐与悲伤，也没有饥饿与寒冷，那一片混沌像一床无边无际的棉被，覆盖了一切。现在，某一个春风沉醉的夜晚，我却露脸了。我给燕家巷增添了几声啼哭，使这个饥饿的岁月更多了一份饥饿。

我当然无法让人相信，任何人都不会相信，我的乳名竟然是"胖胖"。不管是谁，要是听说我有这么一个乳名，一定会大笑起来。是啊，我又高又瘦，怎么能跟"胖胖"这样一个极端的名字联系到一起呢？但母亲坚持说，我小时候确实是胖，并且拿出一些照片来证明她所言不虚。照片上的孩子，确实是个胖子。可是他凭什么长得这么胖呢？60年代初，他非但不是骨瘦如柴，却胖成这副样子，真是不可思议！母亲不止一次回忆，说我幼时特别能吃。其实那个年代，人人都是特别能吃的。我又怎么会吃成这么一个胖子呢？感谢母亲，单凭这一点，我就得感谢母亲，她的乳汁一定是世界上最好的乳汁，有着最丰富的营养。否则的话，你就是再爱你的孩子，也不能保证把他养成一个胖子。即使把他的小身体当成气球一样来吹，也不见得就能吹成一个胖子。

如果今天，或者未来，有人要为那一段历史涂脂抹粉，他应该设法找到我幼时的照片，这将是一件他证明历史的有力武器。

可是据母亲说，我还算不上是一个最胖的孩子。在同一条巷子里，我们的一个邻居，产下了一个比我更胖的小子。燕家巷真是一条奇怪的巷子，它以两个胖子，来掩盖历史的真相。那飓风一样的饥饿，是不是真的发生过？而照片上的小胖子，却在永远地以自己的方式存在着。

虽然胖，却胖不过别人，我因此在燕家巷里只能被称作"小胖"。因为母亲年复一年的回忆，大胖的狡黠和懦弱，顽强地留在我的记忆中。据说在就近的托儿所里，大胖总是在吃饭的时候先把碗里的饭吃掉，很快地吃掉之后，端起他可恶的空碗，一遍遍喊：谢谢阿姨添添！谢谢阿姨添添！阿姨于是把饭桶内壁上的饭粒，都刮进了大胖的碗里。而我则埋头吃菜，先把分给自己的一份菜吃了，再吃饭。等我吃完饭，也模仿大胖，端起空碗喊：谢谢阿姨添添！可是哪里还有饭可添？这是大胖的狡黠，与生俱来，轻易是学不会的。而大胖的懦弱则表现在，他的保姆常用一根稻草将他缚在燕家巷的一棵桂花树（据说巷里是有着一棵桂花树的，此刻我闻到它令人恍惚的香气了）上，他竟然会半天不敢逃脱。谁都知道，他只要稍稍用力，凭他的体格，就是一根绳子，一抬腿也能挣断。但一根稻草就束缚住了他。他只是哭着，喊着"救命"，在桂花树下落泪，流鼻涕，直到嗓子沙哑才安静下来。他甚至都不敢跺脚，唯恐把缠在脚踝上的那根稻草弄断了。他是一个便于统治的顺民。他非常善于将自己的肚子填饱,却从来不想革命。

而相对来说,我却是燕家巷里"垮掉的一代"。我不听话。托儿所的阿姨明明规定,大家都不准靠近盛粥的木桶。我却悄悄潜了过去,企图爬到粥桶的木盖上。结果是桶盖一翘,一条手臂伸进了滚烫的粥桶。这就是革命的代价。阿姨取来一块抹布,要擦掉我手臂上滚烫黏稠的粥,结果把我的皮肤都擦掉了——这个事件直到我有了孩子,我的母亲回忆起它来,还禁不住落下老泪。

蚕村或茧楼

我完全可以把我的住处称作是"蚕村"。这是因为，距我的屋子不远，大概三五十米光景吧，有一个蚕种场。在几棵高大的泡桐树下，那一所外形奇特的建筑，确确实实是一个蚕种场。就像你的住处门前，可能有一间酒吧，也可能是一家食品超市，或者谁谁谁的单位，正与一个厕所相对，等等。谁都会很清楚，自己的家，或者自己的单位，是与什么样的建筑终年靠在一起，并且对自己的生活和心情产生着怎样的影响。记得曾有一个人告诉我，他家的附近，原先是一个肉联厂。为此他深受其害。他说，每天他都是在猪的惨叫声中醒来的。"血腥的黎明"，他这么形容。他三番五次地给有关部门写信，希望将这个"人间地狱"迁走。但有关部门经过测定，发现猪叫声并没有达到影响居民休息的分贝。有关部门希望这个同志神经不要太脆弱，不要把杀猪和杀人等同起来。而这个人，却表示他的神经真的要出问题了。后来，未经人们交涉，这家肉联厂自动迁址了，它搬到了一座看守所的旧址。而那看守所，则迁到城外去了。一片农田让给了看守所，看守所让给了肉联厂，而肉联厂，则让给了一家卷烟厂。真是沧海桑田。现在那个人的家，是与卷烟厂比邻。他感到很幸福。他说，他虽然不抽烟，并且也讨厌别人抽烟，他对烟味没有好感，但是，从卷烟厂飘出来的生烟丝的气味，却是那么好闻，简直比花香还要使人感到愉悦。他认定，如今这份鼻子的福气，可是当初耳朵的痛苦换来的。命运总不会对某一个人特别苛刻。这个人的经历说明，你的家或单位与什么样的房子靠在一起，可不是一件小事。

春秋两季养蚕时节，首先是这幢房子奇特的窗户被旧报纸糊了起来。密不透风。我想如果走近了去，能看到这些报纸由各个不同的地方出版于不同的时期。上面密密麻麻地刊登了各式各样的新闻和消息。新闻已经无一例外地成了旧闻。可以想象，如果我们此时进入到这房子里去，就会感到屋子里的光线不仅昏暗，而且有一种非常奇特的效果。从户外透进来的光，经过旧报纸上各种文字的过滤，会是一种什么样的光呢？就像一则当年的新闻，穿过黑黑白白的时光，被我们今天读到时，我们会是一种什么样的心情呢？我们知道光一旦穿过某种物体过来，它已经不再是原来的光了。穿过乌云的阳光，像利箭一样。而从密密树叶间透出的光，则像远海里的水母，一刻不停地扩张和收缩着。而侧卧于沙滩上，不经意间看到夕光从一位少女两条丰满大腿的缝隙里渗出，这时候的光，就像是一朵金色葵花。

过了一些日子，所有的旧报纸都被撕去了，于是就能看到屋内活动着一些人影。这些柔软的妇女，在幽暗的室内来来往往，她们不发出一丁点儿声音：说话声，唱歌声，就连脚步声都没有。我就像看一部默片一样观赏着她们。她们甚至都不咳嗽和打喷嚏。她们安静极了。凭经验，我知道她们是在给蚕匾里铺加桑叶。这应该是一项夜以继日的工作。也许只有蚕才会如此不舍昼夜地进食。清凉的桑叶被它们不知餍足地啃食掉，然后排出同样清凉的细沙似的粪便。这些日子，我的耳际似有若无的，就是这无数蚕儿啃食桑叶的声音。来做一些比喻吧：像远处山凹里的流泉，像袅袅而行的美女衣裙的窸窣，像轻风中碎叶的细响，像谁在青灯下小心地翻动书页，像细雨润物，像一些小昆虫在草丛中爬行，像客厅里的石英钟指针的跳动。像世界上一切与之相像的声音。这样的声音，终年如烟霭一样在我们的屋子周围缭绕。到了冬季，高大的泡桐脱尽了叶子，枝干像破碎天空的一道道裂缝；或是夏季，泡桐叶片肥硕，将充沛的绿光反映到我们的屋子里面来，而蚕种场形状奇特的窗子，零乱地开开合合，这地方寂寥而凋敝，即使在那些生硬的季节里，冬天或者夏天，沙沙的声音，却仍然隐约可闻。它们仿佛是另外季节的回声，在凋敝冬日和寂寥夏天的墙壁上，弹来弹去，水泡一样生成又破灭。

　　有时候夜半，风在黑暗的深处生成，它们偷偷地袭来，猛地把蚕种场的某扇窗户摇动，像是狠抽了它一个巴掌。砰啷啷——窗玻璃碎了，这突然的声音让我惊醒，我便再也无法入睡。沙沙，沙沙沙，这细响又水一样涨起来，在无边的黑暗中泛滥。不知道这黑色的时光中,究竟是什么在沙沙地响。也许仅仅是风吧,风制造了这种声音,它让一切能够发出这种声响的物体,都动了起来。它推动落叶,让阳台上晾挂的织物相互摩擦,让黑夜中不眠的人们的心事和黑发,一起飘动起来。

而蚕,必定是在特定的季节里,不舍昼夜地啃食着翠绿的桑叶,并将这声音传达到另外的季节——所有时间的角落,让一切的声音,都成了它的比喻。

当它们啃够了,差不多把那个季节所有的绿色都吞进了它们凉滑绵软的肚子里,它们就开始以另一种形式制造同样的声音。它们纷纷爬上草龙(以稻草扎成的龙),着手以一个绵绵不绝的舞蹈将自己裹死在一只茧子里。这种悲伤的活动,一年一年就在我的眼皮底下进行着,我想象那座奇特的建筑里,那时节就像是下了一场大雪。整个室内,都因为蚕丝而变得一片素白。

与这样的建筑比邻,有时候我觉得,我的屋子又可以叫作"茧楼"的。作茧自缚,似乎是一切生命的状态,是它们繁忙的理由,存在的理由,和延续的理由。哪一天破茧而出,羽化而出,也就不是什么可笑的梦想。

从文庙到定慧寺

沧浪区的燕家巷,是一条幽静的巷子。20世纪60年代初,出生在这条巷子里的我,却是一个小胖子。因此对于这条小巷,我永远心存感激。它永远在我记忆中温暖着,安静着,美好着。

距燕家巷不远,是苏州工人文化宫。母亲坐在草坪上,幼年的我则在她身边爬来爬去。20世纪80年代,我在吴江一个叫震泽的古镇上当中学教师。每次进城,我几乎都会去工人文化宫转转。南门长途汽车站,就在文化宫边上。开车前,我总是有足够多的时间,去文化宫坐一坐——它是我的大候车室。在那儿,时间慢下来了,仿佛倒流。我看到草坪上散落着一些美丽的身影,其中,哪一个是我的母亲呢?如果时间更多,我就进文化宫影院看电影。电影常常只看一半,我就去车站了。车慢慢地开,电影中女主角美丽的笑容,则在我脑中挥之不去。

后来,文化宫对面的文庙,是我每周必到之处。周六,或者星期天,我天一亮就起来了。其实天还没亮的时候,文庙便已人头攒动。天亮之前的古玩市场,俗称"鬼市"。确实是有点鬼影幢幢的味道。眼力好、道行深的人，总是能在昏暗朦胧中淘到宝物，捡到漏。买到东西也好，什么也买不到也好，文庙古玩市场，对于许多苏州人来说，都是一个百去不厌之处。每个周末去逛上一逛，这一周才算真正过去了。这一周才算是没有遗憾，没有虚度年华。心踏实了，熨帖了。所收获的满足，得到的快感，往往能绵延一个星期，甚至更长；而所有的失落，则会化为期待，在一周后重新点亮。

10多年前，文庙的地摊上，是能捡到很多好东西的。我曾经花5元钱，买到了一对古老的陶铃。大小就像核桃，轻轻叩击它，声音清脆空灵，仿佛能够将自己的心瞬间送去魏晋。这对陶铃，后来送给了批评家费振钟的女儿费滢。那是一个奇怪的女孩子，一点点大的时候就对古玩情有独钟。我记得，那时候她还是个小学生吧，口袋里掏出来的，不是一块古玉，就是一颗老天珠。她参加世界华文作文大赛的时候，草草写完文章，竟然趴在考场里睡着了。她在考场香甜地睡了一觉，居然获得了一等奖。现在她在法国攻读西方艺术史博士学位，每年回来，依然忘不了往古玩市场钻。上个月，费振钟的腕上出现了一串费滢淘来的蟠桃核手钏，让我惊艳。桃核小小的，心形，出自六朝墓葬。我实在羡慕不已，厚颜向老费强要了一颗。黑亮的六朝蟠桃核，我以二十二粒老牙片与之配串，套于腕上，其美其雅，让人似乎要云一样飘浮起来。

渐渐地文庙地摊上真东西、好东西越来越少了。但人们周末前去逛一逛的兴致,却似乎并未减退。这已经成了一种习惯,一种娱乐,一种寄托,一种希望,一种人生不可缺少的散淡而顽固的活动。并且,只要眼力好,只要是有缘人,好东西还是会从天而降,落到你面前,扑进你怀里,推都推不掉的。3年前我爱上了玩香。沉香那幽雅内敛的香气,令人着迷。它驱邪祛浊,它纯净内心,它让人忙碌匆匆的脚步轻下来,慢下来。居于静室、净室,点一截纯天然沉香制成的线香,看它袅娜的轻烟,妙曼地扭动而起,在空中妖娆弥漫,真可以令人忘机。让人忘记世界有不平,人生多苦难。让人不知今夕何夕,此地何地。更讲究一点,则将壳料沉香用咖啡机磨碎,粉末置于炉炭上熏烤。或者上好的棋楠,只需切下几星,隔火加温,那销魂的幽香,以其高雅,以其清凉,以其空谷寂寞,以其不似人间有,几乎夺命。

我四处搜集香具。熏香若无雅致的香具,不能不说是天大的缺憾。香而为道,不光香有品格,还需有香炉、香熏、香盒、香瓶、香铲、香箸、香钳、香勺、香盘、香炭、香灰等等相配。只有那些精美雅致的明清旧物,才配得上高贵幽雅的沉香。如果点蚊香一样把名贵的沉香放在铁支架上焚燃,那就是花前吐痰、月下啰唆。其实各种考究的香具,本身就是香道的一部分。面对敦朴的炉、文雅的香盒、沉稳的香瓶、精致的香铲、旧气的香箸,心神就先自安定了下来。关于焚香,我觉得确实是有必要有一个仪式的,虽然这仪式不必严谨,不必强求一律。但是,合适的环境,合适的人,合适的心情,合适的时间,合适的工具,合适的方法,真的是非常必要的。

我有几件心爱的香具,皆在文庙地摊觅得。比如那只梅花图案镂空盖长方形铜制香熏盒,当时,很不起眼地和大量的赝品混在一起。我瞪大眼睛看它,心里抑制不住激动。取过它的盖子来看,二十八朵梅花,雕镂得那么精细脱俗。我知道它绝非等闲之物。仔细看它的里里外外,看它的每一个细部,终于肯定它是一件旧物。它那么朴素,简单到会被无数双眼睛忽略。它曾经跟晚清一个怎样的读书人相伴?从它的梅花图案里袅袅而出的烟篆,曾经安抚了一个怎样的灵魂?愉悦了怎样一颗古老的心?它越过多少个光阴,来到了我的面前,到了我的手上。终于,在一通讨价还价之后,它成了我的案头之物。它有一个"玉笋堂"的底款。我去网上查询,结果是,它的年纪比我想象的还要大。"玉笋堂"是一个以生产香炉而名噪一时的老字号。"玉笋堂"出品的铜香炉很多,但这样的铜熏,堪称孤品。

文庙古玩市场略略南移数十米之后,建成了文庙古玩城今天的样子。店铺多了,房子好了。即使不是休息日,也可以去逛逛了。不用担心刮风,也不必害怕下雨。许多熟识的朋友,都在这里开设了小小的店铺。沈剑虹那里,是我去得最多的。她有一双巧手,有种种巧思,给每样东西装饰,已不是简单意义上的穿绳子,而是一种设计,一种搭配,往往精美无比,恰如其分。即使是一件最平庸的东西,经她设计搭配,便会显出令人惊喜的可爱来。当然现在,我已能亲自动手,为自己收藏的手钏、挂件、把件之类的东西，配上象牙、蜜蜡、珊瑚等漂亮的珠子。对于各种各样材质的珠子，沈剑虹堪称专家。我就是从她那里，知道了什么是菩提子，而菩提子家族中，又有怎样五花八门的品种。还有佛教文化中的"七宝"，蜜蜡该如何区分新老，绿松石要怎样辨别真假，都在她的指点下渐渐摸出了门道。在她那儿，还经常能遇见许多玩珠子的年轻人，他们都是帅哥。比如草氾，就是一个"珠珠控"。他把玩东西，无论是核雕，还是金刚子，都主张"文盘"而反对"武盘"。所谓"文盘"，就是不着急，不求快，从从容容地将珠子在手上日复一日地盘玩数月甚至数年，直到它越来越光滑，越来越红润，最终像琥珀一样闪耀出宝石的光芒。而"武盘"，则急于求成，涂油，用"棕老虎"打磨，希望一夜之间完成人家几年的手上功夫。这样的东西，玩出来不漂亮，有明显心急火燎的浮躁之气。不仅如此，草氾同学盘玩东西，还戴着一副雪白的手套。他认为，东西应该越玩越清洁，令其一天天变化的同时，绝对不能脏。旧熟的玩物，却清洁如新，这才会珠光宝气，莹润可爱。都是痴迷珠子的人，大家经常聚到沈剑虹这里，喝茶闲聊，欣赏彼此手上戴的、脖子里和裤腰带上挂的。他们把同好称为"珠眷"，经常还要开"珠友会"。

星星在文庙古玩城，则开了一个喝茶的小铺子。她是一个学画的女孩。她铺子里大大小小的紫砂茶壶有好几十把，上面大多刻有书画。皆是苏州有名的书画家、雕刻家所为。摆放在架子上的普洱茶饼，上面也都画了禅意颇浓的画儿。那是她的老师、画家秋一亲绘。在星星的小铺子里喝茶，总是要把美女千千也叫来——她们俩既是同门师姐妹，也是形影相随的闺蜜。大家喝着茶，说着明星和朋友们的八卦。经常也会取出随身的玩物，彼此把玩欣赏。燃几款沉香，当然是免不了的。红袖添香，风月无边。江南春来早，寒尽不知年。她们的老师秋一兄，胸口一掏，就能摘下十来串佛珠，珊瑚、蜜蜡、玛瑙、紫檀，应有尽有。然而大多似是而非，难辨新老真假。不过，从快乐出发，真与假，也许就不再成为一个问题。当一件东西，以真的面目来到你面前时，它是客观上的真，还是主观上真客观上却假，其实是不重要的。如果一个人，拥有一些假东西，却一辈子把它当真，那它的真假，已经无所谓。它给人带来的，是真的享受，真的快乐，真的幻象。幻象还真？看起来似乎矛盾，但其实幻即是真，真亦是幻。物藏于我，只是今藏于我。过去和未来，它都只属于别人。真亦是短暂，假也不会长久。假作真时真亦假，人生一切，莫不如是。谁能说梦一定是假，醒着的生活必然是真？人生如梦，镜花水月，收藏的境界，大抵亦如此吧。

最近一两年，我去得最勤的地方，是定慧寺书画街。那是因为画家夏回在那儿有一个工作室。我喜欢夏回的画，他作为一名画家，笔墨中所呈现出的气象，与平庸的现实拉开了很大的距离。他重返明清文人画自由简约的彼岸，在水墨的浓淡枯湿中寄托性情、张扬个性。笔墨的节奏和变化，是低语，是对话，是冥想，是歌唱。即使是简单的几根线条，也常常能唤起观者内心的欢腾。让人仿佛看到了画家精神的遨游、灵魂的舞蹈。也看到了他技术无处不在的身影，真可谓游刃有余，左右逢源。与此同时，夏回兄也是一位"珠眷"。每当我觅得漂亮的珠子，就会选几颗去定慧寺找他。一颗形质兼美的老金珀扁珠，或者三两颗老气古旧的西亚琉璃珠，便能换来一幅他奇俏峻拔的水墨小品。夏回的作品，我是不嫌其多的。一方面出于喜爱，另一方面，我是深信，总有一天，他的作品会贵得惊人。贵的作品不一定好，但是，好的作品，肯定是贵的——总有一天会变得很贵很贵！

定慧寺街上布满了画廊，也到处游荡着画家。在夏回工作室楼下的一家小饭店里吃饭，总是能邂逅其他的一些画家。或者像我一样留着长发，或者像夏回一样剃了光头。彼此打个招呼，各吃各的。或者就是小桌并大桌，啰唣起来。这是个菜肴非常精到的小饭店，几乎是定慧寺画家们的食堂。每到半夜，画家一个都没有了。饭店里聚集起了一帮厨师。凤凰街灯红酒绿，谁统计过有多少家酒肆饭店？厨师们下了班，很多便聚集到定慧寺的这家小饭店里来了。他们当然也会交流厨艺。但是更多的，是作为一名食客，来享受业余生活的欢乐。厨师的外套脱掉之后，他们的话题，也许是国际时事，也许是书画古董的拍卖行情。也许是一枚核雕的盘玩之法，也许是沧浪亭里新结的两枚文旦。当然，家长里短，男欢女爱，也是人们乐此不疲的话题。定慧寺的白天和夜晚，该有多么不同，但却一样饶有趣味，非常江南，十分苏州。

无限美丽之地

我是在1978年3月的一场蒙蒙细雨中初识常熟的,这个隶属于苏州的小城市,当年坐车去,差不多路上要花费一天的时间。那时候我还是一个未满20岁的小青年,稚嫩、苍白,从来都没有离开过家。怯怯地跟在我健壮能干的哥哥身后,背着大大小小的行李,转了好几趟车,抵达常熟的时候,差不多已经是薄暮时分了。常熟,当时给我以怎样的惊喜啊!它虽然也只是一个县城,但它和吴江的县城,实在是太不一样了。它太出乎我的意料了。它完全是一座繁华的城市,大气、沉着、自信。

1977年恢复高考的时候,我在吴江一个小镇照相馆当学徒。我是糊里糊涂报名参加高考的。我不太晓得高考是怎么一回事,我也根本不知道自己是不是能够考取。我所以报名,是因为我不满意我的工作,不甘心就这样一辈子待在这个每条街道都狭窄得像弄堂一样的小镇上。我希望到外面去,到大城市去。我记得,我填报的志愿是南京大学古文系,好像还有江苏师范学院中文系。我想离开芦墟,到南京去,到苏州去。可是我考得实在不太好——后来得知，数学我才得了27分。好在我并没有名落孙山，我被"服从"到了苏州地区师范学校，这所学校就在常熟。当时我可以选择不去；如果不去的话，第二年还可以再次参加高考。我几乎没有多加思考，就决定要去。我对自己第二年再考很没有信心。况且，我能在恢复高考的第一年就考上一所学校，这也委实不易。当时我们小镇上，从66届到76届，共有10届高中生一起参加同一次高考，最后有资格参加体检的，只有区区四个人。而我忝列其中，我很珍惜。我很有主张地对父母说，我决定去。我决定像你们一样，将自己的一生，献给太阳底下最光辉的事业。读地区师范，毕业后当一名教师，在当时的我看来，比在沉闷庸俗的小镇上当照相馆学徒，不知要崇高有趣多少倍。我感到前途一片光明。

  虽然被细雨笼罩，常熟城还是向我显露出了它的繁华和美丽。那雾纱后面若隐若现的虞山、那半截儿钻进云雾里的方塔、那在奶油色的雨雾中仍不失葱绿的道旁树、那熙来攘往的人们，都让我感到新奇和喜悦。我记得开学第一天，有一位同学在那里嚷嚷，他说他要用两个月的时间，将常熟了如指掌。他说出了我的心里话。我听他那么说，竟抑制不住内心的激动，身体都微微发起抖来。令人激动的新生活就要在这里展开，而这两年师范生活的背景，它是如此古老而年轻，如此风光如画而又浸透了文化。甚至都不用往外走，我们背着行李进入校园，面对小桥流水、亭台轩榭的园林式校园，惊奇得说不出话来。我那一向自诩为见多识广的哥哥，也闷闷地不说一句话，显出小地方人的愚笨来。我发现他和我一样，虽然不说话，但眼睛是发亮的。我们的眼睛，在3月薄纱一样的雨中，贪婪地左顾右盼，仿佛要将这座美丽校园的每一个精彩角落都一下子看个够。

在常熟生活的两年，与学习有关的记忆，早就烟一样淡去散尽了。在记忆里清晰和温暖着的，是常熟的风物与吃食。我人生第一次饮酒，就是从常熟开始的。放暑假的时候，我买了两瓶桂花酒回家。当时所知道的常熟特产，就是桂花酒、叫花鸡和常熟花边。我在回家的汽车上，不住打量着桂花酒。后来口渴难当，就忍不住打开一瓶，喝了一口。这一喝，就控制不住了。它的芳香，还有它蜜一样的甜味，让我忍不住又喝了第二口。到家之后，桂花酒只剩一瓶了。我在路上喝掉了一瓶桂花酒！到家之后，我又吐了一次。而我的父母亲还以为我是晕车了。他们万万没有想到，我竟然在路上灌下去一瓶桂花酒，并且喝醉了。

我和一位名叫全衍的同学，经常下午逃课，跑到书台公园，在那儿喝茶。我们自带了散糖，要了红茶。将糖放在红茶里泡了喝。喝够了茶，就跑到山上去，在苍老的松树之间俯看常熟城。下山之后，我们就去电影院边上一家饮食店，吃我们喜爱的猪排炒年糕。在常熟读书的两年，我不知道吃了多少盘猪排炒年糕。我至今还认为它是难得的天下美食。当时因为我吃猪排炒年糕太多，经常吃得身上钱都没有了。我的母亲因此每次来信，都在信封里夹寄一张10元纸币给我。

我们还经常和两位文艺班的女生相约了一起去辛峰亭,去兴福寺,去剑门,并因此而被老师批评为"谈恋爱不像谈恋爱,看老乡不像看老乡"。我们在地区师范读书的时候,谈恋爱是被严格禁止的。我们虽然没有谈恋爱,但我们两男两女经常泡在一起,引起老师的警觉和不满,也是在情理之中的。

我们班有一次集体登方塔。我在塔顶诗兴大发,回来后写了一篇作文,得到了班主任宓励平老师的表扬,她在我的作文本上画了很多双圈。宓老师当我们班主任的时候,是一位十分美丽的姑娘。她一直是我暗恋的对象。她的表扬,让我激动难安。

呵呵,关于常熟的记忆,是那么的丰富和美好。许多的许多,在我的长篇小说《鸟巢》中都可以找到痕迹。我曾说过,《鸟巢》这部小说,是我美好而又迷惘的青春记忆。而我美好又迷惘的青春,是与常熟这样一个地方紧紧连在一起的。导演陆川曾经打算将《鸟巢》拍成电影。我对他说,到时候,一定要将剧组拉到常熟来拍。它是一个青春之梦的开始之地,也是无限美丽的终点。即使到了人生的暮年,在那慵懒无力的残阳散落的角落,这个梦,依然会振动起蝴蝶一样的翅膀,绚丽的翩飞,将把一颗苍老疲惫的心灵轻轻抚慰。

才子书画

我曾经写文章说过,当代苏州,要是"姑苏才子"的称号仅有两个名额,那么就应该给车前子和陶文瑜。有人不服没关系,他可以自封。但若到我这里来要,对不起,只有请下学期再争取了——我已经把仅有的两顶桂冠送出去了,尽管我压根儿就没有资格和义务来当这个颁奖嘉宾。不过既然文坛上每年都有人在搞"一个人的排行榜",哪些作品可以上榜,哪篇作品该排第一,都是这一个人说了算,我又为什么不能搞"一个人的加冕"呢?我今年仍然决定把两顶"姑苏才子"的帽子戴到车、陶二人头上。来点掌声!

我心目中的才子,应该首先是有点学问和不同寻常的见识,其次是精神上的独立和身体上的自由,或者说是一点放浪不羁。除此之外,能诗文,能琴棋书画,好吃懂吃,贪玩会玩,还有一点风流。20多年前,车前子和陶文瑜,年纪20岁不到,就开始了这样的生活。20多年来,他们作了多少诗文,写了多少字,画了多少画,参加了多少饭局,进行过多少雅集和丛林啸遨,交了多少女朋友，真是难以计数。他们一天天在老去，但他们才子的性情，却似乎一点都没有变。他们的处世，还是那样，交配交之人，做爱做之事，始终保持着一颗赤子之心。时光一天天流逝，他们的面容不再像20年前那么光洁青春，皱纹多了，色斑也有了，白头发也一天比一天多。在苍老阴影无情爬动的同时，他们的诗文，也在一天天老到、成熟，趋于炉火纯青。

陶文瑜的文章，始终在文坛时尚和潮流之外。他的散淡和趣味横生的风格，在最近的一篇题为《老陆》的文章中，发挥到了极致。我原先一直以为，他的写作，灵魂与情感，有时候隐藏得太深了。但在刚出版的《钟山》杂志上读这篇文章，我感到有趣的同时，还被狠狠地感动了一下子。我以为，我已经很久没有读到这样的忆人文章了。它无疑是所有怀念陆文夫文章中最好的一篇。

车前子的艺术品位和才子性情，在我心目中，永远都是"高处不胜暖"。他永远都走在人群前面，永远都处在俗世边缘。"不党"需要强大的人格力量，"不群"，不趋同，则需要非凡的才华和敏感的心灵。最近在书店掏钱买了一本老车的新书《好花好天》，我发现，无论是在艺术上，还是在心灵上，他都抵达了自由之境。

书画这两样东西，有时候甚至比诗文还要见性情和才情。我喜欢车、陶二位写的诗和文章，我也喜欢他们的字和画。这不是爱屋及乌。我甚至可以说，从某种意义上讲，我更喜欢他们的书画。他们的书画，就是才子的书画，他们是以笔墨写心，以笔墨写性情，以笔墨挥洒才华。再拔高一点，可以说，他们以笔墨传递出他们生命的信息。他们生命的欢乐和忧伤，似乎都能从他们的墨迹中感受得到。

　　世界上字写得好、画画得好的人，多了去了。但是，能让我喜欢的字与画，却实在是不多。为什么？谦虚的说法是我不懂字画，是外行。骄傲一点的说法呢，是缺乏情趣、理趣，缺少才华与生命温度的字画实在太多太多。谦虚使人进步，骄傲使人落后，这是没错的。但是，我不会因为要进步就硬着头皮去看那些无趣的名人字画；也不会因为生怕落后就忽略车、陶书画中宝贵的才子气息。才子的字画其实和才子本身一样，也许有很多的毛病，但是，才子书画和才子，了不起的地方，却是人间的稀有品。我要是在一个女子的眼睛里发现了令我失魂落魄的内容，我是根本不会在乎她胸小腿短的。这个道理，和才子及才子的书画是一样的。车前子、陶文瑜的字画，就是电眼美女，即使没有理想的三围，也足以使人销魂。

　　说得多了，书画展的前言不应该这么长的，立刻打住。

窗外的四季

那一年的雪真大啊,从北窗口望出去,所有的地方都是白的。把头探出窗外看,平日因为停放密密车辆而显得如羊肠道的小区道路,一下子宽广起来了。没有一辆车。所有的车都被厚厚的雪覆盖了。雪抹去了一切。雪要修改道理,雪要修改世界。屋檐挂下来一米多长的冰凌,一根一根排列着,或长或短,仿佛什么怪兽龇着狰狞的牙齿。这种景象,似乎小时候都没有看到过。孩提时代的冬天,确实要比现在冷。只要是冬天,就一定会看到冰。冰蒙在小河上面,让水变成了哑光,就像是经过了磨砂工艺似的。冰凌也有,挂在低矮的屋檐,但确定没有这么长的。冰无孔不入,只要是有水的地方。那时候,家家户户门口,大清早都放着一两只马桶。冰悄悄地潜入马桶。调皮的男孩把圆形的冰从马桶里捞出来,抠了一个洞,用绳子挂起。这就算是提了一面透明的锣了。随便取一根树枝,就可以一路敲,一路喊"鬼子进村了——"如今在江南要看到冰,看到雪,那并不是一件容易的事。冰箱里的冰块不算。

但是那一年,雪真的太大了。大到让我担心,会把房子压坏。我住在楼房的五层和六层。六层就是顶层了。我知道楼下的所有邻居,他们都不用担心。一楼的人,知道二楼也住着人。二楼的能听到三楼的脚步声。三楼的夫妇,最喜欢将音响开得像摇滚音乐会,因此而讨二楼和四楼两户人家的嫌。四楼的经常半夜了,也穿着睡衣,拖着拖鞋,跑到三楼去敲门。"轻点!轻点!就不能轻点啊?半夜三更的!"住在五楼的我,听到这呵斥声,有点同仇敌忾。我希望他来点语言暴力。他应该这么吼:"关掉你们的狗屁音响!不开这么响你们会死啊?册那!"最后一个单词是骂人话。不骂不足以平民愤。

我住在顶层,我上头没人。因此我想象,雪正像长了翅膀的昆虫,一片片黑压压地飞来。是黑压压吗?那又应该怎么说?说白花花吗?它们疯狂地飞来,停歇在我的屋顶上。它们一层层叠盖上去,越来越厚,越来越重。我听得到我的房子在叽叽嘎嘎地响。我估计,要不了多久,屋顶就要坍塌了。"怎么办?怎么办?"我既是在问妻子,更是在问我自己。我要不要找一把铁锹,爬到楼顶上铲雪?可是,我能爬得上去吗?那是一幅多么英勇无畏的图景啊:严冬的半夜,一个人,爬到高高的六楼屋顶,在那里抗雪救灾。我能赶得上雪的脚步吗?我能战胜雪吗?雪会把我埋掉吗?或者干脆,我自己站立不稳,倒下来,从六楼的屋顶滚落。坠落。

只听得一声巨响。我们屋顶上发生了雪崩。硕大无朋的雪块,从我眼前呼啸而过。当时,我的感觉是,整个房子塌下来了。天塌下来了。但是,啥事都没有。屋顶上的雪,只是把楼下的几辆电动车埋了,别的什么都没有发生。

那个冬天,雪站到了舞台中央,仪态万方,成为主角,成为生活中躲不开的一件事。成了所有人见面必定要说的话题。大雪的光临,给似乎久违了雪的江南的人们,来了一点震撼。而我们的房子,是好样的,它经受住了大雪的考验。雪埋掉了楼下的车,雪封锁了道路,但它没有将我的信心动摇。反而,给我客厅巨大的玻璃窗,带来了一片圣洁的光耀,带来了晶亮的白,带来了清洁高贵的风景和幻象。

每当夏季来临,所有的树,那些高大的水杉,那些柳树、香樟、广玉兰,还有一丛丛的竹子,都把枝叶伸展开来。绿色,就像滴在宣纸上的水墨,迅速地、毫无节制地洇化开来。窗外那座度假中心,原来是可以尽收眼底的。一幢幢建筑,错落有致。还有小河、草坪、假山,以及铺着碎石子的弯弯曲曲的路。但是夏天一来,那些巴洛克的建筑,就变了性格,含蓄、内敛,甚至羞涩起来。在大片大片的绿色中掩映。我的落地开阔的大窗户,满是绿色。甚至屋子里,那灯罩上,那家具的侧面,静卧着的茶壶,似乎都轻笼着一层淡淡的绿光。这样的绿,这样开阔而生机勃勃的风景,似乎就是我们当初选择这个居室的全部理由。没有任何遮挡,看不到别人家的阳台,更没有他人厨房里冒出的油烟来污染耳目。绿色泛滥,如行云如洪水。而在绿色中掩映的度假村的巴洛克建筑，是那么的典雅、松弛。空气是香的，草木的芬芳。它经常是夹杂在我屋子里点燃的沉香粉的香气中，隐约而低调。但我知道它确实是存在的，即使是在沉香清凉夺命的香气中，也时时能感觉到它的存在。当屋子里的沉香熄灭，将窗子大开时，这种草木的芳香轰然奏响。它澎湃，它洋溢。它将我的身体熨帖地拥抱，并将我托起，让我失去重量。

短暂的春天，我感觉我的窗子外，上演了一出短暂的爱情。但是，它是激情燃烧的，是淋漓尽致的。围绕着那片草坪——在这片草坪上，每到周末，或者一些节日，都会举行草坪婚礼。在这样的地方海誓山盟，确实是浪漫的。即使音乐太过吵吵，即使婚礼主持油腔滑调基本低俗，但浪漫的情调，是任何人都能感觉到的——自然界的爱情浪漫曲，以成片的迎春花和白玉兰奏响。由于当时各种大树的叶子还没有长出来，就是柳树，也还只是刚刚吐出一些嫩黄的绿色，看上去仿佛是一笼青黄的烟。所以围绕着大草坪，迎春花仿佛是在进行狂欢。它们要在短暂的时间内，将自己心情开放。把自己燃烧，烧成灰烬。白玉兰，还有成片成片的紫玉兰，它们在一张叶子也没有的树上，绽放开来。它们开放开放，毫无顾虑是否会将自己的精血耗尽。这就是春天吧？我站在窗子口，眺望着它们，我这么想。春天是一场忘我的恋爱，是一场肆无忌惮的交合。它是季节尖锐的顶端，是转瞬即逝的大潮。是舍生忘死的开放和给予。是嘹亮的高潮。

秋天的深沉，是没有喧哗的。除了几声偶然响起的犬吠，所有的声响，都仿佛是被过滤和屏蔽了。安静得令人清醒，让阅读变得清晰明亮，让思考和回忆，也变得辽远悠长了。窗子外的微风，你能明显感觉到它的干燥和清楚。天空比其他季节澄明，颜色也相对较蓝。感谢云！在地球的表面，在我们的天空上，竟然会出现一种名为云的东西，那是一个什么样的奇迹啊！在秋季，在我的整面的大窗子的外面，还有什么景象能比天空的流云更好看，更壮观？好看，耐看，百看不厌。

云推着云，在窗子外轰轰烈烈地过去。天空的舞台无边无际，它们恣肆洒脱，无拘无束。它们或浓或淡，或纤巧或庞大，从容地悬浮在半空，悄悄地移动，从这一头到那一头。它们其实每时每刻都在变化着，暗暗地变化，让人难以察觉。我如果是个孩子，我就会把它们看成奔马，看成羊群，看成鼠牛虎兔龙蛇马羊猴鸡狗猪。或者看成山，看成岛，看成房子或巨浪，看成英雄和美女。呵呵，不要不要，我从来都不喜欢将自然的山水木石往具象处想象。云就是云，它就是这个样子。它不是别的任何东西，它就是它自己。它是多变的，不确定的。它们的变化既在情理之中，又常常出人意料。它们的丰富，让秋季更丰富。它们的妖娆，让秋季也妖娆。它们是读不够、读不厌，也读不完的。它们有无穷无尽的能量，有无限的创造力。它们既沉静又调皮，既伟岸又妩媚。它们是孩子，是绅士，是淑女，是浪人，是百变女郎。

整排落地的大窗子，被天空和白云挤满。它们是知道有一个人窝在沙发里，饶有兴致、不厌其烦地看它们？云为悦己者容，它们越发地百媚千娇了！它们推推搡搡、争先恐后，忽又漫不经心雍容矜持。它们一刻不停地向一个方向而去，却始终走不出我的视野。它们仿佛飘然而去，其实顾盼眷恋。

在没有云的日子里，我经常会想到云。其实，我知道许多时候，云不仅没有在天空消失，反而厚厚地覆盖在我的窗外。全都是云，反而看不到云了。天上阴沉沉地罩着的，那也叫云吗？我所界定的云，是应该以蓝天为底色的，是洁白的，是有着各种各样轮廓的，是轻轻地浮在空中的，是飘移着的。因此当季节为我慷慨地奉献此类白云的时候，我是多么地珍惜。把窗帘全部拉开，什么事也不干，就是看云。看云就是所有的事。仿佛一年的秋收，满怀着喜悦，要把变幻无穷的天空上的云，贪婪地收获，收进视野，收进记忆，收进生命。从天空的这一头到那一头，纯明的世界里，这轻盈、柔软、洁白的物体，被风推着，在我面前仪态万方，风姿绰约。它把天空擦干净了，把窗玻璃擦干净了，把心擦干净了。

一年四季，在窗外与我相伴的，还有各种各样的鸟。栖在穿天水杉最高处的，常常是喜鹊。还有一边飞一边喳喳叫着的黄雀。野鸽子咕咕的叫声，经常从远处传来。而眼前那些灰溜溜的饱满的鸟儿，不知是不是正是它们的身影。而成群结队的鸽子，总是在广阔的天空上盘旋。它们呼啦啦地掠过，有一只会偶尔停歇到我的窗台上。它优雅地将脑袋歪来歪去，眼睛明亮。然而我每次将一撮米饭放到窗台上,希望能有鸽子前来享用,却从来都没有一只鸽子领受过我的好意。它们飞来飞去,窗台上的米饭,一粒都不会少,最终又变得像米粒那么细小和坚硬。所有的鸟都不来享用我提供的食物,它们只是在窗外广阔的空中飞来飞去,像风一样舞蹈,画出一道道纯粹的浪漫。

关于苏州文化

我是赞成全球化的。我赞成发展和进步。发展和进步，总是伴随着淘汰和更新。旧的去，新的来，这是落花流水无可奈何的事。对于一些苏州特色的东西，比方说老房子，我更愿意它们只是存留在我的记忆中。怀旧是一种美好的情绪吧，正因为旧的东西没有了，是过去的东西，是记忆中的东西，所以怀想起来才觉得美好。如果一切的一切，都一成不变，还怀什么旧呀！当然我不主张恶意破坏，疯狂拆除旧的东西，显然不足取。但是，在历史的进程中，一些旧的东西被自然淘汰，这没什么不好。对于苏州来说也是这样。如果苏州现在仍然是民国的苏州，是清代的苏州，是明代的苏州，那我一点都不会觉得高兴。我喜欢现在，喜欢现代。其实苏州的特点，在一点点消逝的同时，也顽强地延续着、转化着，以另外的面貌呈现。谁说今天的苏州就一定不是正宗的苏州呢？难道只有昨天的苏州才算是苏州吗？再过100年，再过1000年，苏州还是苏州，不会变成夏威夷的，这一点大可以放心。我觉得，自然淘汰的东西，就是因为它没有自己的生命力。有生命力的东西，它不会消失。即使用巨大的外力去消灭它，它也会变着法儿顽强地生存下来。如果它最终消失了，就证明它的生命力到了头了，寿终正寝。那时候我在苏州文化局，看领导们为保护昆曲急得团团转，我就支了一个歪招：把苏州城里所有的三陪小姐都集中起来嘛！让她们学昆曲。强制性学习。谁不会唱，谁就得不到上岗证。所有的娱乐从业人员都会唱昆曲了，那么昆曲也就被很好地保存下来了。这就是与时俱进。现在旅游业发达，来苏州的人，发现老房子少了，但晚上叫几个小姐唱唱昆曲，听得摇头晃脑，不也是玩味了苏州了吗？既得到了享受，又使苏州文化得以传承，不是很好的事吗？不要一本正经地去保护，花了钱还是白搭。让小姐们唱，让游客听，政府还收税，多好的事。这就是顺应变化。只有顺应变化，才谈得上保护。有一次诗人车前子看到虎丘那里放了一个电动的唐伯虎，只要游人投币，它就向人鞠躬，说一句"恭喜发财"。车前子很愤怒，以为辱没了苏州文化。我却不以为然。我觉得这没什么不好。要是唐伯虎活到今天，他照样用手机，照样上网，照样去飙歌。唐伯虎打手机，不娶小老婆了，他还是苏州人。他即使满口英语，也没什么奇怪的。苏州不可能是一成不变的。但我相信，万变不离其宗，苏州永远都会有别于其他的城市。担心它变成夏威夷或者巴格达，那只是杞人之忧。

静之玄妙

20世纪80年代,张悠到苏州来。那时候他还没到中央电视台工作,还是甘肃景泰县委党校的一名年轻教员,是个诗人。在约定的饭店见到他,他给我的第一印象就是黑。皮肤黝黑的西部诗人。我走进他房间的时候,见他与几位同行者,正在有滋有味地吃着一种不可思议的东西:细小如高粱,芳香则近于葵花子。他们每个人,都在认真地吃着这种炒熟的带壳谷物。张悠从口袋里掏出一把递给我说:"你吃一点吧。"同时他告诉了我这谷物的名称。可惜我忘记了。我与他们一起吃了一阵,寒暄了几句,然后对张悠说:"走,我带你去玄妙观吧。"

那天中午,天飘着微雨,让远道而来的张悠见识了江南三月的典型性天气。在玄妙观,我们坐在搭着雨篷的小吃摊前,吃了豆腐脑、鸡鸭血汤,还有炸春卷之类的。张悠加了辣,吃得呼噜呼噜,让我怀疑他是不是饿了好几天了。20年后,在北京与他重逢,说起对苏州的印象,他重复地提到鸡鸭血汤和油炸春卷。

我记得,那天(是在玄妙观吃小吃的那天),我们返回饭店的途中，张悠一路打着饱嗝。这个西北人吃得有点多了，我想。

20世纪80年代中期，我在苏州教育学院进修，我经常会到玄妙观走一走。我喜欢那里的世俗气氛，也喜欢三清殿飘出的袅袅香烟。我不知道道教的修行，是不是也讲究清静无为，反正大殿里肃穆的气氛，以及神像令人敬畏的高大，道观寺庙都是差不多的。所不同的是，玄妙观与世俗社会贴得那么紧，吃的，玩的，做买卖的，谈情说爱的，锻炼身体的，与敬神修炼搅和在一起。不像佛家的寺院，总是力图远离尘世，藏于深山隐于世外。玄妙观与市民的休闲生活，香火与物欲，在这儿纠缠统一，不分你我，没有彼此。我喜欢这个地方。我东游西逛，或者买一个巴掌大的树根盆景架，或者吃过一碗小馄饨后在石条凳上呆坐。在巨大的树荫下抬头看天，光明的天空被无数细碎的树叶摇得沙沙作响。市声就像潮音，在周遭此起彼伏。三清殿里蜿蜒而出的香烟，其香气弥漫了整个玄妙观。在这种缥缈的热闹中，心很能安静。这是我的体会。很多时候，耳根清净了，心却无法静下来。而独自一个去热闹的地方，酒吧，咖啡馆，甚至迪厅，在嘈杂之中，在红男绿女的声浪里，找一个角落坐下，一颗心反而顿然安静下来了。那是一种闹中之静。外界的闹和内心的静，相互映衬，便闹愈闹，静愈静了。凭着我的经验，我有理由认为，去到渺无人烟的地方，深山幽谷，去寻找内心的宁静，常常反倒是求之不得。那时候的玄妙观是热闹的，热烘烘的，甚至是沸腾的。这环境给了我安全的感觉，消除了我内心所有莫名其妙的焦虑，我因此有能力让自己安静下来，在那儿，我很容易就找到了通往内心安静的小径。

现在我还是经常会去玄妙观坐坐，一个人在油漆得光亮的木条凳上坐下来。这里好像再没有20年前搭着雨篷的小吃摊了，那些当年麻利地从木桶里舀出水嫩的豆腐花，灵巧地在碗里撒上虾米和葱花的人，那些一见你在他小摊前停下，便迅速递上一张凳子来的人，都到哪儿去了呢？还有那些摆地摊的人，他们和他们地摊上千奇百怪的小玩意，是从哪一天起，消失得无影无踪了呢？还有那个玩钞票的人，你给他一元钱，他就用一张崭新的10元票，放在你的两指之间——中指与食指。他突然一松手，如果你能及时夹住那钱，那么10元新票就是你的了。但据我观察，好像没有一个人能敏捷地用手指将钞票夹住。这个人，和其他的人，今天他们在这座城市里，又从事着怎样的工作呢？玄妙观变得"新"了，清洁了，有条不紊了。但是我坐在这里，却不再能感到心的宁静。虽然大树依然，抬头看去，细碎的叶子依然在风中絮语、歌唱，三清殿里蜿蜒而出的香烟，其香仍然能够让我隐约闻到。但是，这确实已经不是从前的玄妙观了。和张悠一起坐在细雨中的小吃摊前狂吃的玄妙观，已经在记忆中日渐发黄。一个时代的玄妙观，与另一个时代的玄妙观，好像根本就不是一回事。我知道，今天和我一起坐在这里的，更多的是拿到了用餐的号牌，等待进入必胜客享用意大利比萨的人们。

灵岩山

第一次去灵岩山，是读初一的时候。那时候，我的父亲是我们学校的校长，我的母亲是我们班的班主任。他们既是我的家长，又是我的老师和校领导，三者混为一谈。我的日子不太好过，对我来说，学校与家庭，没有了明显的分野，整个是一个专制的大一统。学校评"三好学生"了，他们以家长的身份替我谦虚。而在家庭里，他们又常常以老师和校领导的面目出现，使我在完成作业上头不能偷懒，而又生生剥夺了"读闲书"的权利。这有点像一些政教合一的国家，怎么说呢，自由的空间自然狭窄多了。对我来说，最大的坏处是，哪个任课老师看我不顺眼，他们就随时随地向家长告我的恶状。对我进行家访，对这些可恶的老师来说，是一件既不费时又不费力的事。渐渐他们好像对此上了瘾，好像一天不挑出我的毛病，一天不向我的父母数落一下我的不是，这一天的太阳就不能顺利西沉似的。我的母亲终于忍不住了，她很不应该地对那些告状的任课老师出言不逊，她说："看你们说的，照你们这么说，我的儿子都够得上劳动教养了！"

虽然说，她作为一名班主任，以及学生家长，面对对她儿子的批评，说出这样的话，是很不应该的。但是，她这样说，同时又是完全可以理解的。哪个母亲不爱自己的孩子，不偏袒自己的孩子？你们天天把一些鸡毛蒜皮的事汇报给她，好像不把她的儿子抹得比非洲人还黑，就心有不甘似的，这怎么可能让她高兴？诋毁她的儿子，不就是诋毁她吗？她的忍耐也是有限度的。母亲此言一出，就此断了那些可恶的任课老师的恶谏之路。但是我的日子却并没有好过起来，这些苍蝇，转而飞向我的父亲。他们只是稍稍多走几步路，来到校长室，把我的种种"劣行"，添油加醋地说给我的校长父亲听。父亲大人可没有母亲那么心慈手软，他对那些人的诽谤，常常不辨真伪，回来就是给我两个巴掌。他这么做，导致了我对那几个任课老师的仇恨，因此上他们的课，我更是竭尽恶作剧之能事。而他们，因此也告状告得更凶了。什么叫冤冤相报？什么叫恶性循环？这就是啊。

当然，既是学生，又是儿子，成为如此尴尬的角色，也不是一点好处都没有。比方说，学校决定组织一批学生去灵岩山，自然就有我的份。因为我是教师子女嘛，而且还是校长的儿子。不过用父亲的话来说，这并不是特权，因为去灵岩山，是步行而去，是一场艰苦的锻炼。他这么说，好像让我优先进入名单，是一种大公无私。

芦墟到灵岩山，大约有一百多公里吧。我们走了三天才到。我们的脚上，走出了泡。又累又困，我一边走一边打瞌睡，就像农村里所说的睡"竖头觉"。父亲则手提一个硬纸板卷成的话筒，不断地高呼口号，鼓动大家，给大家打气。他的口号是：苦不苦，想想红军二万五；累不累，学学革命老前辈。他很会做宣传工作，他还暗地里派了一位体育老师打前站，像神行太保戴宗一样，远远地走到大部队前面，然后在路上，在沥青路面上用粉笔写上标语。标语是：胜利在向你招手，曙光在前头！加油啊，芦墟中学的师生们！开始我们没有搞清其中奥秘，傻傻地为地面上的标语而惊诧不已。我们没想到它就是我们自己人写的。那是谁写的？就像UFO和麦地怪圈一样，被视为神迹。体育老师很会玩花样，不仅写标语，还画点漫画。他层出不穷的留言，提起了我们的精神。到后来，我觉得自己走啊走啊，就是为了快点儿走到前面，看看地上又出现了什么新的花样。

如此吃苦耐劳，是为了到灵岩山去参观泥塑《收租院》，接受一次革命传统教育。到达灵岩山脚下，正遇一场滂沱大雨。所有的人，都成了落汤鸡。风雨之中，即使有人给自己披上了自备的塑料薄膜，也无济于事。我突然很奇怪地想，幸亏我不是一尊泥塑，否则，我就会在这狂风豪雨之中一点点矮下去，最后成为泥水。

在参观泥塑《收租院》的时候，发生了这样一件事：某个泥塑上的一颗玻璃眼珠子不见了。管理员坚称，在我们这批师生进入参观大厅之前，它肯定还在的。言下之意，就是说眼珠显然是被我们偷走了。

我们参观，始终跟着一位年轻的女讲解员。这个姑娘大眼睛，但是嗓音太响，不够悦耳。她的阶级感情非常朴素。她在讲解的时候，始终很投入，很用感情。比方说，她在讲到地主刘文彩如何将雇农关进水牢，讲到刘文彩那么大了，还吃穷人妇女的奶，讲着讲着，她竟然落下泪来。在她落泪的时候，我的父亲就带头喊起了口号：不忘阶级苦，牢记血泪仇！大家就跟着一起喊。

好在被抠掉一颗眼珠的，不是别人，正是地主刘文彩。否则的话，如果是一位苦大仇深的雇农的眼珠被盗的话，那将是一桩性质严重的现行反革命案件。但尽管如此，展览馆方面还是希望父亲能够查一查，看谁把刘文彩的"眼睛"偷了。

在风光秀丽的灵岩山上，在《收租院》外，父亲将全体师生集合起来，开始排查。当然查不出来。谁都相信，这颗刘文彩的眼珠，一定不是我们偷的。大家最后有点气愤起来，凭什么肯定是我们拿的？在没有证据的情况下，对我们进行搜身，那真是比刘文彩还要霸道的行径啊。下山的路上，我听到有人提议说，要回到山上去，跟展览馆的人把问题说说清楚，我们不能这样不明不白地走掉。但这建议没有被我父亲采纳。这时候雨过天晴，向山下望去，乾坤清明，景色非常宜人。大家的心情显然都不错，因此也就变得比较宽容了。有人调侃说，即使那颗眼珠真是我们拿的，我们也是做了一件大好事！刘文彩，让他瞎了一只眼，也是为劳动人民报仇雪恨啊！

不完全是因为当时的记忆已经模糊，而是那时候的我，根本就没用心去记，泥塑《收租院》展览，到底是举办在山顶的寺院里呢，还是另一座什么建筑中。1988年，我与母亲一起前往太平公墓安葬父亲的骨灰，之后顺道登上灵岩山，我忽然想起了这个问题。然而母亲也说不出来。她说，当年雨下得那么大，只是深一脚浅一脚糊里糊涂地上山。反正是跟着别人走，东南西北都不晓得。走到目的地，进了一幢什么样的房子，真是搞不清了。不过母亲说，你爸爸一定晓得。但是父亲已经长眠于太平山下，问他他也不会回答了。

20世纪80年代以来，我又无数次登上灵岩山。与同学，与同事，与文朋诗友，与恋人，与妻女。每一次的感受却都差不多。在那山道上走走看看，到了乌龟望太湖，就歇一歇脚，与乌龟一起引颈眺望一番。或者是骑坐到石龟身上，拍一张照片。到得山顶，无非也就是吃上一碗和尚面。不知道为什么，这斋面，每一次吃，都会觉得不如上一次的好吃。什么吴王井，什么馆娃宫，也是见的次数多了，看上去也就不再有什么感觉。而想起第一次上山去看《收租院》，竟仿佛前尘影事——好像这事儿，与灵岩山其实是一点关系都没有的。好友陶文瑜、薛亦然曾对我说，他们与灵岩寺的住持颇有私交，什么时候要相约了一起到寺院里过上一夜。山寺内风清月白，暮鼓晨钟，对凡夫俗子来说，倒确实是难得一度。但这事儿，听他们说起也有好多年了，却一直没有下文。不知是他们忘了呢，还是古寺中早已更换了住持。

两个艺术展

5月，苏州宝丰堂画廊举办了"浮生六记"六人水墨小品展。六个人里面，只有陈如冬和夏回是职业画家。车前子、陶文瑜和我，正经的身份是作家，写字画画儿对我们三个来说，只是玩票。而张海华，则是一位室内设计师。这六个人是如何搞到一起的，总得给出个理由。而理由很充分也很可疑：文人书画。到底什么是文人书画？这个问题不能不思考，但往往又是越想越糊涂的。文人写的字画的画，是不是就是文人书画呢？这还真不好说。这比不得家禽，鸡生出来的肯定是鸡蛋；而鸭子再怎么学鸡叫，生出来的也只能是鸭蛋。文人书画也许只是讲究一种精神吧，比较少匠气，不拘泥于技法和传统，更多率性、灵性和真性情。

其实我们六个人扎成堆，更是因为经常在一起吃喝玩乐。而对于自命不凡的人来说，吃喝玩乐也是能够有文化的。当然我们确实有点文化。因此某一天，就在宝丰堂堂主谢峰的鼓动下，决定办一个书画展。这个展览，就是"浮生六记"六人水墨小品展。

展览开幕的那天晚上,来的人比较多,其中包括很多苏州书画界有头有脸的人物。大家对这个水墨展的总体评价是:很新鲜,很特别。这个评价其实是很暧昧的,它可以让人有崇高伟大的错觉,也可以理解为,它是业余的、不正宗的、不入主流的,甚至是带有些许玩乐和捣蛋性质的。

不管是怎样的理解,"很新鲜,很特别",毕竟给这次展览定了性。无论是形式还是内容,它都呈现了别样的景致——与人们通常所见到的书画不太一样。这种不一样,既可能是未入规矩的稚拙,也可以是超越了规矩之后的真与朴。它较多顽皮,较多任性,较多自由,更注重自我和性灵,更讲究笔墨意趣,不在乎规矩方圆,不在乎败笔和破绽,当然也不在乎白眼。正因为不在乎,所以更自由。也许,正是由于这份真诚和自由,才让它弥漫出一股清新自如、放浪形骸的气息,才使得它能够突破技术的框框,传达出令人感动的信息。

苏州是一个有着深厚文化积淀的城市,但是当下的艺术空气,却多少显得有些沉闷。而这种沉闷,与我们活跃而自由的传统,是很不相符的。宝丰堂6月推出的"紧急集合——汶川大地震对六个艺术家的影响"现代艺术展,更是对沉闷的艺术现状表达了一种不满。

这个装置艺术展,模拟了地震现场的狼藉与不堪:幽暗的烛光下,到处是倒坍、破碎的景象。策展人车前子和夏回说,它首

下编 苏州

先要表达的是，艺术家对于灾难的反应，应该是迅速及时的。同时，大灾激发了人们强烈的集体意识，这一点，也是展览所要重点表达的。

"紧急集合"的六位艺术家是：作家车前子、摄影家祁金平、画家夏回、篆刻家兼文化经纪人谢峰、画家徐思方、画家姚永强。这个装置艺术展，吸引了很多热爱艺术的人士前来观摩。观摩者被要求七人一组进入封闭的展厅，这样做是为了保证展厅内空寂肃穆的效果。没有灯光，只有零星的烛光。倾倒的桌椅，破碎的玻璃和卫生洁具，跌落在地的镜框、照片、照相机，散落的经书，表现直升机营救的巨幅水墨画，血手印……尽管我以为，这些都还不够逼真地模拟地震现场，与真正的地震灾区的惨烈相比，毕竟还是很轻很轻，并且，突发性的灾难，在艺术家心灵上引起的震撼，是应该由更独特更复杂丰富的艺术语言来表达。但是，我还是认为，这个展览，对我们城市的意义是非常重大的。

意义之一，是将艺术与当下生活的距离拉近了。民族的灾难，在瞬间，刺痛了艺术的良心，沸腾起艺术家的热血。而且表达痛感的手段，不是旁观的、遥观的、隔岸的。仿佛来到了现场。这种表达，是深刻的、丰富的、多指向的。其中夏回的一件作品特别引起我的注意：散落一地的佛经，给人以十分复杂的感受和思考——神与人，人与自然，渺小与庇护，精神的永恒与肉体的脆弱。

意义之二，就是这样的展览，在苏州，恐怕是前所未有。它本身就像是一场地震，将四平八稳的艺术生活摇动，观念、惰性、习惯、狭隘、保守、排他，甚至安全感，都在大地无情的晃动之下动摇了。在毁坏的同时，必定有一些宝贵的东西正在悄悄复苏和回归。事实也正是如此，许多参观者的感受都是：很震动。

青石弄5号

青石弄5号,是叶圣陶先生的故居,也是苏州杂志社的所在。这个自然质朴的园子,据说是当年叶圣陶用半本书的稿费买下的。是用哪本书的一半稿费买了这么一个风雅的园子呢?我不太记得了,也许是《文心》吧。今天,几乎所有写作的人,来到这个园子,都要为它的宁静葱郁而陶醉。同时也免不了嗟叹:这么好的一个园子,竟是用半本书的稿费买得,那时候的作家,日子委实是好过啊!怎么不是呢,杭州西湖边上的"风雨草庐",当年郁达夫是用出版社预支的一笔稿费建起来的。今天的半本书,不要说买下这么大一个园子,恐怕连一个小小的卫生间都买不下来吧。当然也不能一概而论,能不能买下这个园子,要看是谁的半本书。郭敬明的半本《幻城》,或者韩寒的半本《三重门》,我想应该是能买下这么个园子的。可惜他们不会买。

我喜欢这个园子,它里面种的树,看上去一点都不刻意。玉兰、石榴、芭蕉,很随意地栽种着,在时空上都是错落有致。坐在走廊里,喝喝茶,冬天晒晒太阳,夏天吹吹风,看看园子里的花花草草，有话就说说话，没话则听听有一声没一声的鸟叫。这里虽然没有山，也没有水，却有一种"水清鱼读月，山静鸟谈天"的意境。

园子里的房子，也是朴实无华的。黑的瓦，白的墙，陈旧的落地门，陈旧的木地板。如果苏州杂志社的编辑们，男的都穿长衫，女的都穿旗袍，并且他们的办公桌上，也没有电脑，只是放了笔墨纸砚的话，我想这儿的时光和景象，与民国也不会有什么两样。如果男的都在脑后拖一条辫子，女的都是一双小脚，那么这里就是清朝。

我有点记不太清了，《苏州杂志》的前身，是不是《苏州文艺报》？它成立之初，是不是就在这儿办公？也许它曾借用过大井巷沧浪区少年宫的一间房子。搞不清楚了。我只是清楚地记得，它的创刊号上，同时发表了我的两个短篇小说。两个小说近两万字，《苏州杂志》创刊号薄薄的一本，给了我那么多篇幅，真是不容易，基本就是副处级待遇了。我的小说写作，也许正是从那时候开始的吧。不光我感到激动，我当时的一个女朋友，也觉得这绝对是我们生活中的一件大事。她不惜代价，在邮亭一下子买了十本刊物，兴冲冲地抱来我家。因此我就成了世界上收藏《苏州杂志》创刊号最多的人，可以申请吉尼斯世界纪录。2019年12月病逝的《苏州杂志》主编陶文瑜，前年为纪念《苏州杂志》出刊一百期，四处寻觅创刊号而不得，最后还是从我这里要去了一本。

我是给《苏州杂志》写稿最多，也是和众编辑交往最多的人。从朱红、薛亦然、陆平、王稼句、王宗轼、平燕曦，到陶文瑜、叶弥，还有后来的主编大人范小青（再后来的主编则是陶文瑜），他们都是一些好编辑，有学问，有才华，还敬业。和他们交往，就像读一本本好书，开卷不开卷都是有益。一晃10多年过去了，王宗轼兄不幸患骨癌英年早逝，令人唏嘘。我与阿轼，早在20世纪80年代初就曾共同执教于吴江松陵一中，彼此十分投缘，几乎是朝夕相处。他出身名门，是书画名家王西野先生的二公子，得家学渊源，不光能诗能画，而且学问极为渊博。从他身上，我学到了不少东西。今天检点我的书架，还能看到不少书，都是当年他帮我买来的。他是"文革"结束后最早提出为中国现代文学"平反"的人之一。他著名的文章《文学的倒流》发表后，被《新华文摘》转载，引起极大反响。随着这股"倒流"，沈从文、郁达夫、废名、施蛰存、何其芳、李广田、陆蠡这批人的作品重见天日，重新获得了知音，滋养了无数饥渴荒芜的心。阿轼著述不丰，但他是一个爱文学、懂文学的人，在我的文学之路上，他是对我影响颇大的人。他不吸烟，不喝酒，不好色，性情温良，为人宽厚，读了一肚子书，做得一手好菜。谁会想到，这样平和善良的人，竟会得了恶疾，郁郁而终！

陆文夫当年创办这份刊物，是想要为传承和弘扬苏州文化做点事情。现在他已经过世，主编的担子，交到了范小青的肩上。新的刊物刚刚出笼，面目一新，令人欣慰。我相信这本在青石弄

5号这个风雅园子里打造出来的刊物,在资深美女作家范小青的主持下,一定会越办越好,办得越来越有趣,越来越宽广,真正成为人民群众喜闻乐见的一道大餐。同时,也能给背负着古老文化包袱的苏州文化注入新的活力,为刷新苏州文化的面貌而吹皱一池春水。

苏杭班

1979年的下半年,我在桃源中学当实习老师。这个桃源,不是湖南常德的桃源县,而是吴江最南端的一个小乡镇。在地图上不难发现,它是苏州的最南端,也是江苏省的最南端。我在那儿实习的时候,往返于学校和家中,都是乘坐苏杭班轮船。这轮船,在苏州与杭州之间,沿着著名的京杭大运河,晃动的钟摆一样,来来去去。每天都有一班轮船,东方发白的时候从苏州始发,途经桃源,傍晚便抵达杭州。当然同时,也有另一艘轮船从杭州开出来,途经桃源,在华灯初上时抵达苏州。

这艘在天堂之间航行的船儿,船舱里是十分热闹的。长条的板凳上坐满了旅客,旅客与旅客之间,则摆满了行李和各种各样乱七八糟的东西。鸡鸭鹅,鱼肉蛋,装在箩筐里的青菜,成瓮的腌菜,扁担和各种农具,应有尽有。自行车也搬上船来了,这陆地上行走的东西,也来坐船的原因,大抵是有些地方还没有畅通的道路吧。什么东西都有,但可以肯定的是没有毒品,没有自制炸药,没有恐怖分子。给我突出印象的是,船上的绝大多数人,坐定之后，都在忙着吃东西。瓜子是最为流行的食品，地上本没有壳，嗑的人多了，便全都是壳。在轮船里走动，我能感觉到脚底下沙沙的声音。只有当轮船到了一个站，靠上码头的时候，人们才彼此交谈。在轮船行进途中，交谈是费力的。因为轮船的马达声，实在太响了。在那样的环境里交谈，就是面对着面，也必须大喊大叫。大喊大叫是费劲的，时间久了，就会觉得头疼，嗓子干，觉得自己为说话而耗费如此大的精力，实在犯不着。而且，面对面地喊叫，常常将嘴里的唾沫，有力地喷射到交谈对方的脸上，那也是一件很不好的事——虽然那时候还没有"非典"。

我的长篇小说《粉尘》，在引子部分，男女主人公的邂逅，就发生在这样一条船上。可那只是我的虚构。事实上，由于经常乘坐这条船，我对它几乎像对自家的厨房一般熟悉了，我知道在这船上，根本不可能遇见漂亮的年轻女人。因为我从未见过有漂亮女人上船。真是令人纳闷啊，为什么见不到她们呢？难道说，年轻姑娘都不坐船吗？尽管这样，每一次登上轮船，我还是希望出现奇迹，希望这船上能有美丽的姑娘出现。不求其多，至少也该有一个吧！能与一位美丽的姑娘同船，并且是有幸与她对面而坐的话，那么这趟旅行，就不再枯燥，混乱的船舱，也就不再显得嘈杂难熬了。但每一次，都令我失望。这船上绝大多数是男人。偶然夹杂进来几个女的，也总是又老又丑。有一次，居然与一个女精神病人同船。她剪着女干部式的头发，穿了一件中山装，看上去倒也精明干练。船一开动，她就从腰间掏出一副竹板,清脆地打起来。一边打,一边嘴里念念有词。由于离她较远,不能听清她在说唱些什么。从前面观众的反应推断,也许内容与计划生育有关。关于精神病人怎么能够上船,我想是因为她的脸上并不写着"精神病人"的字样。只要她买了船票,自然就能上船了。就像今天,我们的商业浴室,进浴池的门口,都写着"有性病和传染病者请勿入内"。这当然是形同虚设。有哪个患了性病和其他传染病的人,见了此告示会返身而走呢?有艾滋病的人都在满世界乱跑呢。有些得了"非典"的人,在人群中也那么不露声色。他不自觉,你也看他不出呀。其实从裤腰里掏出一副竹板,在轮船上宣传计划生育,光凭这样的举动,是绝对不能就此断定此人是有精神病的。是她后来的表现,告诉了人们,她是一个不折不扣的精神病人。她说唱了一通,就蹲下来找吃的。她若找到果皮之类,就将沾了瓜子壳的果皮,一把塞进嘴里,吃得欢天喜地。我当时非常担心的是,她会走到我这边来找吃的。因为我曾听说,女性精神病人中,花痴是占了大多数的。要是她过来,欲施非礼,那我该怎么办?我一定会成为这船上全体老小的开心果。轮船航行缓慢,目的地遥远,我敢肯定,人们对说快板书的女人,早就有点厌倦了,巴不得来点新鲜刺激的。事实上,已经有人开始逗她了。

倒是有一回,船在不知哪个码头靠岸,上来了一位年轻小伙子。他一坐定,就扭过身子,将头探出舷窗。原来码头上站着一位姑娘呢!她亭亭玉立,忽闪着大眼睛,正向这边微笑。船开的时候，她收敛了脸上的笑。这时候，一阵风把她的长头发吹起来了。她脖子里的一条水红色纱巾，也飘起来了。后来她跟着船，在码头上走。但走了几步，就没有办法再走了。码头越退越远，这位姑娘的身影，也越来越小了。她的身体，真是好看，小巧，秀气，纯洁，委屈。她就那样站着。我忽然产生了这样的错觉，认为这个姑娘是在向我依依惜别，她深情款款，她也许是在流泪了。别离的伤感，水一样在我的内心漫开，看到码头上的她，变成小蜻蜓一般大的时候，心说：我哪一年才能再见到你呢，姑娘？

我听说今天苏杭班已经不再于白天航行了。现在苏州到杭州，汽车只要走两个多小时，谁还愿意在船上乌龟似的慢吞吞走一整天呢？所以它改成了夜航轮船，变成卧铺船了，还装了空调，还有餐厅。若要从苏州到杭州，黄昏上船，在船上炒几个菜，喝点小酒，然后睡一觉，天亮的时候，杭州就到了。这很不错。星期五的晚上出发，星期一的早上回来，双休日，苏州人去游西湖灵隐六和塔，杭州人来逛观前街山塘街，都能有实实足足的两个整天。

那时候在桃源中学当实习老师，我19岁。结束实习的那天，我居然睡过了头，急匆匆背起行李，飞奔到轮船码头的时候，嗓子口一股血腥气。但是，我还是没能赶上这每天只有一趟的苏杭班。我赶到码头的时候，轮船刚刚开，只开出去八十米光景。但它不可能返回来载我。它绝情地走了。我站在码头上，像一个弃儿，呆呆地看着那轮船越走越小，直到没影。

桃花坞

40多年前,桃花坞里有我父亲的一门亲戚,当然也是我的亲戚。到底是什么样的亲戚,不得而知。既然父亲让我叫他"舅公公",那么此人的辈分一定很高吧。但他年纪好像并不是太大,看上去比我父母也大不了多少。我也不知道"舅公公"与我到底应该是什么关系。无论是"舅"那一脉上的,还是"公公"一脉上的,好像都不应该与我父亲有关吧,倒像是母亲门上的亲戚。"舅"与"公公"合起来,怎么倒又成了父亲门上的亲戚了呢?

父亲在家,经常会说起我的这个舅公公。说他会画画儿,是靠画画儿为生的。我知道唐伯虎是住在桃花坞的,而且也是一个画家。我还知道,桃花坞的木刻很有名。那时候红卫兵来我家抄家,抄剩下一本《毒草黑画集》,扔在马桶旁边,我捡起来看了。这本书,要不是他们来抄家,我还不会发现它。他们帮我将它找了出来,我往马桶上一坐,就翻起画册来。这本画册上,就有桃花坞的木刻年画。我知道桃花坞木刻原来是这样子的,就是这本画册的功劳。当时印象特别深的桃花坞木刻作品，一幅是孩子骑鲤鱼的，一幅是梁山伯与祝英台的。听父亲说我的舅公公家住桃花坞，便想起了桃花坞的木刻。父亲说他会画画儿，我就想，舅公公善画的，是孩子骑鲤鱼呢，还是梁山伯与祝英台？至于唐伯虎，小时候我没见过他的画。只听我外婆说起过这个人，说他很会泡妞，当然画也好。外婆很夸张，说唐伯虎画的月亮，月半是盈的，到初一就亏了。世上哪有这样的画？如果是动画，那还差不多。但我知道外婆说的是民间的传说，自然当不得真。在我的想象中，我的舅公公，怕也是唐伯虎一样的人吧？但唐伯虎是什么样的人呢？没见过。有一点是可以肯定的，即使唐伯虎真的能画出一轮能盈能亏的月亮，我的舅公公也一定画不出，因为他不是传说中的人物嘛。

终于有一天，父亲带着母亲，还有我，一起去舅公公家走亲戚了。我那时候还小，如何七转八弯到的桃花坞，一点都不记得了。仿佛就是电影里被黑社会绑架的人，蒙上了双眼被带到一个地方似的。睁开眼睛，就到了桃花坞。父亲把我引到一个身材颀长的中年男人面前，要我叫他舅公公。我就叫了一声舅公公。舅公公摸了摸我的头，问，喜欢画图吗？父亲代我回答说，他是不上路子的，只描一些连环画。母亲将我的身体往舅公公那儿推一推，说，你想不想跟舅公公学画呢？

舅公公家住的，是木结构的老房子。板壁涂了暗红色的油漆，上面挂了许多画儿。我非常希望能在他家的板壁上，看到舅公公画的画儿。如果不是舅公公画的，至少也应该是桃花坞的木刻年画吧。我记得他家招待我们的菜肴中，有好几道菜是我特别喜欢吃的，比如黄花菜炒肉丝、炖臭豆腐干，但是我吃不进，我在墙上毛主席眼光的逼视下，始终处于惴惴不安之中。而舅公公一家，则夸我懂事，让我不要客气。父母当然感到很奇怪，因为我在他们眼里，是饿死鬼投胎，是一个又懒又馋的孩子，现在居然斯文起来了。他们于是让我不要"装腔作势"，希望我想吃就吃，反正是自己亲戚家，用不着这样的。

舅公公家里，只有舅公公和舅婆婆两个人。其实他们是有很多子女的，灶镬间墙上的一个镜框里，他们的全家福照片就能够证明这一点。吃中饭的时候，舅公公夫妇，把他们的子女，逐个进行了一番盘点。我这才知道，他们的老大，是个女儿，去了新疆石河子了。老二还是个女儿，插队在常熟沙家浜——就是阿庆嫂开春来茶馆的地方。老三是个儿子，当了解放军，在中苏边境保卫伟大祖国。我知道那个地方有个珍宝岛，不知舅公公家的老三，是不是在那儿当兵，他一颗红星头上戴，革命的红旗两边挂，是不是扛着火箭筒，怒目喷火热血涌？就像一张八分邮票上的解放军战士那样？说起老四，舅公公夫妇都落泪了。原来，老四也是个儿子，因为两个姐姐和一个哥哥，支边的支边，插队的插队，当兵的当兵，他就留在了父母的身边，并且到火车站当上了一名职工。在火车站工作，那是令多少人羡慕的啊！但是这个老四没福气，他有一天爬到火车上玩，一只手拉着车门处的把手,身体则和另一只手一起,向外倾出去,就像苏联电影里英勇的红军战士一样。火车越开越快,结果他一脱手,就跌了下去,跌死了。舅公公夫妇说起他,伤心得饭都不吃了,话也说不出来。我的父母亲,显得很尴尬,想说安慰的话,也不知道说什么好吧?总不见得说,他是为革命而死,是死得其所,重于泰山吧?也不见得说,不要紧,反正你们还有三个孩子,这样说,当然也不好,是不是?那就只能无话可说了。

沉默得久了,大家都感到空气太沉闷了。作为主人,舅公公有责任暂时忘记悲痛,让气氛轻松快乐起来。他于是批评舅婆婆,说你怎么还在哭?怎么不晓得去添饭?你快去添饭,然后再烧一吊子水,泡一壶茉莉花茶。他吩咐舅婆婆,要拿饼干盒里的茶叶,不要拿茶叶筒里的,茶叶筒里的茶叶,黄梅天没有保管好,有点发霉了。

吃过中饭,舅公公领我到一个房间里,看他的画。这个房间,除了中间一张长条大桌子,再没有其他家具。长桌子上,摆了一圈扇子。一把把折扇,摊开在桌子上,绕着长条桌的边缘,围成一圈。中间呢,则放了砚台啦,墨汁啦,毛笔啦,还有颜料和笔洗。舅公公笑了笑,就取过毛笔,开始示范。他在扇面上画了一朵牡丹,接着到另一张扇面上画同样的牡丹。他只画牡丹,其他什么都不画。我的父亲,在一旁解释说,这叫作流水作业。一圈绕下来,每一个扇面上,都画上牡丹花。然后,再画绿叶。最后是蜜蜂。我还从未听见过有这样画画儿的。我担心的问题只有一个，舅公公这样画，就必须一直在屋子里绕圈子。一圈圈绕下来，扇面全部画好了，但头一定会很晕。

看舅公公画了那么多扇子，他家有这么多扇子，我想他一定会送我一把。对于折扇，我正迷恋。我正偷偷练习单手将折扇打开、合拢的绝技。唰一下，我已经能够做到将折扇单手唰的一下打开了。但合拢还做不到。我那把七分钱的折扇，早已经被我练破。因为上面印着毛主席语录，所以破了之后，我也不敢补它，干脆四顾无人，心惊肉跳地将它扔进煤炉烧了。当然，要是舅公公送给我一把他画的扇子，我不会舍得用它来练习。但是，我们第二天离开桃花坞，舅公公并没有送我扇子。他只是给了我一幅画，画在一张毛边纸上，是一只公鸡。上头还题了诗，什么一唱公鸡天下白的。

住在桃花坞舅公公家里的一夜，令我终身难忘。我以一身光滑的皮肤去，回来却是满身癞蛤蟆似的红疙瘩。谁能说得清舅公公家的被子里，究竟藏了多少只跳蚤？我被咬得头皮发麻，看身上一个个块，痒得不敢碰它。一碰它，它就痒得你要命了。第二天早上吃大饼油条的时候，我注意到我的父母，也都很不安静。他们一边啃着，一边身体怪怪地扭动。我知道他们身上，也一定像我一样，出现了无数个甲虫一样的红色疹子。说不定呀，还有跳蚤在他们身上爬呢！

多少年来，桃花坞都是与令人头皮发麻的跳蚤联系在一起的。跳蚤也咬舅公公吗？那些刻印版画的师傅，在刻的时候，在印的时候,身子也会奇怪地扭动吗?那么唐伯虎呢,他的身上是不是藏着跳蚤?他去泡妞,该带上一个竹制的"不求人"才好呀。

文化宫

苏州工人文化宫，在20世纪60年代初，就已经是一个我经常光顾的地方。当然那时候我还小，不会自己走着去，都是由我母亲背着，一步步向那里走去。那里有无数绿树，有石子铺成的小径，有宽阔的草坪，还有其他游人。我们坐在那草坪上，可以看树，也可以看人。当然，也被人看。当有人因为我的胖而驻足，并投来复杂的眼光（是惊异，还是羡慕？），当有人不加掩饰地赞美我的胖时，我的母亲，就会很幸福地笑起来。这个美丽的妇人，在我们的3年经济困难时期，能将一个小子哺育得这么胖，吸引许多游人的眼球，她创造了人间奇迹。她确实值得骄傲。当然她也要小心啊，免得遭人嫉妒和眼红。有一次，我们又去文化宫，母亲抱着我，而我则抱着一块饼干。我啃着饼干，嘴里发出夸张的呀呀之声，那是饼干发出来的声音，芳香的声音，那是饼干的歌唱。但是，进了文化宫，这声音就变成了一声大哭。母亲转过头来，发现我嘴里的饼干没有了。这块饼干，不是被我吞了下去，而是被一只掠夺之手抢走了。抢饼干的是一个中年男人。那人抢了饼干就跑。他跑得飞快。其实他不用跑，即使他被见义勇为的人抓住，人们也奈何他不得。因为，饼干（只有半块了吧）早已被他吃下去了。除非将他开膛破肚，我们已不能夺回饼干了。

将我抱着，或者背着，到了文化宫，母亲已经累得不行了。用她的话来说，是"双脚发飘"，有时候还"眼冒金星"。于是她就在草坪上坐下来，而我呢，就在草坪上爬来爬去。母亲说，那时候条件差，也就不太讲究卫生。其实一个幼儿在草坪上爬，确实不够卫生。草坪上虽然有草的清香，虽然有透明的夜露，但也有游人脚底肮脏的泥，甚至痰。母亲说，因为许多孩子都在草坪上爬，所以我们也在草坪上爬。但人家都那么瘦，为什么我这么胖呢？

20世纪80年代，我每次进城，都会去文化馆转一转。因为那儿离南门汽车站近，买好了车票，就到文化宫坐坐，就把它当作是一个有绿树草坪的候车室。有时候，离上车还早，我就去文化宫电影院看一场电影。因为要坐车，每次都来不及把电影看完。因此在车上，我就闭上眼，把没有演完的电影在想象中继续下去。好的电影都有好的音乐，那音乐一路跟随着我，像躲进耳朵里的一只蜜蜂，嗡嗡嗡嗡。好的电影一般也都有一个迷人的女主角，那美女也一路跟着我，像眼前一条轻盈的缎带，飘飘忽忽。

当然更多的时候，我只是在文化宫的草坪上坐着，屁股底下铺一张报纸，这样显得比较卫生。坐在树荫下，我的目光，总是被成双作对的情侣吸引。我以怅惘的心情看他们。我看他们从远处走来，看他们从近处走远。看由远而近的正面，看由近而远的背影。一旦他们发现了我，我就把目光收回。也看到过青年男女一边走一边吵架，他们吵得很厉害，声音尖锐，表情狰狞。最后女的哭了，靠在树上，不肯再走。有时候，男的只管走，不再理睬这女的，让这女的去哭，哭死也不管了。也有男的心软，走了几步，或者十几步，会回过头来，过来劝女的。男的认了错，女的还不饶。男的伸过手来拉女的，女的把他挡开。

还是20世纪80年代，一个夏天，文化宫里搭起了一个帐篷。帐篷上的广告写着，里面正进行着美人鱼表演。有碎声的喇叭里，一个男人嘶哑的声音也在喊：快来看，美人鱼表演啦，马上就要开始啦，要看的人快买票啦！我知道这世上除了哥本哈根，其他地方很难见美人鱼。也许根本就没有美人鱼。但现在他们说，里面有一条美人鱼，正在进行表演。迪斯科音乐震耳欲聋，但马戏团的喇叭显然有问题，听着听着，就听出了跑调。我买了票，钻进了帐篷。美人鱼果然在表演。但她不是真正的美人鱼，她只是一个普通的女孩子，她只是穿了一条美人鱼的裙子，胸口很低，头发又长又散乱，正在一只大玻璃缸里游泳。她的脑袋从水里露出来的时候，我发现她的眼光很纯，让我无端想起伊豆的舞女。"我的头脑变成一泓清水，滴滴答答地流出来，以后什么都没有留下，只感觉甜蜜的愉快。"我居然还想起《伊豆的舞女》里的句子，真是莫名其妙。美人鱼表演完了，就有一个国字脸的男人出来，问大家想不想看到不穿衣服的美人鱼。大家都说想。国字脸就说，想看的人，要交10块钱。不想看的，请快出去。我和为数不多的几个人一起留了下来。国字脸过来收钱，有人嚷嚷，要先看后付钱。国字脸眼露凶光，说这里的规矩，就是先收钱后看！于是不再有人嚷嚷，反正先看后看都是看，就交了钱再说吧。收齐了钱，帐篷里的灯光骤暗。大家的眼睛，都在黑暗里向着同一个地方闪亮，期待着裸体的美人鱼的出现。经过了焦灼的等待，美人鱼终于出现了，而且确实只穿了一条裤头，半裸着，双乳又圆又挺。但是，裸体的美人鱼并非真人，她只是出现在投影电视的屏幕上。有人不满意了，提出要看真人。这时候灯光亮了，迪斯科的音乐又震耳欲聋地响起来。帐篷的门帘掀开了，外面的阳光照射进来。国字脸的声音，又出现在破碎的喇叭里，他喊着：来，看美人鱼表演啦，马上就要开始啦，要看的人快买票啦！他一边喊，一边将我们驱赶出帐篷。

整个20世纪90年代，我没去过文化宫。

那年"非典"之前，我骑助动车经过文化宫，突然一个念头让我把车停下了。我走了进去。我不知道我为什么要进去。也许只是风太大了，也许是助动车的声音太吵，我觉得有点头晕。我想进去转一圈，希望在很安静的角落坐一坐。结果我看到对面走过来一个漂亮姑娘，年龄30岁不到吧，她从对面向我走来，她长得与我的母亲几乎一模一样。母亲年轻时候的照片，与眼前这个姑娘，真是别无二致。我看着这个越走越近的美丽姑娘，简直要惊呆了。我差一点开口叫她"妈妈"。但是，要知道，如果一个40岁出头的男人，喊一位年轻姑娘"妈妈"的话，这事儿会有多荒唐！要不是母亲已经去世，我会立即打电话给她，告诉她，妈妈，我在文化宫看见一个人，与你年轻的时候长得一模一样。

熏风梅影

从前，梅花对于我来说，似乎承载了太多的文化信息，因而显得很不真实。它似乎早已经不是普普通通的花。在我的花名册里，油菜花、月季花、鸡冠花、石榴花、玉兰花、迎春花、水仙花、海棠花、桂花，等等，都还算个花。而梅花，它从来都不是普通群众，而是有着多种身份的，纸上的、书里的、传说中的、隐晦的、可疑的、颇多象征的，总之与我是有着很多隔阂的一种花。

关于梅花，在此之前，对我来说，是《梅花三弄》，是《一剪梅》，是《红梅赞》，是梅开二度，是梅兰芳，是梅兰竹菊四条屏，是谢孝思的风车梅花，是《病梅馆记》，是"梅花香自苦寒来"，是"梅妻鹤子"或"妻梅友竹"，是梅花桩、梅花党、梅花鹿、梅花糕、梅花脚印、梅表姐、柳梦梅，还有一个叫张梅的女作家和一个叫朱红梅的女孩……跟梅里美和不来梅好像就没什么关系了。我长这么大，似乎还从来没有认认真真地亲眼看一看开放在树枝上的梅花，真正的梅花。梅花一直都只是意象，只是符号。

进入西山岛,我一下子被这么多的梅花包围!这种真实,反倒让我恍惚起来。我这是在哪里?哪来的这么多的梅花?蜡梅、红梅、白梅、绿梅,好像还有墨梅,覆盖了西山岛的整个山野,真的很像梦境。

原来梅花是可以这样平凡和朴实的,是可以这样开放得热情洋溢和满不在乎的。它们在今年暖得过早的风中抖抖身体,抖落了它们身上被赋予的这样那样的意义和寄托,显出了清洁、纯情和烂漫。它们是轰轰烈烈的春的消息,是汹涌的春的排浪。它们的香气是热腾腾的,好像要把人托起来。把人剥光了衣裳托起来。我们的身体因此变得轻飘飘的了,轻浮了,浮起来了,热气球一样飞起来了。

我不晓得西山岛上这么多的梅花是种出来的呢,还是它们自己从地里长出来的。它们为什么要聚集到这里?这是花神的旨意吗?那么西山岛又为什么不干脆就叫梅花岛呢?叫梅花岛也许太俗了。但是,一个有这么多梅花的岛,不叫梅花岛又能叫什么岛呢?不叫梅花岛不是一种浪费吗?就像一个嘴巴大得出奇的人,不叫他大嘴巴,实在是对不起他的这张嘴。梅花们聚集到西山岛上来,究竟想要干什么?是开会吗?还是搞派对?难道仅仅只是报春——或者叫"闹春"?那么这个岛又可以被命名为春岛,或者春之岛。

我带回家几枝绿梅,像抱回来一段似是而非的艳遇。养它在硕大透明的玻璃瓶里，它的倩影、它的清芬，让整个屋子都春情萌动。它是西山岛探梅的一缕袅袅余音，不知道哪一天才会在我的耳边散尽。最后要声明一下的是，花不是我摘的，而是朱文颖从一个西山老太太那儿买的——随便采花非君子，只是未到多情处。

夜吃洞庭饭店

丁亥年大雪后三日午后,我带着一包黑豆腐干,匆匆从震泽赶到狮山社区,与诗人老车、陶文瑜和画家夏回、陈如冬会合,一起听盛小云的评话《啼笑因缘》。这是前几日就约定的,我却因为去震泽联系"苏州小说新作者作品讨论会"事宜,而迟到了一个多小时。盛小云的嗓音清亮,尤其是唱的部分,如黄莺一般婉转。我们五人中,如冬可以算得上是一位票友,不光对各种唱腔流派如数家珍,自己亮开嗓子一唱,也是味道足得不得了。他的越野车里,播放的也都是评弹CD。怪不得,他画出来的老虎和马,似乎也有着评弹的韵味。他兜里装着的金铃子,一定也会来几句俞调和琴调吧,只是嗓子太细,须得十分安静的环境才听得见它幽怨的唱腔。

三点半演出结束,我们在阳台上一边抽烟聊天,一边等盛小云更衣。她换去了沈凤喜的衣裳,一副时尚打扮出来。彼时夏回正好下楼去买烟,我们跟盛小云打趣说:"你借说书之机,讽刺挖苦夏回,说什么'突然来了个王二秃子',夏回不是个光头吗？他气得走掉了！"盛小云却很认真地说："王二秃子这个角色，是书里本来就有的。"本来讲好了她和我们共进晚餐的，她却说突然有了点事，不知道她是不是在说书。

之后五个人，开了三辆车，往东山而去。数月不见，夏回的车技长进了。记得之前，我们也是去东山，文瑜先是坐在夏回的车上，开到越湖路，他们就靠边停车了。文瑜苦着脸从车上下来，对我说："我晕车了，他开得太差了！我还是坐你的车吧。"而这次夏回骄傲地说："文瑜和老车都抢着要坐我的车呢！"从半道下车到抢着要上他的车，这绝对是一个重大的历史转折。

东山"洞庭饭店"，笼罩在一片混沌的暮色中。店里店外，都是黑咕隆咚的。我第一个摸黑进去，见幽暗的角落里坐着一个妇女，便问："有饭吃吗？"她继续幽暗，头也不抬，只是说："有啊。"于是进去点菜。纸板剪成的菜牌一片片在头顶挂着，以工整的楷书写着菜名，都是传统苏帮菜：白切猪肚、油爆虾、响油鳝糊、清炒虾仁、红烧甩水、炒三鲜。哪道菜卖完了，就把哪个牌子取下来。点了菜立刻付账，谢绝"先吃滋味后还钞"。

一会儿厨师骑着自行车来了，他也许已经在家里给自己倒上了二两白酒，一盘花生米，几块豆腐干，听着评弹喝开了。店里突然打电话给他，告诉他来了五个客人，他便放下筷子，套上袖套，说来就来了。他二十几岁就在这饭店当厨师，一干干到了快退休的年龄，饭店还是这个饭店，桌凳还是这些桌凳。外面酒楼食铺开了无数，火锅海鲜川菜粤菜应有尽有，洞庭饭店却几十年不变。饭店里的八仙桌,都是几十年前的老东西,用碱水洗得发白。手臂靠在这样的桌子上,有一种柔软亲切的感觉。

先是坐在一张桌子上吃喝,很快菜就放不下了,于是又拉过一张桌子来,两个正方形,变成了一个长方形。但是长方形,丝毫都没有影响这儿的古意。整个饭店,楼上楼下,只有我们五个食客,旧和安静,突然把我们包围,那么铺张,又显得虚幻,仿佛回到20世纪70年代。由于要开车,不敢贪酒,只有老车和文瑜有资格放开来喝。老车先是喝黄酒,让服务员去热一下。她热得滚烫,装在一只大碗里端来。老车喝了一口,烫得差点儿吐出来。他强烈要求换啤酒,理由却并非因为烫,而是觉得黄酒被热过了头,变酸了。

服务员也像厨师一样,在这个国营饭店里干了几十年。那时候还是年轻姑娘,不知不觉就变成了老妇人。她们不认"顾客是上帝"这样耸人听闻的句子,让她们再去拿一只汤勺,她们会对你说:"你就这一只用么好了!"但她们并非不热情,她们会带着真诚的笑容,问你们菜可好吃,跟你们拉几句家常。甚至会调侃说:你们五个男人吃酒有啥劲,为什么不带上几个美女?

没有美女同饮,是有点奇怪。更奇怪的是,五个男人在一起吃酒,连女人都不谈论。高谈阔论的只是评弹和书画。盛小云的书说得怎么样,哪个地方精彩,哪个地方还有欠缺,说到高兴处,如冬便唱将起来。他唱得真好,有专业水准。陶文瑜也唱,好像会唱很多流派不同的开篇,但他经常走音,与如冬不在一个档次上。老车对评弹似乎也内行，说起来头头是道。但他不唱。我想他多半是五音不全的。大家一致认为，今天评弹里的幽默，其实已经不再幽默。说书人的滑稽，也沦为了相声里的那种滑稽，叫人笑不出来。大家于是纷纷怀旧，凭着有限的记忆，回想各自所记得的老一辈评弹艺术家曾经的诙谐，那么经典，从记忆的角落里抠将出来，依然闪光，充满了智慧。说得更多的，当然还是书画，从齐白石、张大千，说到黄宾虹、八大山人，说到于右任、林散之，还说到了沈曾植——这是因为，前些日子我去拜访华人德，他发现我的字很像沈曾植，就翻箱倒柜，找出一本《沈曾植隶草三种》馈赠于我。菜多得吃不光，但只要慢慢吃，努力吃，最终还是能吃光。话那么多，却是说不完。越是慢慢说，越是努力说，最终越说越多。洞庭饭店的服务员已经下班了，只留下厨师一人，坐在一旁默默抽烟，等我们走人关店。

菜足饭饱之后，大家兴致不减，情绪依然饱满高昂，决定要回城里搞一次笔会。于是五人又青春少年一般，呼啸而至宝带路张公工作室。张公名海华，乃某设计公司老总，也是一名书法家。六人便闲话休提，取过纸笔，画将起来。忙了数小时，一共合作了六幅手卷，各得其一。陈如冬画了石头、花树；夏回的墨鸟，极具八大神韵，而一条细长如蛇的鱼，画得又是那么妖娆；老车的莲蓬，线条苍劲，墨色飞扬；文瑜不知道什么时候偷偷用功，几笔兰花，倒也画得像模像样；海华的现代书法，博得众人喝彩，书写之中，就像打太极拳一样，很有表演性。六人中只有我不会画，专司写字。写字很辛苦，几乎所有空着的地方，我都填满了。老车说我的字是中国当代作家中最好的，我不敢苟同，但一定要把这句话写下来。

笔会中途，夏回和我各溜出去一次。他是去楼上自己的家中取印章，我想一定是蹑手蹑脚，做贼一样。夜已深，他太太多半已经安寝。我则是受老车差遣，去车上取喝剩的啤酒，还有我从震泽带过来的黑豆腐干。马甲袋一放下来，老车就打开啤酒，咕噜噜喝了起来，其迫不及待之势，犹如他乱云飞渡的狂草。其他人则用画画写字的手，抓了黑豆腐干往嘴里送。手上的黑，不知是墨汁呢还是豆腐干的卤水。震泽的黑豆腐干真黑。

除了我，字写得多的还有文瑜。每一个手卷上，他都写了大致相同的打油诗：先听评弹盛小云，后去饭店下洞庭；张公馆中画手卷，水墨对影十三人。所以说"大致相同"，就表明还有不同处。我的手卷上，我要求他写"十三人"。李白举杯邀明月，对影成三人，其实只有他一个人。我们六个人，加上六个影子，再加上月亮，当然就是十三人。老车则要求写"十二人"，他不要月亮，只让六个人站在水边，岸上六人，水中六人。

我将手卷贴到博客上，有人来留言，署名"对影十三人"，不知道是哪一位。他的留言只有一句：震泽黑豆腐干好吃！

去向西山复东山

　　东山西山，是太湖苏州地界上的两个小岛。东山是个半岛，连着市区。以前要去西山，通常是先到东山，然后坐船过去。现在，有三座很长的桥把西山和长沙岛、叶山岛连贯了起来。连起来之后，去西山就不再是一件麻烦事情了。车行一路，风光一路。太湖美，美就美在太湖的水，这时候你就会知道，那还真不只是歌里唱唱的。

　　东山又名洞庭山。它跟湖南的洞庭湖完全没有一点关系。东山上出产的橘子，小小的，红红的，就叫"洞庭红"。李少红拍过一部红极一时的电视剧《橘子红了》，就是在东山拍的。以前，东山只出绿茶，那就是大名鼎鼎的碧螺春。现在，也有了红茶，好像也叫"洞庭红"。对红茶有特别喜好的人，应该知道除了滇红、宜红，还有洞庭红。现在这个季节，东山的橘子红了，到处都是橘园，到处都悬挂着小巧的"红灯笼"。银杏则黄了。银杏的果实我们称它为"白果"。白果像星星一样在古老高大的银杏树上闪烁。这时候约三两朋友去东山，就到紫金庵去喝茶。碧螺秋茶，泡在玻璃杯里，其绿其嫩，给人以一种清新和清洁之美。茶室的木格窗外，就是碧螺峰。山还是密密油油的绿。只不过，绿得丰富了，浅绿深绿之中，夹杂着一些褐色和金黄和殷红。紫金庵里遮天蔽日的老银杏树，黄得每一片叶子都像是用金子捶打出来的。秋风过处，沙沙地响。紫金庵门口就有卖白果的。包着蓝花布头巾的老太太，春天在这里叫卖茉莉花、白兰花，现在则把白果和橘子装在竹篮子里卖。"都是树上刚刚采下来的呀——"她们说。小小的"洞庭红"，一口就能吞下一个。白果买来装进一个纸袋里，放到茶室的微波炉里转几十秒，果肉就像和田黄玉一样绽出来。吃在嘴里糯糯的，微甜微苦。香香的，有着树叶和山野的气味。

　　春天在这两个小岛上，则盛产枇杷和杨梅。每当枇杷上来，东山或者西山的农家，就会打电话来，说："枇杷上来了，阿来尝鲜呀？"杨梅上来了，则说："杨梅上来了呀，快来尝新吧！"于是立马开车过去。农家的小院里，枇杷或者杨梅，已经在精致的竹筐里装好了。随手拿起一粒吃，杨梅的酸甜，令人全身振奋。而枇杷，则有含蓄的魅力，要连吃几枚，方能领略其鲜美。或者有兴致的话，可以自己上山去采摘。一边采，一边往嘴里塞。枇杷以前的名种是白沙。现在呢，西山的青种枇杷似乎更好吃，吃口更加细腻，甜得也比较到位。而杨梅，则有一种叫"浪荡子"的，又大又红，味道当然也是特别的好。"浪荡子"三个字到底是不是这样写，为什么要叫"浪荡子"，我是至今还不甚了了。只知道好吃，似乎就可以了。

不管是在东山还是西山，采了枇杷或杨梅之后，总是要在农家吃一顿家常饭。鸡是自家养的草鸡，蛋当然也是自己生的了。鸡蛋炒银鱼，银鱼洁白，鸡蛋金黄，就像和田玉里面的"金包银"。白虾白鱼银鱼，都是湖里刚出水的，统称"三白"。蔬菜当然一样地新鲜，用未经过滤的菜油炒出来，格外地香。

其实东山西山离市区一点都不远。自己开车，从市中心出发，最多一个小时就到了。从我家过去，则更近一点。地理上没有什么区别的，但物产却似乎大不相同。不要说水果和水产了，同样的青菜，同样的萝卜，同样的番茄，甚至豆腐和百叶，还有很普通的年糕，东山的都特别好吃。我经常去观前街附近的牛角浜玩，总要在一个东山人开的蔬菜店里买菜回家。这个东山人，在"宝丰堂"画廊楼下开菜铺，已经开了10多年了。10多年间，我一直会去他那里买菜。他早上5点从东山家里出发，开一辆工具车，装着东山的鲜蔬，6点准时到达牛角浜。晚上9点，再空车开回东山家里睡觉。青菜看上去是一样的青菜，年糕也是一样的年糕，豆腐也没看出有什么不同。但是，吃起来，他的青菜特别有味，特别鲜美，一点都不水。年糕豆腐之类，则年糕味豆腐味更足。

东山好像真是一个神奇的地方。几年前，我们还经常会专门到那儿去看旧家具。古镇上有一家专营老家具的店，有很多漂亮的老红木家具。偶然也有紫檀黄花梨的。大概是因为东山镇上以前有很多大户人家吧。当然现在再去淘旧家具，运气就不会这么好了。现在全民收藏，挖地三尺，还有哪个地方能让你那么容易淘到好东西呢？捡漏就更别做梦了。

湖光山色，风景如画。东山西山的美，没去过的人是难以想象的。总以为湖山之美，唯有杭州。而苏州呢，无非是园林，无非是小桥流水人家。我一直觉得，苏州的美，是一种轻易不能领略的美。它不像杭州那么一下子闯入你的视野，一下子扑进你的怀里。苏州从来都是矜持的，含蓄的。只有你静下来，留下来，慢慢接触它，深入了解它，才会越来越发现它是丰饶的、耐读耐看的、风情万种的。东山西山就是这样，它们是园林和小桥流水人家之外的苏州，它们代表了江南旷远辽阔的另一面。

西山缥缈峰，是吴中第一高峰。开车可以直达山顶。站在山顶，眼前铺展开的太湖风光，江南锦绣，我想一定能将所有的人打动。可惜这样的风景，常常为世人所忽略。你说来苏州游览的人，有几个会花两天时间去东山西山看看？人各有福，许多世间美景，真的不是每个人都有福分去享受到的。东山是这样，西山更是这样。仅仅一个紫金庵安静如诗的下午，也许就会让你对苏州终身难忘，而不是人满为患的拙政园和山塘街。

吃蟹记趣

小时候不愿意吃蟹，是因为嫌麻烦，艰苦奋斗一通，嘴扎破，手也弄痛，吃进去的内容则有限得很。吃蟹是一件技术活，比不得红烧肉，后者和囫囵蛋一样普遍受到少年儿童的喜爱，是因为它们不仅味道好，更因为吃起来方便痛快——塞进嘴里，口舌与胃肠，几乎是同时受益，同时享受到如潮的快活。有得吃肉与蛋，谁还愿意吃蟹！

但我的外公却不这样认为。他经常在我面前口述回忆录，说到吃蟹一章，总是描述如下：我们那时候吃蟹，都是用淘箩装上来的。两个人面对面吃，一直要吃到蟹壳宝塔一样堆起来，堆得高高的，连对面的人都看不见了。

他老人家对吃蟹的辉煌回忆，在我看来，是不足信的。首先蟹壳堆成山，阻隔在两个吃蟹人之间，使他们无法看见对方，实在没有必要。他们为什么不在蟹壳堆到一定高度的时候清除掉再吃呢？堆到一定高度，要继续将蟹壳放上去，应该是越来越费劲。吃蟹本来就累，还要费劲地建筑金字塔，有违人类好吃懒做的本性。其二，隔着一座蟹壳山，对面的人如果悄悄溜掉都不知道，最后谁来买单？其三，为什么每次吃蟹都是两个人？而且总是对面而坐，这又是为什么？这两个人是什么关系呢？为什么一定要吃到看不见对方呢？

反正不足信。

如果我外公他老人家牙口依然好，我相信他是会吃给我看的。为了证明他没有瞎说，会买几十只蟹来坐在我对面，吃到他看不见我，我也看不见他。可惜他的牙齿一颗都没有了，凭一口假牙，我看他吃红烧肉囫囵蛋都有困难了，不用说吃蟹。

有的人，小时候不喜欢吃一样东西，长大了也就永远不吃它了。而有的人，小时候不爱吃这样东西，长大后反而会拼着命地吃。似乎是在悔过与赎罪，要把从前应该吃而没有吃的，努力给补吃回来。对于蟹，我就是这样的。

每年吃蟹的季节一到，我们就要呼朋唤友，商议着到什么地方去吃好吃的蟹。如果蟹世界里也有它们的报纸和电视，上面一定会登出我们的照片，把我们列为头号恐怖分子，同时发出红色警报，昭告天下，让所有的蟹民群众提高警惕，加强安检，以免遭到我们这些老饕的袭击。

资深的明朝食客李渔先生，不仅懂女人，而且会吃蟹。他在吃蟹季节，每天都要吃两只，一公一母，不蘸姜醋，是为了更好地品尝蟹肉本身的鲜美甘甜。在这一点上，我非常爱国地继承了他的这一文化遗产，凡吃蟹，皆不蘸姜醋。并且，这一优良传统,如今又可喜地遗传给了我的下一代。我的女儿从去年开始,也步入了嗜蟹者的行列,成了食蟹恐怖分子中年齿较幼的一员。不过我们的爱吃,还做不到像李渔一样的每天一对。经济原因或许还在其次,砸锅卖铁,每天买几只蟹,快乐并痛地度过一个蟹季,应该还是没有太大问题的。问题出在没有时间上。两只蟹,要以与嗜蟹者身份相称的慢工细活将它们解决,吃得精,吃得有条不紊,吃得干净,得对得起为我们光荣牺牲的蟹,绝对不是一时半刻所能做到的。

因而,与其多而滥,不如少而精。不吃则已,一吃倾情。值得一提的是,今年我已经光荣地提升了吃蟹的段位,已经基本熟练地掌握了将蟹脚尖里的肉顺利地抽出来的技能。每一次将蟹脚尖轻柔地折断,将比头发丝粗不了多少的一缕蟹肉抽出来的时候,我的心都在快乐地颤抖。

今秋,我们邀请了沪宁的十几位作家朋友来东山吃蟹,都算得上是李渔先生的后辈同好吧,大家聚到了一起,自然十分开心。如果蟹世界里有电视台,那么它们电视上播出的我们的面目,一定个个青面獠牙、杀气腾腾。太湖蟹好吃,青壳白肚皮,金毛蟹钳张扬而有力。在吃蟹之前,吴中区的领导带我们去蟹场先参观了一番。汽艇开进太湖里,真让人有点目瞪口呆:这么大范围的蟹场!这么多的蟹!突然让我想起多年前读到的李杭育的一篇小说,说的是蟹在一夜之间几乎占领了地球上所有的空间:被哗哗叭叭的蟹吐泡的声音惊醒,睁开眼睛来一看,到处都是蟹，床上、地上、桌椅上，甚至房梁上，都爬满了张牙舞爪的蟹。对于嗜蟹者来说，那是一个多么恐怖而快乐的场面啊。吃吃吃，除了用吃来消灭它们，还有什么其他办法呢？所以有人说，要在地球上彻底消灭苍蝇蚊子和老鼠，唯一的办法就是让人们吃它们，疯狂地吃它们。

但是，尽管人们如此地爱吃蟹，蟹还是吃不完。因为太湖里年年都养了那么多，是不是？在蟹场我看到，太湖蟹在卖出去之前，都要一只只用稻草将它们绑起来，我知道这样它们就不能动弹，放在一起不会因为你张牙我舞爪而内讧，造成不必要的伤亡。同时，不能动弹，大大减少了体力的消耗。在蒸煮的时候，也不容易掉脚，以获得一个完尸。

作家叶兆言看捆蟹看出了兴趣，在捆蟹姑娘的温柔指导下，总算抖抖忽忽将一只蟹成功地捆牢。年轻的批评家谢有顺，运气就没这么好了。他的手刚伸过去，就被一蟹武士伸钳夹定，痛得他哇哇大叫。将蟹放下，蟹钳才松开来，他的手指，却已经被夹破，算是刚上战场就挂了彩的。同志们关心他，不光给了他创可贴，而且有人还建议他去医院打针。兆言却认为打针就不必了，蟹又不是狗，不会让有顺得狂犬病。最坏的结果，就是从今往后谢批评家变成横着走路，对于他的身体健康和饮食起居，似乎也无大碍。

大家都说太湖蟹好吃，言语之间，颇多真诚。许多人吃完蟹，草草洗手，是故意要留一点腥气，上海的带回上海去，南京的带到南京去。真正的好蟹,就是要有腥味,那是一种能够带来冲动,带来快感,带来无穷回忆的气味。哈哈,我们生命中让我们觉得要命的女人所携带的香味,不也正是这样吗!

关于蟹,我女儿的疑问是,放在冰箱里,十天半个月没水喝,它们不渴吗?我的解答是,蟹壳里存了水,它们算是自带饮料。而我关于蟹的疑问,却至今未能解开:蟹为什么要横着走路呢?关于这个问题,也许会有很多种不同的答案,比方说:一是标新立异与众不同;二是装帅扮酷不可一世;三是横向联系搞活经济。不,这些都还不够,它必须是能让我真正信服的答案,不止猜测,不止搞笑,甚至欺骗,甚至梦呓。

黄焖河鳗

木渎和其他的江南小镇比，它是有着一种只属于它的妖媚气息的。苏州有很多的古镇，特色其实并不明显。木渎不一样，我每次去，都会很强烈地感觉到，它的古朴典雅之外，是有着浮世的繁华与生活的热度的。苏州轻轨一号线通到了木渎，便将这一特点更加彰显出来了。如果把轻轨一号线看成是一根轻盈的枝条，那么，木渎就是枝头的一朵花。借用了庞德《地铁车站》的意象了，哈哈。它艳丽芬芳，有内涵有来头。虽然它每年都有春天的年轻，但它的经脉，是通过根系抵达泥土的深处的。那里有无数古老的传说和诗咏。这让它青春的脸蛋永远纯真，笑靥如花却不肤浅。

作为苏州人，跑去木渎，常常是因为吃喝。木渎的石家饭店，是一家老字号的苏帮菜馆。响油鳝糊、糟馏鱼片、清炒虾仁、松鼠鳜鱼、蜜汁酱方、莼菜鱼丸汤，无一不地道，无一不是百吃不厌的。更加名声在外的，是它的鲃肺汤。那嫩滑的鲃肺淌进嘴里，再来一口鲜美的清汤，是要快乐得忍不住身体都为之一颤的。

那天木渎镇搞美食节,作家车前子、陶文瑜混在几个烹饪大师中间,名义上是去当评委,其实是去混吃。据说吃了一下午。等我赶到著名的石家饭店,烹饪大赛已经尘埃落定。面对满满一桌子"参赛作品",评委们已经没有了半点胃口。我则正好以虎狼之势大唛一通。

吃到了久违的黄焖河鳗。看它九节鞭一样盘在那里,我一下子拦腰搞掉了好几段。抹干净油嘴之后,才想到要见见作者。烧这道菜的,原来并非此次参赛的青年选手,而是老师傅毕建民先生。此公许多文坛中人都见过他,陆文夫在世时,是老苏州茶酒楼的当家厨师。陆文夫走了之后,"老苏州"易主,毕师傅就提着他的鸟笼去了石家饭店。原来此菜出自他手,怪不得有十二分的地道!

关于这道菜,颇有些说头。陶文瑜回忆,他曾听说河鳗需隔夜放进瓷坛里,喂它喝牛奶。直把它的肚肠吃得煞白,并且全身渗透奶香,第二天文火焖了,才有奇香。

毕师傅的师父,年逾八旬的刘学家老先生则认为,用牛奶洗澡之类,纯属野狐禅。人喝牛奶长身体,人洗牛奶澡可以令肌肤润白细腻。但河鳗不好这一口。把它一晚上浸在牛奶里,说不定就闷死了。即使不死,也会让身体上的花纹颜色变淡。这样的噱头不足取。刘老先生强调说,苏帮菜讲究功夫,这是不错的,但不能摆噱头。他随后道出了烹饪此菜的要点:一是要让河鳗死透了才能下锅，以免它动弹，将皮蹭破。二呢，不能在油里爆，一定要小心放在葱毯上，绝对用小火，否则鳗鲡的皮会起皱，就不好看了。刘师傅说，合格的黄焖河鳗，一定要有形。看起来生的，吃起来熟的。以前做这道菜，需文火焖三个多小时。现在什么都讲快，因此不可能吃到正宗的黄焖河鳗了。

到底焖了几个小时？大家请作者毕师傅说说。毕师傅在众人期待的目光下，取出一支烟来点上，就是不说。他不说，我想不外乎两个原因，一是他的师父在，他不便说什么；二是做这种貌似家常的传统名菜，看起来简单，做起来最难。难在什么地方？这可是看家本事，要凭着它在江湖上混的，当然是秘而不宣。

毕师傅只说了一句话："不能勾芡。"

这道菜，看上去确实是没有勾芡。河鳗的肤色、花纹，宛若新鲜。它真的就像是一条刚刚宰杀的河鳗，九节鞭一样摆放在盘子里，让人不敢下箸。但是，你夹起一段，送它入口，肥糯香酥的感觉，实在是妙不可言。"看起来生的，吃起来熟的。"刚才刘师傅早已经用这十个字道出了黄焖河鳗的要义了。

鸡头米

中秋前后,鸡头米上来了。前后不过二十天左右。之前,它还没有长成。之后,它就人老珠黄,不能吃了。这二十来天,苏州葑门横街上,到处都是卖鸡头米的。短短的、窄窄的一条街,不要说汽车不能过,就是三轮车,也很难通过。但这条街上,却至少有上百号人在剥鸡头米。他们一个个紧挨着,面前放着匾,匾里是未剥的鸡头米,石榴子一样大小、红亮。匾里还放着一只白瓷或者青花的饭碗,碗里装着的,就是剥出来的鸡头米:一颗颗色泽大小,都像极了鱼眼睛。当然也有人觉得它像珍珠。

鸡头米的学名是"芡实"。但你到葑门横街上买芡实,没有人会卖给你。欠揍还差不多。鸡头米就是鸡头米,圆润、粉嫩、象牙白,透着独一无二的清香。而芡实是什么东西?是硬邦邦的圆形果实,苏州人不吃的,只能给广东人去煲汤。

江南地区,除了苏州,可能浙江嘉兴、湖州那些地方也有出产。它和菱角、莲藕、慈姑、莼菜、荸荠、茭白、水芹一起,被称为"水八仙"。但除了苏州,其他地方的鸡头米不好吃。甚至苏州，也只以产自南塘的为正宗。南塘位于今天的苏州新加坡工业园区，地名还在，一片孕育鸡头米的水域却不复存在了。所以如今我们吃到的所谓南塘鸡头米，其实是产自上方山下的石湖一带。石湖是苏州西部的一个美丽去处，就是姜夔载着范成大送给他的小美女吟唱"自作新词韵最娇，小红低唱我吹箫"的地方。

这短短的一段时间里，苏州像样一点的饭店，鸡头米这一道点心，是少不了的。苏州的食客，贪图的就是鸡头米沁人心脾的自然清香，还有它咬嚼时亦韧亦糯的劲头。而这种美妙的食物，却常常很难为外地人所接受。某年中秋前，来自北京的山西人氏，著名批评家李敬泽，听说鸡头米如何如何了得，便一下子要了两份。胡嚼狼吞一通之后，感叹道："苏州人爱吃这东西，真是没出息！"

鸡头米很贵，许多年前是40元一斤。现在每斤已经过百元了。如果还价还掉1元，已经比较吃力。如果每斤砍他2元，就有点缺德了。因为鱼眼大的果实，要将它一颗颗剥出来，实非易事。因为鸡头米太嫩，剥的时候稍有不慎，它就碎了。所以剥它的人，个个都有一身轻柔功夫。他们坐在葑门横街上剥，大拇指上套了铜指甲。套铜指甲的灵感，也许来自弹奏琵琶或古筝。我去横街上采购鸡头米，通常要选年轻美丽女人的摊位。从弹琵琶或古筝般的修长纤细指间滑落的均匀珍珠，吃起来会更加清香透肺。我认为，苍老的、粗糙的、骨节突出的手，与鸡头米这样的神品，是不谐的。

之所以价格不菲，最主要的还是将它一颗颗小心剥出，颇费工夫。如果大米也需手工剥出，那么大米也能卖到上百元钱一斤。鸡头米因为肉嫩，去壳时稍有不慎，它就裂了碎了，所以至今还未见有机械剥壳的。它只能是每年中秋前后的短短二十来天里，由一双双耐心细致的手，将它石榴子一般红艳的外皮剥去，呈现出珍珠般的浑圆颗粒。

美食家叶正亭先生传授过烹制溏心鸡头米的方法：先将清水烧开，加入适量的糖，待糖溶化后，放入鸡头米。当锅里螃蟹吐水沫一样冒起水泡时，立刻将火关了，同时用勺翻搅冷却。这样烧制出来的鸡头米，其心是半流体状的，自有一番奇妙的口感。不过对于他撒几星桂花的建议，我很不以为然。对鸡头米来说，桂花的香是艳俗的，就像演奏古琴时突然闯进来的猜拳喝令声，大煞风景。

每年只能享用二十来天，令食客们不甘。因此中秋前后，到葑门横街上，鸡头米发烧友们通常要买上二三十斤，回家二两三两地分装在保鲜袋里，加入凉水一起冰冻。如果不是将它包裹在冰块里，它就老了裂了，也就不好吃了。一袋袋这样在冰箱里保存着，什么时候觉得胃肠俗了，便取出一小袋煮了，它的清香超凡脱尘，就像明代绣楼上小姐的焚香抚琴，缥缈中是一缕缕寂寞的伤春。

下编 苏州

三虾面

农历五月，子虾成熟了，便又能吃到三虾面了。所谓三虾，是指虾仁、虾子和虾脑。这三样东西，都是从虾儿身上得来。然而，时令不对，虾儿不仅没有结子，也不会有虾脑黄。

徒儿那天跟孟强他们去吃了三虾面，她于是写了一篇文章贴在豆瓣网，结果被该网站推荐到了首页。我呢，自然颇为得意地在微信朋友圈转发了这篇名为《小暑荷花时期的三虾面》的大作。她文章里有这么两段，摘发如下："每人一碟姜丝、一碟咸菜肉丝、一碟青菜、一碟满满的虾仁。虾仁那一盘里有细密的虾子，点缀的虾脑黄。才知道三虾面不是汤面，而是拌面。""拌面很有技巧，本来极其雪白整齐的一团细面，在搅拌之下染上了碗底的汁及葱叶。见到一段段的葱，显然底下有葱白葱叶熬过的油，故特别香。章太炎的夫人汤国梨寄居吴中时说，不是阳澄湖蟹好，人生何必住苏州。单为着这三虾面，也定要住苏州。面拌匀了以后，虾仁完全倒入面上。此时不可再搅拌，而是得拿筷子用面压虾仁，使虾子能均匀粘在面条上，而不至于沉在碗底吃不到。另外配的姜丝等都不可放于面上,只能单独夹着吃。"

我在微信朋友圈转发后,艺术家汤国见之,即自金陵坐高铁赴苏,竟然单为这一碗时令性极强的三虾面。汤国兄常来苏州,我却一直没有机会请他吃顿饭。总是忽然接到他电话,说正在拙政园,或者是园林博物馆。等我赶过去,总有人已经摆下宴席,没有机会给我。这次他专为三虾面而来,我自然必须请客。带上徒儿去南园饭店,正巧海上扇子藏家刘峻兄也在。汤国兄说,我就是看了碧梧的文章才飞奔而来的。于是四人乃组成临时食客小组,急急奔石路"裕兴记"新店而去。

好在并非周末,否则必须在10点之前就去,才能吃到三虾面。

我认为,吃三虾面的最妙处,就是挑面入口,虾仁的弹性之中,口腔能够感受到星星点点的脆脆的虾子。偶有虾脑黄入口,自是一阵惊喜,仿佛中了小奖。有人不解,虾仁、虾子和虾脑黄,既是虾之一体,何不直接食虾?此无趣之问也!食不厌精,美食就是求色香味,以及食用时的各种快乐,极致之趣,以及特色与异趣。三虾面的口感,与直接吃虾,其味其趣,是完全不可同日而语的。苏帮菜中还有三虾豆腐,虾子和虾黄被豆腐的白嫩一衬,视觉上便已先声夺人。

汤国兄金陵赶来,吃完竟即刻走人归去。擦一擦嘴,不带走任何遗憾。这种吃货作派,真是让人叹为观止。老饕精神万岁!

汤国兄此番来吃三虾面，另有一趣可记：开车前往裕兴记途中，过景德路"汤家巷"。我不禁戏言：汤家巷不就是汤之国汤国吗？又问，汤家巷里的水果店，有汤国梨否？一乐哈哈。

既养性情又养胃

同里的街道，还是从前的街道，民国的，清代的，明代的，甚至宋代的。走在这样的街道上，恍然就一脚踏进了从前。而在这些街道的背后，那些幽深小弄的尽头，则更多保存着完好的宋元明清旧筑。那些老房子，纯木结构的，门窗上雕刻着精美的图案，地板上袒露着原始的木纹。房前屋后，则是同样古老的院子，院子里的老紫藤，老白皮松，老黄杨，和同里的老房子一样，都在传递着同里小镇优雅宁静的信息。就像在森林里随处可见百年老树一样，在同里，到处都是老房子，小楼香榭，深宅大院，简直就是一座老房子的博物馆。一座古老的江南小镇，保存得如此完好，也许跟它所处的地理位置有关吧。同里小镇，四面环水，它是被几个明镜样的淡水湖包围起来的一座镇子。它就像一朵莲花，浮在水中央。它是一座漂在水上的古镇。古往今来的战火，似乎从未殃及过它。甚至轰轰烈烈的"文革"，都没有伤及它。同里通汽车，才是近一二十年的事。在此之前，外界要去往同里，必得坐上一艘小小的乌篷船，在吱呀的橹声中，摇啊晃啊,半天才到达这个世外的桃源。

这个镇子是宁静的。即使是在已经名声在外的今天,只要不是赶在节假日,或者双休日,你到同里去,还是能够享受到那一份难得的宁静。你在古老的街道上走走,即使不穿上古人的衣服,你也会有一份古典的心情了。街上没有车,树上却有鸟。小河的两岸是路,路的旁边就是一幢靠一幢的老房子。老房子里,住着小镇的居民。如果天不下雨,那么居民们就会搬一把小竹椅,坐到屋子门口,当街而坐。坐在屋外的居民,或者是喝着茶,或者是结着绒线,或者呢,就是用一把形状像鹦鹉嘴似的剪子,剪着莲心和鸡头米。这同里的特产,洁白如玉,滋阴润肺,但它们的外壳,却坚硬如铁。尽管它们又圆又滑又硬,但是,在同里人的剪刀底下,它们是那么听话,咔嚓一下,白白的莲心和鸡头米就跳出来了。这样的手艺真是出神入化。你站在那儿,看那些妇女剪,你禁不住要为她们的手指头担心。但是不用担心,她们就是闭着眼,也能把莲心和鸡头米剪出来。她们一边聊天,或者一边看书,甚至一边打牌,都能丝毫不耽误手上的工作。鸟嘴似的剪子,在她们的手上,像是真的变成了灵巧的鸟喙,一啄一啄,壳与肉就在瞬间分离了。

不管你心中有多少烦恼,到了同里,这些烦恼就没有了。同里是一个没有火气的地方,谁也不会到同里来跟人吵架,谁也不会觉得在同里吵架是一件合适的事。同里是一个养人性情的地方,同时,它也是一个养胃的地方。在同里,有着许许多多独特的小吃，像袜底酥，形状若一个鞋垫，只要咬上一口，你就不再会有任何不雅的联想了。它的香酥，它的咸中带甜的味儿，是很难跟没吃过的人说得清的。还有青团子，小巧的，只有汤圆大小的团子，绿得就像一枚刚刚圆起来的果子。它是细腻而甜糯的，它还有着豆沙的馅。它的味道带着一股青草的清香，它的颜色来自一种野菜。同里最好吃的一种食物，是腌菜心。那是用带着花儿的菜薹腌制成的，装在透明的瓶子里。拉一条出来吃，会有透心的鲜。如果放了白糖浇了菜油，放在锅里蒸了吃，那也是人间少有的美味。同里的吃是精致的，据说同里的居民到店里买腐乳吃，方方正正的腐乳装在精细的瓷坛里，尖尖的筷头把它夹出来，若是不小心碰坏了一个角，买主就不要这块腐乳了，他会说："我不要它了，它已经破了相，吃起来味道就不对了！"

苏州四块肉

苏州人吃东西一直是讲究时令的。四季的变迁，不仅是在冷暖雨雪上，不仅是在花开叶落上，更是在吃的上头表现出来。比方青团子上市了，春天来了；肉月饼飘香了，快中秋了。像鸡头米之类，它确实是时令货，不到桂花飘香的时候，它还没有长成熟。但是猪肉一年四季都有，苏州人却也偏要在不同的时令吃不同的肉。

酱汁肉是在春天上市的。红红的，三精三肥的一大块。许多老字号的食铺，像陆稿荐、老三珍等，都把广告打得大大的。所有苏州市民，似乎都和应着要来一场食肉大狂欢。乞丐的乞讨牌上，应该写着："春天来了，但我却吃不到一块酱汁肉。"酱汁肉的红艳艳，不是酱油上色。它是用红米曲。红米曲不是天然红米，是普通的粳米以红曲霉菌发酵而成的。发酵以后，米的外面紫紫的，里面是红的。用它泡出来的红水给肉上色。有许多人认为红米是像黑米、血糯一样天然红，那是不对的。有人跟我说："你不信啊？现在药材店里还有红米粉卖的。你可以去买来烧酱汁肉。"但是，药材店里卖的就一定是自然生长的红米吗？你又没亲自看见红米从庄稼地里长出来！他不知道，红米曲虽然不是人工色素，但它确实原来只是白米。经过红曲霉菌发酵，才变成红米的。

整个一个春天，在苏式菜馆里，苏式面馆里，都能撞见酱汁肉。它是春天的号角，是春的狂欢，是春之奏鸣。像我这种现在已经不太吃猪肉的人，在春天的苏州，也免不了经常要来一块酱汁肉。似乎不吃酱汁肉，就不是苏州人，就要被排挤到春天之外了。做得好的酱汁肉，看上去形好，方方正正，颜色漂亮。而一口咬上去呢，则肥酥酥的，就是有春天的香气。

其实它和普通的红烧肉也没有什么太大的不同。它其实就是一块有着强烈苏州印记的红烧肉。只不过，它不用酱油，而以红米曲上色。因此它的颜色看上去红得有点鲜艳，有点透亮。并且，至关重要的，它总是在春天隆重登场。

那么有人一定会问，过了春天，你们苏州人不吃红烧肉了吗？

其实这块酱汁肉，在春天谢幕之后，它还幽灵一样徘徊在苏州的大街小巷。只不过，它摇身一变，变成了樱桃肉。为什么叫它樱桃肉呢？我以前的认识是，它的颜色就像红樱桃啊！但苏州食客叶正亭却给出了另外的答案。他说，樱桃肉不同于酱汁肉。樱桃肉端出来通常都是二十厘米方方正正的一大块，但是，肉会被横竖各划数刀，肉皮看上去就像一颗颗红樱桃。他是资深食客，就算他说得对吧。

樱桃肉其实就是酱汁肉。它的选料，它的做法，它用红米曲上色，皆与酱汁肉一般无二。那么，为什么它改名字了呢？因为春天落幕了。人们用那肉皮上的横竖数刀，略略改变了它的外形，更换了它的芳名。它似乎一下子变得清淡了，变得雅致了。不像酱汁肉那么高调了。街头巷尾，也看不到店家打樱桃肉的广告。它只是悄悄地在酒肆饭馆出现，显得娴静而日常。

就我个人而言，确实更喜欢樱桃肉。虽然它和酱汁肉其实是一回事。一方樱桃肉，服务员将它端上来的时候，莲步轻移，但见那肉在盘子里方方正正的不失其形，却又果冻一样微微晃荡，我总会禁不住一阵春心荡漾。如此形状，它必定是入口即化，酥烂入味的。作为一道著名苏帮菜，它当然偏甜。其实甜并不可怕，关键是甜得恰到好处。怎样才是恰到好处？这只有苏州人的嘴巴知道——苏州人嘴巴明白，但往往说不出来。樱桃肉的"樱"字，苏州人念作"安"。杏花春雨江南的"杏"，苏州人也念"安"。这个发音很苏州。色泽与质感皆若红唇的樱桃肉，我最喜欢它用豌豆苗衬底。红了樱桃，绿了芭蕉——谁面对这块性感的肥肉，都会斯文地来一句宋词，然后吃得嘴角流油，快感轰顶。

给酱汁肉换上一袭旗袍，就成了樱桃肉。苏州人这种近乎自欺欺人的做法，其实反映了人们深刻的季节和光阴的意识。人活在这个世界上，逝者如斯夫，时光像流水一样消逝，四季轮回，时间的脚步悄悄地几乎想不留一点痕迹，转眼间婴儿上学了，小孩变大人。而大人呢，就老去了。人们细心地感知着自然界的种种细微变化，似乎就是为了证明自己活着，从肉体到精神。人们和时间一起走着，与自然相依相偎，那样，才能更深切地感受到"我"，感受到自己的生命的存在。像新加坡那样的地方，固然不错。但是，没有四季，那却是一个可怕的遗憾。一年到头，没头没尾，没有接缝，就这样光滑而悠长地流淌，就这样在不知不觉中被抽走。你无法看见它的变化，只能靠钟表来测量它的长度。那是很可怕的对不对？

冬天的苏州人，则对一种名为"酱方"的肉情有独钟。那么什么是酱方呢？它其实也是一块四四方方的红烧肉。它在选料和烹饪上，与酱汁肉、樱桃肉其实也没啥差别。根本性不同点在于，酱方是靠酱油来上色的。它不用红米曲。所以看上去，它的颜色要暗淡许多。而樱桃肉被装在盘子里，总是特别的美丽。人们还常常在这块艳肉的上面，铺上碧绿的草头，或者菜苗。鲜红碧绿，真是有说不出的香艳。而酱方，则以冰糖和酱油熬炼后浇淋于大块方肉上。酱方做得好不好，火功到不到，老吃客一眼就能看出来，不用吃，服务员端着盘子出来，只要瞥一眼，就知道了。因为地道的酱方，一定是酥烂到入口即化的。但是，四四方方的一大块，却又不能失其形。装在盘子里端出来，一边走，一边这块肉就像水波一样轻轻晃动。同时，它的四个角，会微微下塌。如果没有这些特征，那么，它的火功就是不到位的。一筷子下去，就只夹到肉皮和肥肉，瘦肉也许就夹不上来。只有酥烂到极致，才能一筷子同时夹上来肥的瘦的和肉皮。这样的一筷子送进嘴里，是什么感受，诸位如果不能想象，则请来苏州时亲自体验吧。

作家陆文夫在世的时候，有次在老苏州茶酒楼吃饭。大厨毕师傅老蛇脱脚，烧的一块酱方不太到位。端到桌子上，陆老爷子鹰眼一望，脸色沉下来，对服务员说，去叫毕师傅来！毕师傅来了，在陆文夫面前垂手而立。陆文夫说，毕师傅啊，奈艾块酱方，笃勒额骨头浪，是要笃出个块来个！翻译成普通话就是："毕师傅啊，你这块酱方，扔到额头上，是要（把额头）扔出一个大包来的！"陆文夫运用夸张的修辞手法，批评毕师傅这块酱方烧得不好，火功不到，没有酥烂，像砖头一样太硬了，扔到头上可能会伤人。

夏天很多人都会食欲减退，苏州人吃肉，显然热情大减。如果再高歌猛进地端上来大块酱汁肉之类，许多人都会避之唯恐不及了。所以这时候粉蒸肉就比较走俏。苏州人做菜爱放糖，但粉蒸肉就不那么甜。小猪身的肉，略煮之后，蘸上炒米粉，取其焦香。然后取新鲜的荷叶，包而裹之，上锅蒸得酥烂。荷叶的清香和炒米粉的焦香，让猪肉有了夏天的气息。夏天夏天，苏州人流着汗摇着扇子还不算，必须要嘴里吃到了夏的滋味，才算真正的是在度过这个漫长而炎热的季节。

大厨毕建民

毕师傅姓毕不用说了，名建民。陆文夫活着的时候，他是老苏州茶酒楼的大厨。文坛上经常到苏州来活动的主儿，大多知道这个人。我们这些当地文人，当然更是与他熟识。凡到"老苏州"吃饭，总会吩咐服务员，让毕师傅烧一碗菜泡饭来！或者说，葱烤鲫鱼一定要让毕师傅亲自烧啊！即使我们不吩咐，毕师傅自己也常常会走到我们的包厢里来，穿着有点脏的白色工作服，带着谦虚的神情，报告我们一些厨房里的消息。哪个菜做得好了，我们表扬他，他就眨眨眼睛，笑一笑，露出缺齿。当我们对某个菜提出宝贵意见的时候，他还是眨一眨眼睛，但不笑了，开始解释。客观原因很多，比如他所拿手的黄焖河鳗，做得不太到位的原因，是我们没有提前通知他。他说，这道菜，吃的就是时间，一定要有足够多的时间来焖。"什么叫焖？"他反问我们。焖就是花时间，就是用小火，急了就不好吃了。他文化不高，却会抠字眼。所以我知道，他谦虚的外表之下，其实是有点骄傲的。或者说是充分的自信吧。

毕师傅在苏州烹饪界，好像是有一定地位的。但我见过很多厨子，还没见到过第二个像他这么瘦的。一个过于瘦削的厨师，是不是要让人怀疑他的厨艺？就像一个过于矮小的保镖，是不是一个好保镖呢？当然人不可貌相，毕师傅是一位好厨师，这一点似乎是不应该怀疑的。我会做很多好菜，比方葱烤鲫鱼，就都是他教的。他的瘦，我就姑且看作是他的廉洁吧。

我说过，毕师傅表面上是很谦虚的。尤其在陆文夫面前。毕师傅文化不高，但他对文化人是喜爱并尊重的。他知道陆文夫在苏州，是文化特别高的人，识字特别多，所以对他就格外地尊重。对于毕师傅的厨艺，陆文夫基本上是肯定和欣赏的。但也有对他严格要求的时候。有一次，陆文夫吃了毕师傅烧的酱方，就把他叫过来，对他说："毕师傅，你这块酱方，扔在额头上，是要（把额头）扔出一个大包来的！"陆文夫怪他没有把酱方烧烂，不酥烂的酱方，当然是不好吃的，是不合格的。陆文夫这样说，显然是夸张了，再硬的酱方，也不可能敲开额骨头。毕师傅按理说是可以争辩几句的。但他在陆文夫面前，还是比较谦虚，站在一边不说话，没有强调任何客观原因。

陆文夫过世之后，老苏州茶楼易主，毕师傅就托着他的鸟笼，到木渎石家饭店去当大厨了。我们还是经常跟他见面。好像以前我们常去老苏州，就是为了见毕师傅似的。毕师傅不在老苏州了，我们也就去得少了，去石家饭店反而比较多了。还是这样，我们一到，就要吩咐服务员："你去对毕师傅说，要做一道什么什么菜,这菜还必须要毕师傅亲自做。"毕师傅呢,也还是像从前一样,在我们吃到一半的时候,他就来了。依然是那么瘦,依然那么表面上很谦虚。而且,他还是穿着有点脏的白色工作服,并且,这工作服上,还印着"老苏州"三个字。我不禁唏嘘,从这一件衣裳上,看出了一点毕师傅的内心。他虽然人离开了"老苏州",但他心里惦记着"老苏州",他以自己曾经是"老苏州"的人为荣。从这一件衣裳,可以看出毕师傅对"老苏州"的感情,对陆文夫的感情,对文化人的感情。

我说过,他文化不高,但他喜欢文化,喜欢读书。我凡出新书,他都会来要。我还亲眼看见,他经常向别人要书。据说,他还托陶文瑜为他买过一套《金瓶梅》,并且嘱咐,这件事,不要让任何人知道。秘而不宣的原因,并不是因为怕人家笑话他看"黄书",其实《金瓶梅》也根本不是黄书,是我国传统文化宝库中的一颗璀璨明珠。之所以不让别人知道,是因为怕别人向他借。他舍不得借给别人,他是一个非常爱书的人。

毕师傅这个人的来历,对我来说,有点神秘。最早,陶文瑜介绍我认识他,说他以前是给林彪做过菜的。我们掐指算了一下,年龄上不对,林彪那时候,毕师傅才多大呀?陶后来就说,是毕师傅的师父给林彪做过菜。年龄上的疑问是没有了,但这跟毕师傅也没多大关系。我经常听到陶文瑜问毕师傅,个人问题怎样了?毕师傅五十多了,个人问题应该不是个问题吧。但确实是个问题。10多年前,他爱人患病去世了,毕师傅便一直没有再娶。我们见了毕师傅，因此常常让谈话越出烹饪的边界，说到他的个人问题上去。大家都劝他要擦亮眼睛，再找一个好媳妇，少年夫妻老来伴，你这么瘦，没有一个老伴，会越来越瘦的。但他总是眨眨眼，摇摇头。男人总是需要女人的，但毕师傅不想再讨老婆。他的内心到底是怎么想的呢？我想，多半是他的心里，还惦记着他以前的妻子。他有点死心眼，但也很感人。一个死心眼的人做厨师，应该是一个好厨师吧。

吃喝文章

和叶正亭一起吃饭，吃的就不仅仅是饭，而是文化。他对美食真是热爱，那种爱，远不是他所自谦的"馋痨胚"。他不光好吃，更能琢磨。对于烹饪，他是专家，精于理论，勤于实践。席间，对于每一道菜，其来源、做法、风格、得失，他都津津乐道，如数家珍。仿佛这些菜，都是他亲手做的。我常常产生这样的错觉，和他共进午餐或者晚餐，我不是来吃喝的，而是来听课。我边吃边听，到底是满足了口腹之欲呢，还是书山有路勤为径，学海无涯苦作舟？自己也搞不清了。和正亭兄一起吃喝，吃到了知识，吃出了学问。与此同时，对于每一道菜，也不再纯粹以菜视之，它是一道题，一个科研项目。其好处是，自己并没有在吃中变得好吃懒做、吃喝丧志，也没有吃得脑满肠肥、吃出满世界的酒肉朋友，而是吃出了文化，吃承了传统，吃发了灵感，吃成了好学之士、饱学之士，吃成了食评家、食博士，甚至厨师。

饭局上有了叶正亭这样的美食达人，吃便提升了档次，别开生面，别有意趣。一顿饭，熔吃喝与知识、理想、道德，或者说德智体美于一炉，当然是好事。等于是边吃边收看"百家讲坛"，或者是搬了南甜北咸东辣西酸进教室。长学问，长见识，同时还吃得精致到位，吃得明白，吃出了精神文明和物质文明的双丰收。吃不再是简单的天理人欲，而是传承和发展，前有古人后有来者，天地悠悠，切不可独慨然而吃喝。

我有时候想，叶大师的妻子，会是一个什么样的人呢？她是幸福呢还是不幸？其幸当然是不言自明的，有这样一位先生，才貌双全，事业有成，又善烹饪，当然是三生有幸。但是，在这样的丈夫面前，她还有空间展示自己的贤惠吗？如果她完全不把"三从四德"放在心上，心安理得地享受一切，那么，我想她至少也要付出另一种沉重的代价。那就是，任何时候，都要竖起耳朵做叶老师的好学生。山无陵天地合乃敢与君绝，一辈子，有多少天？一日三餐，一共又要吃多少顿饭？餐餐和一位循循善诱、诲人不倦的美食家共进，那得要多么坚强的学习毅力啊！她这一辈子，是天天在吃喝呢，还是时刻在听课？她是与杜康吃酒、与陆羽斗茶、与李白对诗、与黄道婆共织、与姚明玩球，享受是享受，同时心理压力之大，也是可以想象的。

咱们不是叶正亭的老婆，与他友谊再深，一年的相见也屈指可数。一起吃喝不仅没有心理压力，反倒常常格外珍视。这知识的楼梯、学问的面包，有机会爬一爬、咬一咬，肯定是胜读十年书的。每次与正亭兄聚餐回来，我家的厨房都会被刷新一次。

提升了格调，丰富了色彩。吃什么和怎么吃，永远是厨房创作的两大难题，每经正亭兄点化，我都会暂时茅塞顿开。

而当茅草又将我塞住的时候，我就会打一个电话给正亭兄。有时候，菜做到一半，都会向他电话请教。而他，总是有问必答不厌其烦的。那一刻，即使他正在开会，也会提了手机悄悄溜出会场，为我传道授业解惑，指点迷津，明确方向。

在我心目中，他就是吃喝的导师和北斗。每当他的权威受到怀疑和挑战时，我总是坚定地站在他一边。同为姑苏美食家的陶文瑜兄，曾经多次质疑正亭兄关于鸡头米的做法。叶指出，鸡头米须水沸后入锅，等冒蟹泡时，立刻熄火，同时以勺匀其温。是为"溏心鸡头米"也。而陶则认为，鸡头米根本不可能烹出溏心的效果。但我始终觉得，叶氏的做法，是最能保持鸡头米的水嫩清香，是最自然环保的。至于是否溏心，我是宁信其有不信其无。嘴里嚼着鸡头米的时候，我总是努力感受这一境界。见鸡头米是鸡头米，这是第一境界；见鸡头米不是鸡头米，这是第二境界；见鸡头米又是鸡头米了，这是第三境界。第三境界与第一境界的不同，就是仿佛吃出了溏心。心中有佛处处是佛，只要你感觉到有了溏心，鸡头米就格外柔软可口。一股稠浓的半流体，果真在你咬破一颗鸡头米的时候，于舌面温柔地流淌。细腻、润滑、清香，给人以如梦似幻的感受。

正亭兄精于吃喝，从古到今，天南海北，只要与吃有关，他皆目之所到，心之所到，笔之所到。我相信，在苏州，乃至更辽阔的范围内，凡对吃喝有点兴趣的人，凡对吃喝有兴趣的同时还对美食文字比较关注的人，是一定知道叶正亭这个名字，并且一定读过他所写的吃喝美文的。读好文章是一层享受，读与吃喝相关的文章，又是一层享受。画饼可以充饥，画饼同时也会获得绘画的乐趣。吃喝文章，无论对叶正亭还是读者，意义都是这样吧。

老徐

我一直认为，徐风鸣是我朋友中智商最高的。请其他朋友勿要有意见，我这里说的聪明，可能只是局限于下棋打牌等运用智力的活动吧。当然，若论人生智慧，老徐一点也不会比别人差。无论和什么人打交道，无论是在什么场合，他都是那么沉着淡定，不卑不亢。处理起事情来，也给人稳妥、宽厚之感。说他智商高，首先是因为他棋下得好。在我的朋友中，许多人都下围棋，而且许多人都自以为下得很好。但是，没有一个能赢老徐的。我的同事，作家储福金，那是中国文坛出了名的围棋高手，但是，我认为，他一定下不过老徐。我和老徐一起玩，发现他身边经常有常昊他们的身影。这绝对不是吹牛。有一次我和老徐一起吃饭，席间，门外进来一个人，端着酒杯向大家敬酒。老徐淡淡地介绍说："这是我朋友古力。"大家都站起身来向围棋国手表示敬意，老徐却还是端坐在那里，很家常的表情。

在这里说老徐，我当然是要突出他的美食家身份。我认识许多美食家，以及号称美食家的人，但绝大多数的人，都是只会吃，却并不能做菜的。叶正亭算一个，他会做菜。但是，我认为，老徐的做菜功夫，应该是甲级的。我也是个常常在家做菜的人，但我不是美食家。我有许多拿手菜，其实都是老徐教我的。老徐虽然是单身，但他除了外面有饭局，自己也常在家一个人认真地做菜。通常自己做给自己吃，是不太有创造性劳动的热情的。我就是这样。要是家人都在，做起菜来就会认真一些，就会当回事。自然菜也做得有些像样，有点意思。但是若是一个人在家，那根本就没了做菜的兴致。总是胡乱弄一点吃吃了事了。有时候，甚至会吃万恶的方便面。我知道老徐是绝对不可能这样做的。如果他也会给自己泡一碗方便面充饥，那么他的英名可就毁了。

在这个小城里，哪些地方有好吃的，哪家店可以吃，哪家店不可以吃，哪里又新开出了一家店，或者哪家店新推出了一道菜，老徐心里清清楚楚。所以对我来说，他就是一本美食指南。要吃什么样的菜，和哪些人吃，多少人吃，是追求性价比呢还是纯满足度，这些只要跟老徐一说，他就会给你满意的答案。他不光告诉你，经常还亲自帮我打电话去订餐。他出面，情况当然就不一样了。等我一到菜馆，人家总是会格外热情地迎上来，说，你是徐总订的吧？或者说，你是徐总的客人吧？这架势，就让人温暖放心。

老徐是一个真正的美食家，绝对的老饕。他认真地对待每一餐。在我印象中，他生命里的任何一顿饭，都绝对不会马虎的。

许多人会吃,也懂吃,但是,他们的吃,并不是分分秒秒,并不是日常。许多只是逢场作戏。他们的美食生活,还有很多死角,比如方便面之类,比如一觉睡到中午之类。像老徐这样认真对待每一餐的人,我认为真的是绝无仅有的。

老徐的为人十分低调,不管是在什么样的饭局上,不管是什么场合,他都不太会主动点评一道菜,更不会夸夸其谈。如果他愿意说,我想,其他人是根本没有什么话语权的。只是在人们问他的时候,他才会开其金口。而他几乎无所不晓,总有精辟之论。他同时还是一位葡萄酒专家,天天都在各种场合喝葡萄酒。家里的藏酒,也是蔚为大观。一个人到了家里,自然还要喝。有时候我有点恍惚,他这么里里外外地喝,到底是为了享受呢,还是在工作?

单身已经很多年了,他绝对是一个钻石级的王老五。许多人都犯红娘瘾,要为老徐介绍对象。他总是笑笑,不置可否。好几次,包括本人在内,都摩拳擦掌,为他觅来年轻又漂亮的单身女。但是老徐跟人家加了微信,喝了一通酒,似乎也就没有了下文。这是为什么?看到朋友带来给老徐的那些姑娘,我们心里都暗暗艳羡,恨自己不是单身,否则早就跳将出来,横刀夺爱了。可是人家老徐,竟然总是坐怀不乱。他是要求太高了,还是宁可为美食而生,却不愿在牡丹花下耗费余生?

最近,老徐说要在"步月"艺术空间亲自做一桌菜。这将是一桌什么样的菜呢？太值得期待了！好几位吃货都踊跃报名，愿意为老徐打下手。或洗菜，或剥蒜。而我，则希望自始至终在厨房里，看他做。就像看一场世纪演唱会，或者一场 NBA。

读书精

去岁，王稼句出版了一本名为《姑苏食话》的书，一时洛阳纸贵。天南海北的食客老饕读书人，一时间议论纷纷，争相购阅。此书对苏州从古到今的吃食，做了详尽有据的考证和梳理。其知识含金量之足，其文笔之老辣从容，在写吃的书里，无人能出其右。作为一个苏州人，一个爱吃的苏州人，无疑是能被此书调动起精神和感官的极度愉快的。

但知王稼句其名，而未曾见过王稼句其人的人，多半是会认为，他是一位老学究。有多老？说多老都不会把人吓着。反正很老。而且，在十几年、二十几年前，就已经是很老的了。因为他的名字，经常是跟黄裳、舒芜、黄苗子、流沙河、何满子、姜德明等老同志放在一起的。而王稼句的文章，也是那么多年来始终的卷气、旧气，满腹经纶的样子。爱读书的人们，能在许多地方读到他写的文章。他给读者的印象，就是一个读书多得不能再多的人。要在肚子里装那么多书，不坐个几十年的冷板凳，当然是不可能的。

但是王稼句却并不是一位老者。二十几年前，他还是个20岁出头的青年人。那时候我见到稼句，他就已经是一位一肚皮学问的书评家了。说话的口气，一点也不像年轻人。坐而论道，天文地理无所不晓，那些话从一个二十几岁的人的嘴里说出来，多少会让人觉得不舒服。这是一个什么人？他怎么会什么都知道？他怎么会用那么大的口气说话？我想许多人，初识稼句，觉得心里不舒服，那是很正常的。就像见到一棵树，突然对你说"吃过了吗？"或者一只宠物猫，竟然在你怀里朗诵起诗来，你是一定会感到非常奇怪的。

但是，与稼句交往多了，了解深入了，你就会觉得当初的"不舒服"，是完全可以转化为舒服的。听他说书，说书的种种，说苏州，说苏州的前世今生，你会为他超强的记忆力，以及融会贯通的知识所折服。这个人，读的书实在是太多了，多得与他的年龄严重不符。有时候我想，他是什么时候开始读书的呢？总不见得在娘肚皮里就开始了吧？他又是用什么时间读书的呢？总不见得日不困夜不睡地读吧？

怪就怪在，其实王稼句并不是一个书呆子。他用在吃喝玩乐上的时间也不少。每次和他吃酒，他都是不醉不归，没完没了地喝，没完没了地重复一些废话，不成为饭局上最后一个倒下来的人就心有不甘。只要一息尚存，他还会去歌厅飙歌。在唱歌一项上，稼句也总是显出他超强记忆的天赋。那些"文革"时期流行的歌曲，没有一首他不会唱的。他记得那个时代每一首歌的每一句歌词。

这样一个看起来一点都不脱俗,比谁都热爱红尘的人,肚皮里却装着那么多的书,那么多的学问,这不能不说是一个奇迹。从稼句身上,我悟出一个道理,其实这个道理并不新鲜,那就是,世界上的任何事,所下的功夫,有时候与成果,也许是并不成比例的。有的人,不吸烟不喝酒不娱乐,除了读书,还是读书,读一辈子的书,却越读越呆,前读后忘记,勉强成为一只"两脚书橱",却还总是要找不到某本书塞在了哪个角落。真正会读书的,能把书读通的人,就像一个社交家,他与人交往,并不非得查了此人的档案才能了解他,也许只是一面之交,就看出个七七八八了。所谓世事洞明,人情练达。接触的人多了,张三李四王五赵六错综复杂的关系也都心中有数了。读书也是这样,会读书的人,很快就能够进入一个知识谱系,然后日积月累,把这个谱系摸得滚瓜烂熟,里面的角角落落,都由大街小巷连通起来了。里面的问题,也不断被发现,并且能够用脑子去解决。这就是天赋。王稼句就是一个有读书天赋的人。他读一本书,胜过别人读一百本书;别人要用一年才读得懂的书,他也许一个晚上就读通了。这样的人,天生就是读书的料。如果这样的人不读书,那就是极大的浪费。

稼句位于环城河畔的家里,书是最壮观的风景。几乎所有的地方,都放满了书。在苏州这座城市里,我还没见到第二个家庭里有这么多的书。当然图书馆里的书,看上去还是要多一点。稼句读书，也编书。他到底编了多少书，我想他自己也许都有些糊涂了。他是一个这样的人，吃进去的是书，挤出来的还是书。他这一辈子，可是跟书较上了劲。他为什么要读这么多的书？我想，除了为振兴中华，读书也是他平生最感快乐的事。经常有人可怜我，觉得我这么些年来，一直是写啊写啊，太刻苦了。其实他们是有所不知，我不苦，我甜还来不及呢。我是因为太喜欢写作了，所以才埋头写了成百上千万字的小说。我想稼句的情况也是这样，他一定是觉得揽一本书在手上，在柔和的光线下读，是世上最有趣的事情。尽管他也喝酒，也唱歌，但是，两者比较起来，还是读书最得趣。读书的快乐，是那么高妙，是那么永恒，是可以让人遨游古今，忘却生死的。

我与稼句可谓世交。他的母亲和我的母亲，当年同在苏州卫校教书。我家的老影集里，还有一张王稼句穿着开裆裤站在操场上的照片。这张照片，等他出版自传的时候，我才会借给他。稼句虽已届知天命之年，离写自传似乎还早。如果他能活100岁，那么还有50年的时间读书。天哪，他的肚子是一座何等宏伟的图书馆！已经装了那么多的书，再用半个世纪的时间装下去，将会是一种什么样的奇观？

当然我觉得最有意思的是，他的肚子里装满了书，而其中的一本书里，则装了满满的吃。关于苏州的吃，苏州的老餐馆，苏州的老食客，苏州的菜，苏州的小吃，苏州的面，苏州的"水八仙"，太湖的"三白"，引经据典，包罗万象。如果你读过王稼句的书，也许就会觉得，这一本《姑苏食话》，是他写得最丰饶扎实，也是最有趣味的一本，堪称其代表作。如果你从未读过他写的书，那么，我觉得，就先拿这本《姑苏食话》来一读吧。它是一部吃的苏州志，是一部苏州地方上关于吃的百科全书。当然，它似乎也不仅仅是与吃有关。在对吃的研究与叙述中，一些个时代的悲欢与兴衰，如影随形，常常令人扼腕。

水八仙

苏州人把这些东西称为"水八仙":莲藕、荸荠、水芹、慈姑、莼菜、茭白、菱角、鸡头米。

它们在江南是平常物,但是大都在北方并不多见。以前是因为只长在江南,但现在,运输那么发达,北方依然少见的原因,也许是北方人并不爱吃吧。比方我们所珍视的鸡头米,出自南塘的,粒大而糯,堪称极品的,北方才子李敬泽有次来苏州,满怀热情请他吃了,他三口两口吞下,食而未知其味地抬头说,你们苏州人好这口,真是没出息!

莲藕应该北方也有吧。只要有荷塘的地方,只要有莲花开花,就有。但是,未必所有的莲藕都可以吃。各地的吃法亦各异。苏州人通常是切丝炒青椒,爽口。或者很多餐厅都做的,叫荷塘小炒。里面既有莲藕,也有百合、菱角及鸡头米。莲藕塞糯米,煮熟之后切片,加白糖或蜜汁,还有桂花,热吃冷吃皆可,苏州人称之为"焐熟藕"。有的女人皮肤黑,人家讥讽她,或者她自嘲,就说她的手臂是"焐熟藕"。因为焐熟藕呈咖啡色。倒没见以此来形容黑肤的男人。也许是因为，只有柔和的女人手臂才配以莲藕为喻吧。

买藕须挑选不漏水的。如果漏水，那么藕孔中会有污泥。出淤泥而不染没错，关节处得不漏，否则孔内有污泥，就染了，就不能吃了。怎么清洗呢？清洗藕孔的工作，实在太过繁重了吧。给小孩子吃点藕应该有益吧，因为莲藕多孔，吃了开窍，不至于太缺心眼。

茭白和慈姑，都是很家常的食材。茭白切丝炒肉丝，最是鲜美。如果忌荤腥，那么清炒毛豆子最好。油焖茭白我经常做，苦于没有好的酱油。苏州人会做虾子酱油，淋上好的虾子酱油当然是最好。茭白之白，点缀以点点红色虾子，视觉效果也是好的。而慈姑，则烧肉最好。不宜切开，整只烧，咬开后就会感觉到它像栗子一样芳香。慈姑片炒大蒜，在冬天也是非常好吃的一道菜。

荸荠又名地栗和马蹄。冬天菜场里到处可见在扦荸荠的人。一把小刀，熟练地将上了漆一样的外皮削掉，里面的肉，白生生，水灵灵。生吃荸荠很甜，但是据说有鞭虫。但煮熟之后的荸荠，口感就完全不一样了。我喜欢吃生的。熟的有一种焐熟气，隔夜的气息。

菱角因为长相文艺，所以入画。民间艺人还多以珍贵木材或白玉象牙仿生雕刻。我有一只乌菱，确切说是乌菱壳，却是天然之物。那是作家苏叶当年来同里古镇游玩，将一只煮熟的乌菱，用牙签慢慢掏空。其形优美如鸟,其质仿佛黄杨古木。这件东西,受赠于她,忽忽已30年矣。如今包浆灿然,堪称一件古雅文玩了。

如今菜场还能看到有菱角卖。通常都是馄饨菱,或称元宝菱。老太太将其剥出肉来,可以葱油炒了吃。或者与油面筋、黑木耳、香菇一起炒素。以前吃菱角,人们习惯嫩菱生吃,老菱熟吃。但我却喜欢嫩菱烧开洋豆腐,菱肉之嫩与豆腐之嫩,似乎能相映成趣。

苏州的莼菜,以太湖东山的为好。莼菜叶以卷成纸烟状者为上,叶子散开味道也就索然了。新聚丰做的莼菜鱼丸汤,莼菜滑爽,鱼丸肥嫩。但既然说到莼鲈之思,当然是与菜花时节的塘鳢鱼做成一道汤更为天造地设。吴江被称为莼鲈之乡,时令一到,这两样东西金风玉露一相逢,真正是胜却人间无数。如果不是配塘鳢鱼,我喜欢做一道莼菜羹。汤水刚刚能够没掉莼菜而已。如此,菜汤会像勾过芡一样黏黏的,稠稠的,滑滑的。那种清香,既不同于新鲜的时蔬,又不同于绿茶炒青。它好像有一点湖边青草地的气息。好像能因此而闻到湖上微风的味道,以及菜花的香气。还有,仿佛青春年少单相思的纯情而青涩的感觉。

至于水芹,真不同于其他芹菜。它没有药芹的那股药味。它有一种水嫩的感觉。水芹炒肉丝,虽然在江南是太家常的菜了,但是,要炒得好吃,又好看,其实也不容易。我还比较喜欢在开水锅里氽一下,然后加佐料,作为一道冷菜。前几年溧阳那里开始种植一种白芹，是水芹的一种。它的茎特别白嫩，吃口和普通水芹倒是差不多。一时间大受欢迎，价也较之一般水芹要高很多。但是，有一次，我去溧阳采访，亲眼看见白芹的种植，我就知道这个东西其实很不安全。为了要让白芹的根茎始终美白，和人一样，它就不能见太阳。所以种植白芹很辛苦。只要它长出一点点，就要用泥捂住它，不让它露在泥土外面。长一点，捂一点。这样做，菜茎是白了嫩了。但是，泥土里的虫子，却很容易把根茎吃掉。所以在泥土里，必须拌上农药。所以白芹的生长，可以说是与农药相生相伴，须臾不离的。我这么说，菜农可能要骂我。但我并没有说白芹一定有多大的毒性，一定会对健康有害。但是，种植它的泥土里，确实是必须要拌以相当的农药的，这是事实。

至于鸡头米，已有另文记叙，此不赘。

名士风流

只是为了回头/多看你一眼/船就开走了/我要在渡口/建一幢寺院/一些经过这里的/蜜蜂和蝴蝶/成了吃斋念经的/良家妇女/再要搭一座戏台/让春风得意的春风/成为戏子/我要把对岸的戏子/娶回家/顺流而下的河水/翻身下马/顺流而下的河水/对我抱拳作揖/只是为了回头/多看你一眼/船就开走了。

这是诗人陶文瑜新写的一首诗。华丽甚至有些糜烂的意象，叫人忍不住一读再读。他的诗歌，在平朴亲切中，常常会有华丽奇诡的意象。这一特点，在他大量长于"无中生有"的散文中，乃至偶露峥嵘的小说里，也一以贯之。

与此同时，他还是一位个性独具的书法家和画家。他的书法清秀文雅，自作打油诗，幽默多趣，似有七步之才。其画则随心所欲，却往往有神来之笔。

当然，他最霸气的身份，乃是名重江南的美食家。

不光是苏州城里的老饕食客，都与之相熟。名菜馆、名厨师,又有哪个不晓得陶老师的!他还担任着苏州市烹饪协会的顾问。所以一般陶文瑜来电话叫我去吃饭,我就一定知道是有好吃的了。现如今赴一个饭局,被请的不一定就领请客者的情。吃饭常常不是一种享受,而挺辛苦。你花了钱请我没错,但我并不想吃啊!甚至反过来想,你请我,固然是你好意,但是,我为什么一定要去吃,而且还得感谢你?我自己家里没的吃吗?我哪里吃不到一顿饭!这样想确实不讲理,但是,我认为,持这种不讲理想法的,应该不在少数。至少我就是常常这么没良心地想。也许我这么说是在摆谱,但实际情况就是这样,对于某些人来说,对于那些并不太热衷于饭局,倒是视出去吃饭为麻烦劳累的人来说,许多时候赴一个饭局,真的是一件勉为其难的事。所以我有时候会单方面认为,答应去你的饭局,其实是给你面子。

但是陶文瑜的饭局却不是这样。只要他一声呼唤,我必定会推掉所有杂务前往。如果彼时手上正在画画儿,画到一半,我也会放下毛笔,立刻飞车而去。这都是因为,咱不用细看,就知道什么人写的书能读,什么人画的画儿可藏,什么人排的戏好看。当然,什么人请的饭好吃,似乎尤为重要。

沪上名媛潘向黎一家因喜欢苏州而常来苏州。某日文瑜在平江府半园宴请他们。另有画家夏回、陈如冬及在下作陪。一道道菜上来,自然都是精品。即使是道点心,苏式肉月饼和鸭血糯、刺毛团子,亦是非同寻常。现如今吃饭,都要拍图晒菜,已成恶俗之风。在下大俗之人,自然不能免俗。贴了微信朋友圈,结果评论纷至沓来，很多都在批评，说半园的菜做得其实不好吃。对于自己的味蕾，我向来颇为自信。因此只能得出这样的结论，那就是，即使是不好吃的地方，只要陶老师带去，便也好吃了。

所以如果不是和陶文瑜一起去餐馆，我们也会打他的牌子。我们会说：我们是陶老师的朋友。或者说，陶老师本来今天也要来的，他有没有给你们打电话？或者就说，是陶老师推荐我们来的。我们相信陶老师，他说好的地方，菜一定是好的。如果我们吃得不好，那是坍陶老师的台了。

或者，在有的餐厅，我们跑进去，看到墙上挂着陶文瑜写的字，我们就要对领班说，喏，这是陶老师写的，我们和他是老朋友。这时候领班往往会说："欢迎欢迎，陶老师的朋友，就是我们的贵宾！"

当然，打他的牌子，肯定是不如跟着他的真人一起去吃的。餐厅里的人精着呢，像我们这样的人他们也见得多了。还有人说自己是孔子的后代，说王世襄是他忘年交呢！只有真人到了，饭店里的人，才会真正当回事，才会把最好的食材拿出来，才会让真正的大厨掌勺。

那时候毕师傅还在老苏州茶酒楼。我每次去青石弄苏州杂志社，都要去老苏州吃个便饭。顺便说一下，陶文瑜的官方身份，是《苏州杂志》执行副主编。他真是一个编刊物的行家里手。这本杂志，当年由陆文夫创办。现如今，是陶文瑜这样一个奇才在挑大梁。如果你喜欢苏州，热爱传统文化，并且是对吃喝玩乐文史掌故莳花养鸟筑园唱戏有兴趣的人，你一定会喜欢这本杂志。它有声有色，图文并茂，字里行间，都洋溢着江南所独有的文化气息。每次去苏州杂志社看文瑜兄，中午两个人都是走进老苏州，把毕师傅请过来，让他亲自去做一条葱烤鲫鱼，炒一盘蔬菜，再煮一大碗菜泡饭。虽然看上去很家常，却每一道都是做到了极致的。鲫鱼一定是野生的，窄窄的身子，即使没有鳞片了，也能看到身体上隐约的金光。菜泡饭里则是大有玄机，不仅有新鲜的手剥河虾仁，还有笋丁、火腿、香菇、咸肉等。味精是绝对没有的，并且少油少盐。每次都是吃得心满意足。记得有一次，陶老师只吃了一口菜泡饭，就对服务员说，今天的菜泡饭，不是毕师傅做的！于是不一会儿，毕师傅就过来了，一连声表示抱歉，说他今天有两个包厢的重要客人，真是对不起，真是对不起！陶老师说："毕师傅，客人是不分重要和不重要的，凡是到你们店里来的，都是重要的客人！来者是客，你们要一视同仁的！"

听文瑜兄一番冠冕堂皇的话，我心里暗自发笑。一视同仁怎么可能呢！老苏州在苏州，只有一家。而毕师傅，也只有一个。每次你来，都是毕师傅亲自掌勺，那个当然不叫一视同仁。

后来，陆文夫去世了，毕师傅去了木渎石家饭店。我们也就再也吃不到老苏州的从前那样的便饭了。

再后来陶老师就在自己的杂志社，弄了一个食堂。他先是请了一位老张来烧菜，后来，变成了顾阿姨。我去吃过那里的饭，虽然食材之类都是好的，烹饪的方法，基本也都是秉承了苏州老阿姨厨房里的传统，但是，比起毕师傅之类的苏州名厨师，这些菜还谈不上是手艺。文瑜兄则对他食堂里的馄饨自视甚高，说现在在外面，任何一家点心店里，都吃不到这样好的大馄饨。但是我居然一次都没有吃过。我姑且信了他吧。这世界上，还有哪一样的东西能有没吃到嘴的更好吃呢！

陶文瑜的爱吃懂吃会吃，从某种意义上讲，也是他热爱苏州的一种表现。于他而言，苏州绝对是世界上最好的地方。他不喜欢旅游，他觉得到拙政园或者网师园去赏赏花、听听评弹、吃吃茶，就是旅游。苏州地界之外的会议，他也一概不去参加。他的天地就是苏州，苏州是他全部的世界。反映在吃喝上，也是如此。他似乎只吃苏帮菜。喝茶呢，也好像只爱碧螺春。他曾经明确表示过，有许多菜，他是坚决不碰的。比方说快餐，是宁可饿肚子，也是不吃的。还有辣的东西，他和我一样，也是碰不得的。非常有意思的是，对于和谁同桌吃饭，他比我还要来得挑剔。我亲眼见到，起码有两次吧，席间有人谈吐恶俗，出言不逊，文瑜兄放下筷子扬长而去。更有一次，他拂袖离席前，还愤愤地摔了一只盘子。他的真性情，在苏州这个美丽的地方，真是发挥得淋漓尽致。

因吃想高士

霜桐老人王西野可能是苏州最后一位像文徵明、董其昌那样的江南名士了吧。他有学问，能诗善画，富收藏，精于造园和烹饪，与谢国桢、陈从周、邓云乡、顾廷龙、何满子等鸿儒雅士过从甚密，往来唱和。他们生活的20世纪80年代，算是传统江南文化的一次回光返照吧。

我去霜桐老人府上，得见主人，皆因与其次子王宗轼兄时为好友。当时，宗轼兄与我一起在湖滨中学任教。每去位于狮子林边坝上巷的王府，都看见霜桐老人坐在书房里，总是微笑着，向来客微微点一下头。其和蔼清雅，总是令我如见古人。记得霜桐老人的身后，挂着一副谢国桢撰写的对联："骨带三分瘦，情含一点痴。"用来说西野老，显然恰当。西野老善画梅花，为我画一幅梅竹图，忽忽已30年，至今珍藏着。

其子宗轼，秉承家学，学富五车，满腹经纶。20世纪80年代就学苏州大学中文系时，与王稼句等人创办《吴钩》杂志，名重一时。阿轼是最早提出"文学的倒流"这一概念的。他对鲁迅、郭沫若之外的大量五四作家的文学成就给予高度评价。与之相呼应的是，胡适、徐志摩、周作人、林语堂、郁达夫、梁遇春、沈从文、张爱玲、戴望舒、施蛰存、许地山、废名、朱湘、庐隐、苏青等一大批民国作家的作品被重新出版。

那时候，我与阿轼几乎是朝夕相处，受他影响，自然也读了不少他所推崇的书。有许多书，都是他帮我买来。其中不少，是他读过了转卖给我的。上面有他的点画批注，仿佛春风拂面。

阿轼同时还是一位高妙的美食家。对于吃喝，他别有心得。令我大受其惠的是，他有着一手高超的厨艺。其父那些高朋雅客登门，下厨掌勺的都是他。但是那种场合，我等20岁出头的青年自然无法跻身。享受他的厨艺，只是在他位于湖滨中学的教师宿舍内。他做的一道鱼鳞冻，真是令我终生难忘。这道冷菜透明若琥珀，嚼之弹牙，爽口而其味鲜美。乃是取青鱼之鳞，浸泡洗却鳞上黑色，然后以文火熬煮，直至胶汁尽出。然后掺入盐糖料酒葱姜汁，以及松仁、陈皮、青梅颗粒，搅拌而后冷冻。最后切成方糖大小的方块装盘。

清淡而文雅，是阿轼烹饪的核心风格。长豇豆通常并不煸炒，只是焯水，使之碧绿如翠。然后寸半切断，齐齐装在洁白的瓷盘中，淋上虾子酱油。有色有香，嚼之有声。

当然像鱼鳞冻这样的菜肴，平时多半是不会去做它的。只有在雅客登门时，才会盛装出场。再挑剔的美食家，日常的吃喝，还是不会那么讲究。大家都知道阿轼做得一手好菜，因此经常会以各种各样的借口跑到我们湖滨中学教师宿舍，蹭他的饭吃。那时候阿轼身体很好，皮肤白皙，红光满面，额头特别油光水亮。我们给他起了个绰号叫"皇上"，因为他谈论起学问来，什么都懂，口吐莲花，是文学青年导师，有君临天下的感觉。我们后来窜改了那时候流行的歌曲《请到天涯海角来》的歌词："皇上皇上额头亮，就像一个小太阳！"一起玩耍的时候，兴致高了，他竟会在地上翻筋斗。然而调入《苏州杂志》工作后不久，他却英年早逝。失去这样一位朋友，真是令人痛心！

那时候看上去文质彬彬然而体格健壮的阿轼兄，有时候也会抱怨："什么人都到我这儿来吃饭，我成什么人了，他们倒跷起二郎腿高谈阔论，我辛苦煞烧给他们吃啊！"是啊是啊，他是皇上啊，你们前来向他讨教学问请求指点迷津可以，怎么能把他当作一个厨子呢？

阿轼离世忽忽也好些年头了。他的文雅谈吐，他的学养文章，他的工笔花卉，是那么的高格不凡。但是今天，我们凡是回忆起他，却总是首先想到他的厨艺。他对美食的精通，他做的一手好菜，想起来便让人止不住口水与泪水齐流啊！

月饼还是爱苏式

最爱苏式月饼的那层酥皮。许多时候就想把苏式月饼写成"酥式月饼"。我吃月饼,总是舍不得月饼吃完之后的那些碎屑,常常是最后要把它们全部倒进嘴里去。这些碎片碎屑,是比酥糖还要酥,比炒米粉芝麻糊还要香的。我一直期待哪个月饼厂家会有"月饼屑粒"这样的副产品卖,那我一定会常备此物,作为最好的茶点。这些碎屑看上去也是最美的,零零星星,片状,金黄和焦黄交替混杂,还有那朱砂色的红印,在酥皮碎屑上自然也是似有若无,此有彼无,好看到了极致。

当然这并不等于说苏式月饼的馅不重要。事实上,它的馅,也是截然不同于广式的。紧致而不板结,干松而不散。尤其是五仁,或者说百果吧,叫法不同,其实是同一种东西。核桃仁、瓜子仁、松仁、杏仁等等。即使不叫"百果",里面恐怕也不止五种果仁吧。有足够多的糖——这个苏锡之外的同胞们看到了,会不会皱眉头?糖多,和果仁们拌在一起,咬上去沙沙地响,香甜互彰,越嚼越甜,越吃越香。而它的酥皮,也参与到了这种快乐的咀嚼中了。它的酥香，与百果与白糖，已经不分彼此，互为表里。外与内，形式与内容，皮与馅，已经完全统一起来了。

肉月饼延续了苏式月饼皮子酥香的风格与传统，但是，它的馅，却没有了五仁、椒盐的那种香松了。我顽固地认为，苏式月饼，五仁是最好吃的。五仁是苏式月饼的代表，不朽的经典！对于五仁，许多人是非常不屑的。曾经在网络上看到，专门针对五仁月饼进行了热烈的讨论。似乎大多数的人，都认为这样的月饼竟然也能吃简直不可思议。由此可见，人们对食物的选择，是多么大相径庭啊！某些人的美食，却是另一些人的狗屎。某些人的地狱，却是另一些人的天堂。

每年快到中秋，我都要去苏州的一些老字号买苏式五仁月饼。但是去年突然发现，要买到裸饼，也就是没有密封在塑料袋里的月饼，已经不是一件容易事了。那天坐在篆刻家谢峰那里吃茶，看见他的柜子里，放了一盒百果和椒盐，是"乾生元"做的。什么包装都没有。吃口真是好啊，松、香、甜各项指标都是正好。谢峰说，他转了几圈，发现只有"乾生元"与"叶受和"两家还有这种裸饼。其他的老字号，都把月饼进行了塑封。谢峰知道我最迷信"采芝斋"，就说，你可以托刘成买。刘成兄在采芝斋楼上开了一家茶馆，他卖上好的碧螺春。同时他是一位著名的评弹票友，所以茶馆里不间断地有人唱弹词开篇。而他自己也唱，三弦弹得滴溜圆，唱功也是一流的。曾经我和画家陈如冬等人一起在采芝斋吃茶，刘成唱，陈如冬也唱，真是风雅有趣啊！谢峰说，请刘成买，刘成是可以跑到采芝斋的月饼工房里去，把烘好了的五仁直接取了出来。

可我觉得还是有些麻烦，没有找刘成，而是把谢峰的那盒"乾生元"的百果和椒盐拿走了。后来知道，这是他买来当中饭的。我把他的午餐抢走了，真是不好意思。

月饼当午饭的委实不多。但现在的人，早上煮一锅粥，或者用隔夜的米饭烧成泡饭，就着月饼吃了。菜与点心，它是都兼了。

对于我们家来说，月饼送来送去的传统，是不存在的。我们就喜欢自己去买自己真正要吃的。当月饼成为一种节日礼品的代表，它的美食性自然是衰退了，或者说异化了。有人回忆一段往事，说他只是在月饼盒子里装了一本书，送出去之后，这盒东西在人世间转了一圈，竟又回到了他的手上。打开之后，里面还是一本书。最近，微博上有人爆料，说有一盒广式月饼，生产日期是2004年的，至今一轮12年过去了，它竟然不馊不坏，没有长霉长毛。如果上面没有生产日期，依然可以再送出去，继续爱心接力。网友们评论说，由此可见，这里面放了多少防腐剂啊！这样的月饼生产出来，是给人吃的吗？还有人说，什么地方要做木乃伊，可以请这个月饼厂家代为制作呢。

皮酥应该说是苏式月饼最重要的特征，既是它的优点，也是它的生命。从这一点说，肉月饼是秉承了这一传统的。且不管肉馅做得怎样，它的皮子，照样是酥香的。这就很好！而且，像长发商厦和胥城大厦,他们的肉月饼,已经做到誉满天下的样子了。经常有外地朋友要来苏州,我说,我请你们吃地道的苏州菜。他们却说,你只要请我们吃肉月饼就是了。苏州的肉月饼,其皮壳酥香自不待言,其馅之鲜美,也是与生煎、汤包等苏式点心一脉相承的。

现在,许多寺庙到了中秋也会做一些私房月饼。用油当然都是素油。寒山寺的馅,太结实了。而重元寺的菜油,又显得太重。皮是酥的,一口下去,却有满嘴是油的感觉。当然,它们无一例外都有着精致、清洁的气息,这一点,是我很喜欢的。

平江路

苏州的特点，或者说特征，在平江路上都能看到。小桥流水，粉墙黛瓦；窄窄的小弄堂，幽幽的石板路；还有可以窥见几竿修竹或一丛芭蕉的花漏窗，以及能捞到月亮的古老河码头。总之，你对苏州的记忆，你对苏州的想象，在这里都会有意料之中，和意外的亲切。

并且，这一切，都不是假古董，并不是像许多其他地方一样，是新建出来的。许多地方，一眼望去，就像是民国，或者是明清，甚或是宋代。但是，那只是今人的杰作，与岁月没啥关系。或者干脆，就是搭起来为了拍电影电视剧的吧。平江路的房子，基本上都是老房子；平江路的石板路，印着一代代老苏州人的脚印，有贩夫走卒噼噼啪啪的大脚板，也有香阁佳人的三寸金莲；平江路的树，以及花花草草，在所有可能的地方长出来——河边、院中、房前屋后，也在一些似乎并不可能的地方让你惊鸿一瞥——瓦楞上、石头缝里，以及，另一棵树的身上。这些树，可能是某个人的爷爷的爷爷的爷爷种下的，这位老爷爷的后代，则给它浇水,给它修枝,采它绽放出来的花,摘它结出的果子。儿子的儿子的儿子的儿子,一代代一拨拨的儿女,在树下喧哗嬉戏,在树下乘凉,在树下支一张小桌子,吃糖烧芋奶、桂花酒酿圆子。或者在树下拨弄琵琶三弦,唱几句评弹。在树下欢笑,也在树下哭泣。

今天的平江路,似乎还保持着这一切。并且,这一切,都还像从前一样活着。树还在长,叶子春天绽出来,秋天凋落。栀子花、白兰花,依然会在春夏香天香地。卖它们的人,挎着小篮子,向行人兜售。只不过,似乎不像以前那样吆喝了。"栀子花——白兰花——"歌唱一般,甜糯的吴侬软语,是经花香熏染了的,熏软了,染甜了。现在为什么不吆喝了呢?这一点我实在是不能明白,为什么卖栀子花、白兰花的人突然就不吆喝了?倒是河里摇着船的人,不时在唱江南小调,在唱《十二月花》。在我听来,他们的唱腔,根本没有栀子花、白兰花的吆喝声好听啊!

平江路今天依然是许多苏州人生活的地方。在枝枝杈杈般的小弄堂里烧火做饭、生儿育女。如果你的眼睛不是总盯着美女看,那么就一定能看到,在沿河的石栏上,或者桥栏上,总是坐着一些老头儿。他们有的很老,有的更老,有的则并不太老。有的下巴支着拐杖,有的架着二郎腿。他们坐在那里晒太阳,吹凉风,闻花树的香,看来来往往的游人。当然也被游人看。他们聊着天,说些什么呢?说电视里的新闻,也说左邻右舍的八卦。说哪里的馄饨最好吃，感叹整个苏州已经吃不到好汤团了。这些老头，似乎一辈子都不干正事儿的，坐在街头，坐出了专业水平，就是一种坐街头的范儿。有的手里捻着核雕，这可能是一颗清朝人刻的核舟，也可能就是光福舟山村某个人雕的双面罗汉。捻啊捻的，就捻出厚厚的包浆了，就捻成栗子一样的颜色了。有的则提了一只鸟笼，鸟是会说话的那种，不光会讲苏州话"奈（你）好"，还会骂人"脑子坏脱哉"。有的鸟儿，不学讲话，只模仿街市上各种古怪的声音。比如电瓶车刹车的刺耳声，比如一只狗的吠叫声。鸟儿这种另类的做法，常常非但不为主人责怪，反倒引以为荣。

平江路的名气，这些年是越来越大了。到苏州来旅游的人，基本上都会去那里转一转，看一看。这样一来，人就太多了。人越来越多了。所以说我们这些爱平江路的苏州人，慢慢就不再像以前那样去平江路逛逛，坐下来喝杯茶了。但是平江路还是常常要去。一是来了外地的朋友，陪他们去一趟是必须的呀！二呢，好朋友老财在平江路开了一家"停云香馆"。这是一个雅所呀！而老财，当然是雅人。去他那里坐坐，喝几盅好茶，赏几件雅物，看看他栽种的红梅黑松，那是一份很苏州、最苏州的生活。虽然平江路已经太过热闹了，但停云香馆，还算是一个闹中取静的好处所。

鸟事

八哥,一种会说话的鸟。体形较大,全身黑色,有点像乌鸦。走在苏州城市里,到处都能看到这种墨黑的鸟。它们常常很安静地待在鸟笼里,并不轻易说话,仿佛是在思考。它们模仿人类说话,虽然言辞简单,却因为没头没脑而显得高深莫测。除了"你好""老板你好""新年好""恭喜发财"之类的吉语,从它们金黄色的嘴里吐出来的,还有一些令人匪夷所思的短语。比方说,有一只八哥爱说"吃不消"和"自己看看"。还有一只,则时不时嘀咕一句"早晓得这样"。它们的片言只语,是它们思维的结晶呢,还是人类生活的裂缝和碎片?

老张退休之前就喜欢养鸟。但养的都不是什么好鸟。不是好鸟,并非坏鸟,而是说这些鸟都是一些廉价的鸟,像娇凤、文鸟、相思鸟、竹叶青、黄莺儿等等。从前,十几年前,这些鸟在花鸟市场上出售,价格非常便宜,两三元钱就能买到一只。即使是在今天,这些鸟的单只售价,也不会超过五十元。老张养它们,好像也不太上心,随便买一只简陋的笼子,每天所做的,就是给它们喂上食料和水。廉价的鸟也一定好养，只要不断水，哪怕三五天不放吃的东西进去，也不会死。死亡的威胁，倒是来自笼子外面的鸟。有一些体形较大的鸟，常常会从高空俯冲下来，袭击笼中的小鸟。如果小鸟不动，待在笼子中间，稳稳地栖在横杆中间，那么外面的鸟即使嘴巴再长，也奈何它不得。但是每当危险降临，笼中鸟便惊慌失措。它乱扑腾，这就给笼子外的大鸟提供了机会。它绕着笼子，瞅准目标，当笼中鸟扑腾得靠近鸟笼边的时候，大鸟便猛啄一口。如果正巧啄中脑袋，小鸟便完蛋，成了笼子外大鸟游戏之后可口的点心。

老张一直想要养一只八哥。他觉得一只八哥的价值，肯定超过一个人。八哥会学人说话，却不会像人一样喜好嫉妒和暗算。一年到头，八哥只穿同一件衣裳，只有一件，从春穿到夏，从夏穿到冬。它从不戴帽子，也不穿鞋子，更不戴手套。它只要吃一点简单的食物和水，就会终年陪伴着你，驱赶你的寂寞，和你说话，给你欢乐。

退休后的第二个月，老张把一只小八哥买回家来。这是他在众多的八哥中一眼看中的。说一见钟情，绝对不算滥用成语。花鸟市场上乱哄哄的，猫狗成群，百鸟齐鸣。老张看见它的时候，眼睛发亮，心跳突然加快了。他反反复复打量它，从它的眼睛里，看出了孩子般的天真，看出了特殊的聪明，看出了缘分。老张看小八哥的眼神，仿佛贾宝玉第一眼看见林黛玉，有种似曾相识的喜悦。林妹妹因为前世是棵绛珠草，承蒙石兄精心浇灌，所以今生相见，一点都不觉得陌生，仿佛老友。而老张呢？他和小八哥，又有什么渊源？前世是夫妻，还是父子，抑或弟兄？也许，老张前世也是一只鸟吧！

老张服侍鸟，比服侍老婆还要好。他天天清早起来，第一件事就是给八哥洗澡。他买最好的黄豆粉，在里面掺了蛋黄，搓成小丸子，亲手喂给它吃。他的手伸进鸟笼喂它，它从不惧怕。不像从前那些笨鸟，虽然毛色雪白或五彩，却完全是徒有其表，其实笨到了家，老张每次给它们喂食喂水，它们都会惊得一阵乱扑腾。每天一样的动作，重复了几十次几百次，它们照样不明白。给它们喂食，又不是要杀它们，扑腾什么呀！小八哥就不一样，老张的手伸进笼子里去，它一点也不害怕。它见了他的手，就像见到妈妈一样，毫不客气地迎上来，把它的嘴大大地张开。老张把小丸子放进它嘴里的时候，内心感到无比的幸福和温暖，仿佛自己真的就是一只大鸟，是这只小八哥的母亲——不，从性别上来讲，他应该是父亲。为什么作为一只公鸟，就不能满怀柔情地哺育小鸟呢？

老婆的病越来越严重了，她躺在床上，咳得就像一部机器。她直到死，都没有原谅男人居然花300块钱买一只黑不溜秋的鸟，就像一只乌鸦。有一阵，她坚持认为，它就是一只乌鸦。只有乌鸦才会这么黑！她说，也许正因为是它，一只不祥的乌鸦，被带回家来，她才一病不起。300块是多少钱？是3个100块，是30个10块，是300个1块，是3000个1毛，是3万个1分！只要随便算一算,就可以知道 300 块钱能买回来多少东西。可是男人竟然用它买了一只鸟,一只倒霉的小乌鸦!

其实老张把病人照顾得也不错。该送医院送医院,该吃药吃药,端茶送水,洗衣煮饭,他都干了。但是,医生说她的病治不好了,在哪里都是等死,他又有什么办法!当然,住在医院里肯定要比住在家里好一些,痛的时候,可以叫护士打针。但住院费用实在太大了,家里哪有这么多钱。如果住在医院里能治好病,那么即使借钱,也是要住的。问题是,住也是白住,反正活不了,花冤枉钱做啥。可是,既然没钱,却花 300 块买一只鸟回来,这个道理,躺在病床上的妻子到死也想不通。

对于老婆的死,老张于心无愧。该做的他都做了。病人躺在床上的时候,只是咳,连说话的空闲都没有,她就像一部昼夜开动的机器,咳个不停。他没办法让她停下来。难道说,他必须一刻不离地守在她边上,看她咳?更多的时候,他站在鸟笼前看小八哥。它不咳。他看它的时候,它也看他。它的脖子时而转动,但是,它的眼睛,却始终看着他。它歪着脑袋看他的样子,实在是可爱极了。他并不急着教它说话,他觉得它的眼睛就会说话。它是一只多么聪慧的鸟啊,一旦它讲起话来,一定是甜言蜜语,一定是口吐莲花。他相信这一天终会到来,想到有一天,八哥开口说话,他禁不住内心激动。他因此不希望这一天马上到来,他希望这一天迟一些来,究竟何时来,他也不知道。反正不要是现在,不要是今天,也不要是明天。仿佛亲手酿下的酒,到了快要开坛的日子,反而竭力克制内心的激动,希望酿得再久一些,再醇一些。

儿子觉得父亲一定要提一只鸟笼去安葬母亲,是荒唐和不严肃的。他可以不像母亲那样,对这只八哥抱有成见,但是,为母亲落葬,提了一只鸟笼,总是有点不像话。万一它突然开口,说几句不着调的话,或者像一只真正的乌鸦那样,不吉地呱呱乱叫,那无论对于死者还是活人,都不怎么好吧!儿子对于父亲的固执,从小就很清楚,越来越清楚,但是,他还是为父亲的坚持感到无奈,甚至气愤。但是气愤又有什么用!对于父亲的固执,做儿子的,除了妥协,又能怎么样呢?好在,八哥穿的不是轻佻的花衣,而是一身凝重的黑色,就像穿了沉痛的丧服,与落葬的气氛倒也吻合,要去就让它去吧。

墓地上安静极了。只有在清明节前后,这里才热闹得像旅游点。清明时节,人们成群结队到这里来,带了鲜花水果,还有其他各种各样的祭品,吵吵嚷嚷,甚至说说笑笑,前来扫墓上坟。墓地范围很大,越来越大,一年一个样,就像房地产那样,发展得很快。因此每年都不太容易找到亲人的坟,众里寻他千百度,一旦找到,禁不住兴奋地大叫起来。所有长眠于此的人,都有至少两个以上的活着的亲人,多的会有十几个。所有的人,都集中在清明时节前来祭拜,墓区真的是热火朝天。然而现在是冬至前三天,墓地上安静极了。这才像个墓地的样子,有一种肃穆的气氛。静得树叶子落下来的声音都能让人听到,这样的宁静,是让活人既感到安慰又忍不住伤感的。老张带来的鸟儿，也安安静静地待在鸟笼里，翅膀都不随便动弹一下，仿佛它也感受到了气氛的宁静与哀伤。它真是一只好鸟啊！老张看了它一眼，发现它的眼睛，好像比平时晶莹，仿佛含着泪。

当裹着红绸子的骨灰盒放进墓穴的时候，大家的哀伤升到了顶点。但谁也没有哭，老张和老张的儿子，两个男人，始终以沉默来表达内心的悲痛和怀念。

突然听到了咳咳咳的声音。这声音对老张来说，是多么熟悉啊！这是死者生前经常发出的声音，是她去世前那段日子里的标志性声音。她动不动就咳，她似乎一直在咳，咳成了她的全部语言。安静的墓地上，咳咳咳的声音，父子俩都听到了。咳声难道是死者发出的吗？人死了，变成了骨灰，难道还能咳吗？老张父子的表情都有点异样，两个人都在侧耳谛听，想知道咳声到底是不是从墓穴里传出，是不是从那个裹了红绸子的骨灰盒里冒出来的。

一阵莫名的悔意涌上老张的心头，他咚的一声跪了下去，对着亡妻，非常哀切地说了一句："我对不起你！"

"我对不起你！我对不起你！"笼子里漆黑一团的鸟儿用同样哀切的语调连说了两句。它突然开口说话了，天才的八哥！老张的内心，猛然涌上一阵喜悦，这喜悦如潮，把他刚刚那一点点悲哀彻底覆盖了。他站起来，仰望挂在树枝上的鸟儿，差点流下激动的眼泪。这是一只什么样的鸟啊！他从未教过它说话，它却无师自通，突然一鸣惊人。它说得那么好，口齿清晰，无论是咬字，还是声音的厚度，都与老张一样。如果是粗心的人在边上，不会想到那后两句话是鸟儿所说，而只会以为，是跪在地上的老张，连说了三句"我对不起你"。

刚才那几声咳嗽，莫非也是从这鸟嘴里传出？

开始是每个礼拜喂一次肉。老张不到普通的肉摊头上买肉，他知道，虽然看上去卖相好，但是，人吃多了，对身体是有害的。因为猪饲料里，都是添加了生长激素和瘦肉精的。人吃了有害，鸟吃了当然也有害。老张到苏太肉专卖店里买猪肉。苏太肉是品牌肉，号称绿色无公害猪肉，不仅营养好，无害，而且吃口也很香。但苏太肉比普通猪肉要贵很多，一般人家，尤其是像老张这样的退休人员，是不舍得买这么贵的猪肉吃的。一样的猪肉，价钱却相差这么多，当然还是买便宜一点的好。虽然明知有害，但吃下去也不见得马上生病，更不可能马上死。再说，人总是要死的，不见得一辈子不吃瘦肉精，就长生不老永远不死了。那么多人都在吃，我们为什么不能吃呢？这个道理是对的，但是老张还是不舍得让他的八哥吃瘦肉精。他自己吃点瘦肉精无所谓，就当吃香烟吧，他以前吃过10来年香烟，后来因为经济原因，觉得天天一包，即使买最便宜的香烟吃，也有点吃不起了，所以戒了。他现在想，自己吃点瘦肉精，比起吃香烟来，害处肯定要小得多。吃香烟的害处多大啊，但还是有这么多的人在吃，就当自己当年没有戒烟，还天天一包好了。

老张总是到苏太肉专卖店，挑最瘦最嫩的一小块肉，买回来给八哥吃。老张把肉切成半个麻将牌大小的五块，放在开水里烫一下，把肉的表面烫成白色，冷一冷之后，就喂给八哥吃。八哥闻到肉香，特别亢奋，它似乎要从鸟笼里冲出来。当肉放进它的嘴里时，它的整个身体，都快乐地颤抖起来了。老张感到很幸福，他想，母亲让婴儿含着乳房吃奶，应该就是这种心情吧。鸟吃东西，好像是不嚼的，它把食物囫囵吞下。它吞下第一块，就张大嘴要第二块。吞掉第二块，就要第三块。五块肉，一转眼工夫就全吞进肚子里去了。它吃完之后，还张大嘴，向老张要。他就对它说："没有了，不能再吃了，要吃也要等下个礼拜了。再吃，你要吃坏的，你看你的肚子，已经鼓出来了！"他慈爱地用手去抚摸八哥的头，它却一口咬住了他的手指。他明显感觉到，一股暖暖的吸力，要将他的手指吸进鸟肚子里去。

猪肉开始涨价，八哥一周一次的吃肉，反而变成了两次。老张觉得它的羽毛还不够黑，不够亮，就像病人的头发一样，那都是因为肉吃得不够。人肚皮里缺少了油水，也常常会毛发枯涩。每次吃肉前，老张都要说，吃肉了，吃肉了。这句话，八哥很快就学会了，它有事没事就说："吃肉了！吃肉了！"吃肉是周一和周四，不轮到吃肉的日子，它也经常说："吃肉了！吃肉了！"老张就对它说："今天不吃肉，明天吃。"或者说："不要急，再过两天就吃。"但是八哥不理他，照样说："吃肉了！吃肉了！"

不用教它说话，它自学成才，慢慢就学会了许多话。除了

"吃肉了",它还会说"放屁"——这是老张的口头禅,每当要否定别人,或者表示不满的时候,他就会说"放屁"。老张还比较喜欢说"看不懂"和"早晓得这样",八哥也都偷偷学了去。它还学老张打鼾的声音。老张有时候午睡也会打呼噜,但他从来听不到自己的鼾声,因为鼾声响起的时候,他总是睡着。人一醒来,鼾声也就停止了。但八哥让他听到了自己的呼噜声。老张傻乎乎地张着嘴,听自己的鼾声从八哥的嘴里发出来,觉得比较滑稽。

我敢肯定,天底下所有养八哥的人,都会教自己的鸟儿说"你好"。就像小孩子会说的第一句话,必定是"妈妈"。天下八哥,会说的第一句人话,一定是"你好"。老张也是这样,当他决定要教他的八哥说话时,就对着它说"你好"。而这时候老张的八哥,已经会说许多话了。它就是不说"你好"。所有老张教它的话,它一句也不学。老张教它说"你好",它听都不听。他教它说"恭喜发财",它也不理。他甚至还想教它念唐诗,他有这个信心,因为他觉得他的八哥是个天才,与别的八哥不一样,要学会念唐诗,完全是可能的。老张特地去夜市地摊上,一块五角钱买了一本旧书《唐诗一百首》,准备回来教八哥。他觉得一百首这个版本已经足够了,虽然通常的唐诗书都是三百首,但对于一只鸟来说,能学会一首两首就算很不错了。老张一开始想教八哥念"月落乌啼霜满天",因为《枫桥夜泊》这首诗,在苏州最有名了。但他自己念了两遍,觉得不是太合适。一则,他对那个"乌"字不太满意,如果是"月落鸟啼霜满天",老张会觉得这首诗写得更好。乌鸦叫,总不怎么好。另则,七言绝句,四七廿八个字,也太长了一点,背诵起来有困难的。他于是改变主意,决定教八哥念"君到姑苏见,人家尽枕河"这两句。他把诗句拆开来教,先教"君到",再教"姑苏",再教"见",最后让它连起来说"君到姑苏见"。但是八哥不理他,他说了上百遍"君到",它就是不学。只是偶然说一声"早晓得这样",或者"放屁"。

老张的家在一条小弄堂里,汽车是开不进来的,穿来穿去的,都是自行车。这些年,电动自行车多了起来,邻居一个老太太,已经60多岁了,也买了一辆电动自行车,她飞快地钻进弄堂里来的时候,大家总是让她。弄堂狭小,大家都把后背紧紧地贴在墙上,让老太太飞快地过去。大家对她不放心,怕被她撞了。当然也怕她自己倒下来摔个七荤八素。电动车所以流行起来,确实有它的好处。首先是比脚踏车省力,不用踩。其次呢,速度也比脚踏车快。而比起摩托车来,它不烧油,不排放二氧化碳,比较环保。而且售价也比摩托车便宜很多,穷人也用得起。但它也有缺点,最大的缺点,据说电瓶放在两腿之间,对人身体不好。有专家建议,孕妇最好不要骑电动车,以免电磁波对胎儿产生不良影响。由此可以推断,电磁波对男性生殖能力也会有或多或少的影响吧。如果是长时间骑在电动车上,电磁波会不会使睾丸中的精子数明显减少?但许多人对电动自行车的意见,并不在于它的电磁波,而是它刹车的时候发出的尖锐的声音,太让人头痛了。走在大街小巷,到处都是这种刺耳的声音。它虽然不排放二氧化碳,但它发出噪声,同样是污染啊!

老张家的小弄堂里,这种刺耳的电动车刹车声,也是经常有的。老张家的八哥,不知从哪一天起,学会了这种声音。它闲得无聊的时候,就会叫上几声。它学得很像,不注意的话,还以为是真的刹车声音呢。老张发现刹车声竟然是从他的八哥嘴里发出来的,惊喜得不得了。他的八哥,真是一个天才啊,它模仿刹车声,完全就像真的一样!八哥不仅会学人说话,还会学电动车的声音。人会说人话,但人能把刹车声模仿得这么像吗?

猪肉的价格越涨越高,但丝毫没有影响老张买精品猪肉给八哥吃。好像价钱越贵,八哥就吃得越高兴。而老张,看着它狼吞虎咽的样子,心里也非常高兴。

老张遛鸟,就在自家的弄堂口。堂弄口有一棵很大的香樟树。香樟树是苏州市的市树,自从被定为市树之后,苏州到处都种上了香樟树。外地人到苏州来,看见苏州有这么多的香樟树,就感叹道,你们苏州真是奢侈啊,居然把香樟树作为道旁树。把香樟树作为市树,沿街都种上,确实不容易。因为香樟树的生长速度慢,属于名贵树种。一般来说,要美化城市,要做到多快好省,是不会选择这种价钱贵,生长又慢的树的。香樟树好看,又香,而且一年四季都是绿的。秋天到来,绝大多数的树都开始掉叶子,法国梧桐、银杏、水杉等,都显得非常凋敝。而香樟树,却似乎更绿更精神了。相反到了春天，其他的树都开始长出叶子来，这时候香樟树反倒有了黄叶，开始落叶。但它不是把自己的叶子都落光，它是一边长叶子，一边落叶，以嫩绿得叫人心疼的新叶，悄悄替换较老的叶子。老张家弄堂口的这棵大香樟，不是被定为市树之后才种的，它已经有100多年的树龄了。这棵树，据说是从前的一位状元亲手种下的。这位状元，就是出在这条小弄堂里的。1977年恢复高考之后，这条小弄堂里，不知道出了多少大学生，也包括老张的儿子张振飞。弄堂虽小，房子虽破，风水却是好的。好风水，跟弄堂口的大香樟应该说不无关系吧。

大香樟的树杈上，挂着许多鸟笼，都是附近的养鸟人到这里来遛鸟。老张对其他的鸟，是非常不屑的。在他看来，他的八哥，是鹤立鸡群，它是这群鸟里边的状元。虽然小弄堂里出过许多大学生，但是，并不是说小弄堂里所有的人都能考上大学。鸟也同理，十几只笼子，十几只鸟，只有他的八哥是天才。什么娇凤、文鸟、竹叶青、相思鸟、百灵鸟，都是笨头笨脑的鸟，老张养过，有发言权的。除了他的八哥，另外也有一只八哥。但是，八哥和八哥，也是不可相提并论的。人家的八哥，只是俗物，只会说几句"你好""老板好""恭喜发财"之类的大路货话，人云亦云。它会说"早晓得这样"和"我对不起你"吗？它会学刹车声吗？它会念唐诗吗？——虽然老张的八哥也还没学会念唐诗，但它至少已经在学了，就像一个应届毕业生，已经参加了高考，就等着发榜了，尽管眼下还不是大学生。

唐好婆的香烛店,就开在大香樟树边。她向老张提意见,她说:"张师傅,你的八哥鸟不学好,人家八哥学说话,你的八哥却学电动车刹车的声音。"老张不高兴了,说:"怎么不学好了?刹车声很难学,别的鸟是学不像的!"唐好婆说:"那么难听,学它做啥!"老张说:"难听关你什么事?"唐好婆也生气了,说:"难听当然关我的事,这么刺耳朵,我被它吵得头都痛了!"老张说:"你不要听好了!"唐好婆火了,说:"张师傅你不要蛮,它叫得这么响,比真的刹车声音还要尖,我不想听也要听,我被它吵得耳朵里嗡隆隆的,饭也吃不下了。"老张说:"那开来开去的电动车这么多,它们刹车你怎么不头痛?"唐好婆说:"它们响一下就开走了,你的鸟,一天到晚在我耳朵边叫,我怎么吃得消!"

老张和唐好婆吵架时,另外那些遛鸟的人,就在边上看好戏,他们显然都暗地里帮着唐好婆。因为他们的鸟不会学刹车声,他们非常嫉妒,所以他们趁机说闲话。有一个人说,老张的八哥学刹车声,确实太刺耳朵了,他的百灵鸟也听不下去了,原来百灵鸟一到大香樟树下,就开心地唱起歌来,但自从老张的八哥嘴巴里发出尖锐的怪声之后,百灵鸟就不高兴唱歌了。老张听他这样讲,就放开唐好婆,和这个人吵了起来。这个人喜欢使阴招,不喜欢吵架,他不跟老张吵。他只是说:"好了好了,没关系的,从明天开始,我不到这里来遛鸟就是了。"

第二天,不仅那只百灵鸟不来了,其他所有的人,都不来这里遛鸟了。他们好像是商量好了一样，集体躲避，孤立老张和他的八哥。老张的鸟笼孤零零地挂在大树上，他心里突然有些凄凉。他倒不是觉得自己孤单，而是为他的八哥而难过。这么聪明这么好的一只鸟，却要受到排挤，受到不公正的对待。这一天他一直自说自话，安慰他的八哥，也是在安慰他自己，他说，自古以来，英雄都是孤独的，君子不党，只有小人才喜欢成群结队。他几乎把嘴凑到了鸟笼边，跟它说话，希望它不要感到落寞。八哥却说："早晓得这样！"老张笑了起来，说："对的，早晓得这样，我们不跟他们在一起的！"八哥跳了一下，变换了一个角度，说："放屁！"

老张觉得这只八哥鸟，很像他的儿子，他儿子小时候就是这样的，无论你教他什么，他都不学。记得他还是一点点大的时候，老张教他算术，告诉他一粒糖加一粒糖就是两粒糖。但儿子不肯学。他听都不听，每次老张问他一加一等于几，他就逃走。或者哇哇大哭。老张火了，有一次拉着他，说："你要是不说出来，我就打你！"儿子怕打，于是说："一加一等于三。"把老张气得不得了，松开手，也不打他了，只是说："我不管你了，等你长大点以后，到学校里去让老师管你！"

这只八哥鸟，老张很想教会它念唐诗。但它就是不学，它宁肯偷偷地学刹车的声音。老张像当年对待自己的儿子一样，最终放弃了。八哥虽然不肯学唐诗，但是，毕竟自学了许多东西，能说一些别的八哥不会说的话，还学会了难度很高的刹车声音。有些东西既然不肯学,那就不学吧。反正唐诗也不是八哥鸟必须要学的。老张的儿子小时候也不肯学,长大了不是照样考上了大学吗?毕业之后还开了电脑公司,自己做老板。老张的儿媳妇也是大学毕业生。

但在老张放弃后的某一天,八哥突然说了一句"君到姑苏见"。老张的激动是可想而知的!他不敢把脸太贴近八哥,只是离它一米远,不远不近的,希望它再说一句。他认真地看着它,眼睛里闪烁着幸福和期待的光。同时他看到,八哥的小眼睛,是那么明亮清澈,就像一个极其聪明的小孩子一样,正看着他呢。他努力地与它眉目传情,希望自己的爱能够通过目光传递给八哥,能在它的心里,激起幸福温暖的感觉。他觉得自己是成功了,因为他分明看到,一种同样充满了爱意的光,从八哥的眼睛里传达出来。老张像吃了一杯酒一样感到浑身舒畅。"君到姑苏见""君到姑苏见",老张轻轻地念着这句唐诗,希望八哥能够再说上一遍。

经过了长久的期待,八哥终于又很好听地说了一句"君到姑苏见"。"它会背唐诗啦!它会背唐诗啦!"老张突然大喊大叫,也顾不得他的叫喊把八哥吓了一跳。他打电话给儿子,大声报告这个好消息,并要他立刻过来听八哥念唐诗。儿子不肯,说公司里正忙着呢,哪里有空过来听鸟说话。老张于是奔跑出弄堂,第一个见到的人是唐好婆。她一年到头就像一尊观世音像一样坐在香烛店里。老张见了她,激动地对她说:"它会背唐诗啦!"唐好婆说："谁会背唐诗？"老张说："八哥啊，我们家八哥啊，它会背唐诗啦！"

唐好婆不相信，她说，她只知道她的小孙子会背"松下电视机，盐水花生米（松下问童子，言师采药去）"，但从没听说过鸟会背唐诗。"你是不是困午觉，困梦头里听见的啊？"她嘲笑说。

老张就转回家里，把鸟笼拎了出来，挂到大香樟树上。他叫唐好婆从香烛店里走出来，走到大树底下，以便清楚地听到八哥念唐诗。唐好婆最初不肯，后来禁不住好奇心，还是到树底下来了。许多人都跑到了树底下，都想亲耳听八哥背唐诗。有的人，还在商量要不要跟电视台联系一下，让他们赶快来拍电视。如果能拍到八哥背唐诗的新闻，一定会在全城引起轰动。

但八哥就是不开口。它似乎被这么多人吓着了，在笼子里先是盲目地转了一通圈子，然后缩头蹲着，好像还在微微发抖。老张有点心疼它，但是，这一刻，希望它开口说一句"君到姑苏见"的愿望，强烈得让他终于顾不上心疼了。他让大家安静下来："你们不要吵了，这样吵，它就是说了，你们也听不见！"大家听他这么说，果然就安静下来。但是安静了一会儿，八哥还是不说，大家就没耐心了。有人说："你让我们安静，它又不说，要安静到什么时候呢？"

老张用哀求的眼光看着他的八哥，希望它能懂他的心，希望它能开口说一遍。"就说一句，"老张在心里说，"你会说的，你又不是不会说，你就再说一遍吧，否则人家会以为我在吹牛。"

人们七嘴八舌，议论纷纷。但总的来说，分为两派。一派认为可能，一派认为不可能。认为可能的，理由是，八哥既然会说"老板你好"，也就有可能会说"君到姑苏见"。两句话，其实只差一个字。四个字能说，为什么不能说五个字呢？认为不可能的，理由是，"老板你好"和"君到姑苏见"虽然只差一个字，但是，却有俗雅之分。前者是一句通俗的问候语，说起来容易。而后者，是一句文绉绉的诗，而且是古时候的格律诗，人说起来都不一定说得好，何况鸟！另外，虽然四个字和五个字，只差一个字，但差一个字，就难多了。一般听到八哥说话，都是两个字、三个字，最多四个字。它们一般只说"你好""新年好"，或者"老板你好"和"恭喜发财"。谁听到过八哥嘴里说出五个字的话了？可见四个字就是极限，对鸟来说，智商再高，也只能连续发出四个音。"君到姑苏见"是五个字，要念出这句唐诗来，就是突破极限。既然是极限，就不是轻易能够突破的。

八哥就是不说"君到姑苏见"。在众人的期待中，它最后模仿了一下刹车声。它只是微微张开嘴，尖厉刺耳的刹车声就响了起来。它模仿得非常逼真，人群因此而有了点小小的骚动——有人以为，是一辆真的电动车开过来了，怕它撞上来，赶紧躲开。其实没有电动车，只是八哥玩了一下口技。有人非常赞赏，认为一只鸟能将刹车声学得这么像，实在是不容易，比念一句唐诗，也差不到哪里去。但观音一样坐在香烛店里的唐好婆却瘪瘪嘴说："难听死了！"

不过是一泡尿的工夫——若干天后,老张在弄堂口遛鸟,实在觉得尿急,就把鸟笼挂在大香樟树上,到斜对面的公共厕所去了一趟。前后最多不过三五分钟吧,等他回来,八哥鸟已经不见了。看着空空的鸟笼,他的一颗心似乎是没有了。他的身体,就好像是一只空鸟笼,里面没有鸟——他的心就是鸟,它不见了!

他说不出自己心里是什么感觉,好像是要哭,但哭不出来。应该是很心痛啊,但又好像并不痛。因为心没有了,拿什么来痛!他觉得浑身一点力气也没有,腿软得站都站不住。他把鸟笼取下来,靠近自己的眼睛,仔细往里面看。好像怀疑他的八哥突然变小了,变得像苍蝇那么小,要是不靠这么近,他的老花眼就看不见它。但是靠近了看也看不见!只看见里面八哥留下来的一摊屎——因为昨天刚吃了肉,所以粪便是稀的,一摊黄绿相间的水汪汪的屎。它散发出特殊的气味,让老张感觉到熟悉和温暖的气味,现在,这气味让他心碎——他本来已经没有心了,身体就像一只空鸟笼,怎么突然又有了心碎的感觉了呢?看样子他的心又回来了。他听到自己的心像玻璃一样破碎,发出嘎嘎的声音。他环顾四周,没有发现任何异常情况,只看见唐好婆观音一样坐在香烛店里。

"鸟呢?我的鸟呢?"他走过去问唐好婆。他听到自己的声音带着哭腔。

唐好婆看了一眼他手上的空笼子,说:"八哥不见啦?"

老张说:"你为什么要放掉它?"

唐好婆立起来，说："你怎么瞎说八道？不是我！你不要冤枉人！"

老张几乎是咆哮了："还有谁？不是你还有谁？这里没有别的人！"

唐好婆扶住了柜台，她看上去很激动，也许是怕自己摔倒，所以双手扶住了摆满香烛、锡箔、冥钞和纸钱的玻璃柜台，她的话也说得有些颠三倒四了："我走出来不快的，我慢走路，我走过去放掉，来得及来不及，一歇歇工夫，你就来了。"

她的意思是，她走路很慢，而老张去厕所不过三五分钟，以她这么慢的步伐和身手，根本不可能作案。

但是现场没有其他人，只有唐好婆。老张把空鸟笼在她的玻璃柜台上砰砰砸了两下，说："把鸟还给我！"

唐好婆说："真的不是我！真的不是我！你挂得那么高，我够不着的！"

她的这句解释，老张听明白了。是啊，鸟笼挂在一个很高的枝丫上，依唐好婆的身高，举起手也够不着鸟笼的。她是个矮老太婆。除非她搬一只凳子过去，站到凳子上，才够得着鸟笼，才可能打开鸟笼门，把鸟放掉。

但是，短短的三五分钟时间，她这副颤巍巍的样子，是不可能完成这么复杂的动作的。

老张感到了更深的绝望。不是她，问题似乎就更严重了。那又是谁呢？是哪个魔鬼，趁他去厕所的三五分钟，把八哥偷走了呢?

"啥人?是啥人?你告诉我!"老张问唐好婆。

唐好婆经历了刚才的紧张,已经站不动了。她扶住柜台,把自己放了下去。她坐下之后,匀了一口气,说:"我不晓得。"

老张说:"你坐在这里,有人来偷鸟,你总会看见的。"

唐好婆说:"我没有看见。"

老张说:"难道是它自己打开笼子逃走了?"

唐好婆说:"我不晓得。"

老张突然跪了下来。是的,他向唐好婆下跪了,他哀求道:"告诉我吧,你告诉我吧,是啥人把鸟偷走了?"

唐好婆觉得老张给她下跪,这事情就弄大了。她努力站起来,要绕到柜台外面来,目的是要把老张扶起来。她一边站起来,一边说:"我真的不晓得,我不骗你的,我真的不晓得为什么眼睛一眨老母鸡变鸭,八哥鸟就不在笼子里了。"

老张不肯起来,还给唐好婆磕头。他一磕头,把玻璃柜台撞碎了。咣啷啷的一声响,吓得唐好婆差一点跌倒在地上。一阵风过来,把柜台里的一些纸钱卷了出去,风吹得纸钱像黄叶一样满地翻滚。"作孽!作孽!"唐好婆想去追纸钱,又看到鲜红的血,从老张的额骨头上往下滴。

老张头上裹了白纱布,一天到晚在外面走,寻他的八哥鸟。凡是看见别人家的八哥,他都要上去仔细打量。"看什么看?"有人觉得他很奇怪,就很不满地问他。他不作声,看了几眼,就走了。他一般都不说话，只是默默地在大街小巷走。偶然，见到认识的人，他会问一句："有没有看见我的鸟？"有熟人跟他开玩笑，说："你的鸟不是在你裤裆里吗！"他也丝毫不予理会，看对方一眼，就默默走了。

他废寝忘食地寻，几乎走遍了城市所有的角落。他的眼睛，不仅盯着挂在屋檐下的鸟笼，他对小餐馆旁边蹲在那里杀鸡杀鸽子的人也特别注意。看到人家在给鸡鸭鸽子燂毛，他总要走过去，站在那里看。

老张的儿子见父亲丢了八哥伤心成这样，就买了一只差不多大小的八哥，装在笼子里提过来，对他说："爸爸，你的鸟找回来了！我托了多少人，才帮你找到的。"

老张靠近了一看，就说："你是从皮市街花鸟市场第7号摊位买来的，我认得它。"

儿子很惊讶，难道说，这么大的苏州城里，所有的八哥，父亲都认得吗？他既然说得出是从哪个摊位买来的，可见他确实见过这只鸟，并且认得它。儿子不想再骗他，就说："它与你那只，长得很像，也没什么两样。你就养它吧，不是一样的八哥吗，你多教教它，它说不定会背好几首唐诗呢。"

老张很不屑地笑了。意思好像是，一只八哥能背唐诗，是一件多么荒唐的事。

寻了一个冬天，还是没有寻到自己的八哥。也许是在寒风中吹得太久，着了风寒，老张生了一场病。病好之后，他就不再出门寻鸟了。他变得很怕冷，清明节给老婆去上坟，那件羽绒服还穿在身上。而且他也像老婆生前一样，一天到晚咳。就像一部咳的机器。

他窝在屋子里，没事不出门。走过他屋子门口的人，会听到里面有一只八哥鸟在说话。它不说"你好"和"恭喜发财"，只是说"看不懂""早晓得这样""我对不起你"这些话。它还会学老张咳嗽。有时候，邻居在外面还听到它念唐诗："君到姑苏见"。它念得真好，就像一个很乖的小学生在课堂里用清脆的童声朗诵。"君到姑苏见，人家尽枕河。古宫闲地少，水港小桥多。"不对呀，这到底是一只什么样的八哥鸟，能一口气念出四句唐诗来？不可能吧？老张要是有这么一只牛气的八哥，他不可能不到大香樟树下来遛鸟的。

其实，老张屋子里根本没有什么八哥鸟。这些声音，都是从老张嘴巴里说出来的。唐好婆有一天推门进去，看到老张躺坐在藤靠椅上，头对着天花板，正在学八哥鸟说话。他把自己的嘴尖起来，尖得就像鸟嘴一样，嗓子也故意挤小了，"早晓得这样。"他的声音，和八哥鸟完全一样。他学得真像啊！

已经是 5 月里了，一个太阳天，老张穿着羽绒服跑到弄堂口的大香樟下，尖起嘴巴，发出了一声尖锐刺耳的长啸，吓得边上的行人以为身后来了电动车，赶紧避让。

猫娘

杨文英后来一直认为自己是猫变的,她前世就是一只猫。自从她这么认为之后,她肉类和蔬菜也慢慢吃得少了,饮食习惯不知不觉改变了,她变得只吃鱼虾。当然也不是什么贵的鱼,都是花鲢白鲢、小鲫鱼之类的。杨文英舍不得买大鲫鱼吃,鲫鱼大的和小的价钱相差很多,一样的味道,为什么要买大的,花那个冤枉钱?小鱼刺多,但她从来不怕刺,再小的鱼,她吃起来都不会被刺卡住喉咙。鲫鱼尾巴那一段,她特别喜欢吃,尾巴上的肉是活肉,特别嫩。而那一段,是鱼刺最细最密集的地方,一般人吃,一定要当心,一不小心就会吞下鱼刺,卡在喉咙口,那是一件很麻烦的事。

家里到处都是鱼腥味。食物结构彻底改变了,一年到头,主菜都是鱼,所以身体的每一个毛孔里,都是鱼的味道。厨房里的炊具、餐具、抹布,洗脸洗脚的毛巾,还有牙刷,都是鱼腥味。阿宝曾在杨文英的床上睡过,他说她的被子枕头,也都有一股鱼腥味。她的家,就像一艘渔船,除了鱼腥味,还是鱼腥味。

杨文英鱼越买越便宜，同时也越买越多了。这是因为家里的需求量越来越大了。她六十几岁了，还是老姑娘，一个人能吃掉多少鱼呢？但鱼越买越多。因为买得多，所以只挑便宜的鱼买，甚至一些很小的死鱼，也买回家了。当然是刚刚死的，刚死的鱼，其实是没关系的，不像蟹，死蟹是绝对不能吃的，蟹只要是死的，不管是刚死还是什么，吃了一定会出问题。她退休已经好多年了，没有多少收入，所以如果不挑便宜的买，经济上是承受不起的。

她每天都要烧一大锅鱼，还有一大锅饭，每天都吃得精光。她家里养了很多猫，已经有十来只了，这么多吃鱼的活口，鱼的消费量当然要大了。

把第一只猫领回家的时候，杨文英还没有退休。她是在弄堂口的垃圾箱旁边看见这只黄白花纹的狸猫的。天有点冷了，杨文英从店里下班回家，一路上感觉自己越缩越紧，最好能像乌龟一样，把整个脑袋和四肢都缩进身体里去。她在垃圾箱边上发现了这只猫。它轻轻的一声叫，使她发现了它。它叫得多么好听啊，奶声奶气的，就像一个娇嫩的小孩子。但它的叫声，同时也让人觉得十分可怜。一个多么弱小的生命，在初冬的垃圾箱边上瑟缩着。杨文英蹲下来看它，它抬起头来，也看杨文英。她发现它很瘦，它蹲在地上，背上凸起的骨头很明显。她突然为它的眼睛而感动了，这是一双什么样的眼睛啊，清澈、明亮、动人，似乎是会说话的，似乎是一个稚气而又懂事的孩子，这样的眼睛，谁看了都会感动，都会内心充满了爱怜。

　　杨文英决定把它抱回家。她轻轻地对它说："跟我回家，你跟我回家，好吗？"小猫张开嘴，叫了一声。这一声好听而可怜的叫，简直让杨文英的心都要碎了。仿佛蹲在垃圾箱边上的，不是一只小猫，而是一个婴儿，一个她亲生的孩子，一个失而复得的宝贝。她伸出手去，把这软软的、暖暖的一团轻轻抱起来。它一点都没有动弹，非常配合，当她把它抱进怀里的时候，它似乎还歪过头，用脑袋亲昵地蹭了蹭她。

　　它就这样成了她的第一个孩子。

　　杨文英没有结过婚，年轻的时候，谈过几次恋爱，但都没有成功。每次恋爱，留给她的，都不是甜蜜，而是酸涩的回忆。酸涩一层一层加上去，她内心里最后一点点对男人的向往，就像脆弱的嫩苗一样，被厚厚的酸涩覆盖了，再也冒不出来。到了快50岁的时候，她才又有些心动。当然这个心动，并不是和爱情有关，而是终于又愿意听一听别人的劝说了。人家对她说，你看看，时间过得多快呀，一转眼，你都年近50岁了，再过六七年，你就要退休了。你想想，60岁，70岁，也很快的。死也很快的！杨文英终于被人家说得有些心动了，她想，是啊，自己转眼就成了老太婆了！她那道坚持一辈子独身的防线，终于开始动摇了。也就是说，她听从了别人的劝告，答应见一见为她介绍的对象，看一看，如果真的合适的话，就在快到50岁的时候把自己嫁出去。

但是，见了几个男的，一个比一个让她感到失望。那都是些什么样的人啊！不是老得死都在眼前了，就是生过大病其实是需要一个长期保姆照顾的（有一个见她的时候，腰里还拖了一个大便口袋，因为他的肛门切掉了）。或者就是人倒长得还可以，年龄上也般配，但没说几句话，杨文英就知道这个人脑子坏掉了。她见了几个，就再也不想见了，她重新给自己筑起了独身的防线，并且比以前更加坚定了。她感到悲哀，难道说，自己在旁人的眼里，只能和这些男人相配？她恨劝她结婚的人，恨为她介绍对象的人，觉得她们是要害她，是在污辱她。

说杨文英没有孩子，好像也不对。她没结过婚，但她也算有一个儿子。这个儿子，是她的弟弟杨文辉把他的儿子过继给她的。一开始，她很喜欢这个孩子，她叫他"阿宝"，真把他当成宝贝。每次她把阿宝带回来玩，都买很多东西给他，吃的玩的都有。但是后来她发现，他每次到她家里，都喜欢翻她的抽屉。每次，他都偷走一点她的东西。她对这个干儿子慢慢就没有以前那么好了。

转眼这个小子就长到了十七八岁。虽然杨文英给家里所有的抽屉都上了锁，但是，阿宝还是有机会偷到她的钱。她很生气，吵到弟弟杨文辉那里，表示她要退掉这个干儿子。杨文辉夫妇，却一致袒护儿子，弟媳对杨文英说，阿宝在家里从来不偷钱，怎么专门跑到你那里偷呢？弟弟则对杨文英说，好了好了，以后你把钞票放放好就是了，他难道会撬抽屉拿钱？

阿宝还趁杨文英不在家的时候，把女朋友带过去。杨文英回家，正好撞见他们在她的床上。看到阿宝带了陌生的女孩子睡在她床上，她气得差点发疯。她不知道他们是怎么进来的，她没想到阿宝会偷偷配了她家里的钥匙。他们走了之后，她在床单上还发现了精液。她一阵脸红心跳，感到恶心极了。

她给小花狸猫洗了澡，给它起了名字，叫它"来福"。她把它当作儿子，晚上抱它上了自己的床，让它在脚边的小被子上睡。它却爬到她枕头边来，和她的脑袋紧挨着，很快就睡着了。它睡着之后，发出了轻匀的呼噜噜的声音。这声音让杨文英感到幸福，她感动得快要哭了。

第二只猫"来顺"是自己跑到杨文英家来的。它蹲在她家卫生间的窗台上，看见她的时候，它好像是遇见了一个熟人，大大方方地对她叫了两声。这是一只黑白相间的狸猫，它似乎对她说："你好！我可以进来吗？"她看了看它，叫了它一声"喵呜"。它马上就从窗台上跳了下来。

开始几天，杨文英心里总是不踏实，有点心虚，她觉得自己就像偷了别人东西一样。这只黑白花狸猫，她认为，它一定是有主的。它为什么不在它的主人家待着，却要跑到她这里来呢？她不管三七二十一，就收留了它，不知道人家丢了猫，会有多着急，肯定一天到晚在外面寻呢。而她却把它藏在家里，这跟偷人家东西有什么两样呢？万一，要是人家寻了过来，发现了，一定会很生气，会骂她是"贼"。

正确的做法，应该是到附近人家问一问，谁家丢了猫，然后把猫还给人家。或者，在自家门外贴一个招领启事，让人家知道，有这样一只猫，逃到了她的家里来。但是，杨文英舍不得。她喜欢这只猫，喜欢它活泼大方的样子，她觉得这只猫的性格非常好，是很阳光的那种。自从它来到她家，屋子里的光线也似乎比平时亮了，两只猫你叫一声我叫一声，吃饭的时候争着吃，嘴里还发出不知道是快乐还是顾忌的"呜呜"声，让原本有点阴冷的屋子，充满了生机。太阳好的时候，两只小猫就在阳光下嬉戏，它们互相追逐，快乐地在地上打滚。她看着它们，感到幸福极了。一礼拜之后，想到也许有一天这只黑白狸猫要被人家要回去，杨文英的心还腾地痛了一下。

她就这样安慰自己：这只猫自己跑到她家来，就说明跟她有缘。这是上天赐给她的礼物，"天上掉下个林妹妹"，她想到了这句越剧唱词。她还这么想：来顺为什么要跑到她家里来呢？如果原来的主人对它好，它为什么要走掉呢？它离开原来的主人家，前来投奔她，那说明原来的主人家对它一定是不好，至少它不喜欢他们。它喜欢她。既然它喜欢她，主动投奔她，她又有什么理由不接受它呢？她更不可能主动将它归还给别人的。如果她把它还掉，不珍惜它对她的信任和情义，那么她就是没人性啊。

以前，杨文英对退休是很恐惧的。虽然说，她的工作，也不是什么好工作，只是在油漆店里做营业员。不像人家当干部的，在位时十分重要，有权有势，受人敬重，一旦退下来，就会非常不适应。她一个小老百姓，退不退都是这样。但她还是感到恐惧。虽说不是什么好工作，但上班总是生活比较充实，天天睡醒过来，知道有个地方去，知道有事情做，能和同事说说笑笑，讲讲"山海经"，家长里短，社会上的新闻，一天天就很好过。而退休之后，就不能天天去单位了。每天睡醒过来，不知道该做什么好。自己一个人，也没有什么事情可做，一天天，就是待在阴冷的家里等死了。女职工55岁退休，55岁，其实还很年轻，就这样一年到头整天待在家里，日子一定很难过啊！

悲观的时候，杨文英就想，其实也没什么，如果退休之后，在家里闷得没办法，觉得不能活下去了，那就吃一瓶安眠药死掉算了。在这种心情下，想到可以死，她心里突然非常轻松。死对某些人来说，确实是一种安慰和拯救。杨文英一辈子没嫁人，没有子女，没有任何放不下的事。什么时候活得不耐烦了，就什么时候死。这样想的时候，她感到很开心了。

自从有了两只猫，她就不怕退休了。事实也正是如此，退休之后，她在家里一点都不觉得寂寞。她一方面有事情做了，每天去菜场买新鲜的小鱼，回来烧给来福来顺吃。它们的食盆和猫厕所，始终是弄得清清爽爽的。它们身上，也是清清爽爽的。她一天要给它们梳理两次毛，用一把很细密的木梳，从头到尾巴，把它们全身的毛梳理得又整齐又光亮。这不光是清洁和美容，也是她爱抚它们的一种手段。她慢慢地给它们梳，看它们半闭眼睛很陶醉的样子，她自己也像吃了酒一样醺醺然。

下编　苏州

就像是家里养了两个小孩子，哪里还会感到空虚？

当然，更不可能想死了。她怎么能死呢？如果她死了，两个小家伙怎么办？有时候，想到一旦她不在人世，两只猫就没人管了，她感到无限凄凉。

她经常把两只猫抱在身上，一只躺在她怀里，一只蹲在她膝盖上。这时候她的心里，会有一股股幸福的暖流淌过。她认为，要是她选择了和绝大多数妇女一样的道路，嫁人，生儿育女，她一定不会像今天这样幸福。说实话，她是不太喜欢小孩子的。从很年轻的时候，到现在，都是这样。她在外面，看见人家的小孩子，心里并没有喜欢的感觉。就是很漂亮的小孩子，大家见了都喜欢，忍不住逗弄，她还是没有感觉。最多出于礼貌，表扬一下某个小孩多漂亮多可爱，但她心里，其实是不喜欢的。如果人家要把孩子送给她，她是不会要的。当年弟弟杨文辉把阿宝过继给她，也并不是因为她喜欢阿宝，而是她觉得当弟弟儿子的干妈，这是很自然的事，是亲上加亲，只是表达亲情的一种方式。事实上，她有没有真正喜欢过阿宝，她真的没把握。许多时候，她是为自己感到庆幸的，没有嫁人，没有孩子，也就少了很多麻烦，没有干扰，没有责任，自己爱怎么样就怎么样。那些有家有室的人，夫妻不和，子女不孝，活得也真没劲。

她抱着猫，突然觉得，自己前生一定也是一只猫。27岁的时候，她谈过一场刻骨铭心的恋爱。那个男的，长得不是太帅，个头甚至有点偏矮，但他可以说是唯一真正吸引她的人。不知道为什么，她见了他几面，就深深着迷。随着交往的深入，越陷越深，几乎迷失了方向。她一直是比较封建保守的女人，此前此后谈朋友，男的拉她一下手，她都不太愿意，更不用说拥抱和亲吻了。但是，对于这个矮男人，她却能容忍他所有的"流氓动作"。他喜欢吃她的耳朵。他还将手伸进她的裤子，摸她的屁股。她觉得很难为情，并且也有点觉得他这样做，是对她的不尊重。但由于喜欢他，所以并没有拒绝。为了他，她觉得可以做出任何牺牲。

但是，这场恋爱，还是以失败而告终。男的摸过了她全身所有的地方之后，就不要她了。她受到的打击非同小可，比生了一场大病还要厉害，人整个垮了似的，性格也很明显地变了。更让她气得要死的是，他还在外面放风，败坏她的名誉。他告诉别人，说她是一个有尾巴的女人。他这样说是什么意思啊？别人听了，会怎么想？无非是两种想法，一、她是个怪胎，真的长着一条小尾巴，与众不同，是人类的返祖现象，所以他才不要她，他不想要一个怪胎很正常啊。二、他怎么会知道她有尾巴呢？一定是睡过了她。她一个黄花闺女，没结婚就被人家睡了，她以后还怎么做人啊！而事实不是这样的，他根本就是在恶意中伤，败坏她的名声。她没有被他睡，也不是怪胎。她没有尾巴，她只是尾骨比较突出而已。她气得有一年多时间感到胸闷，变得不爱说话。她真是没想到，她所深深迷恋的男人，会是这样一个人。他伤她伤得太厉害了，比一刀捅死她还要厉害。

她想起了她的尾巴。当年,他在外面乱说,说她屁股上有一条小尾巴。她哪有什么尾巴啊,她只是尾骨比较突出罢了。他说她有一条小尾巴,这个中伤,让她屈辱了几十年。她只能一个人躲在家里偷偷哭泣,她又不能去跟每一个人解释,说自己并没有尾巴,更不可能褪下裤子来给别人看自己的屁股。并且,对于自己比较突出的尾骨,她也确实心存疑虑。自己是不是真的与众不同?尾骨这样突出,算不算尾巴?她没有把握。

现在她愿意相信,这就是一条尾巴。她是一个有尾巴的女人,她的前生是一只猫。她就是猫变的。

她和猫说话,什么都说,好像猫也确实能听懂她的话似的。她觉得自己与猫之间,真的是一点隔阂都没有。猫的行为动作,猫的表情,她都懂。猫是没有眼睫毛的,所以它们一般不眨眼睛。凡是猫眨眼睛了,杨文英知道,就是猫觉得难为情。猫也有心事,猫睁着眼睛一动不动的时候,就是在想心事。如果是闭着眼睛,才是睡觉。猫也会看电视,它们蹲在电视机面前,盯着电视屏幕看,并不见得就是瞎看。它们是看得懂的。它们比较喜欢看广告节目。每当电视机里放广告的时候,它们就看得很认真,眼睛里放光。等广告放完,它们就不太喜欢看了,眼睛里的光暗了下来,接着半闭起眼睛打瞌睡了。或者干脆打个呵欠,走开了。

人打呵欠,是会传染的。许多人在一起的时候,有一个人打呵欠了,会马上传染给别的人。那么猫和人之间,打呵欠会不会传染呢？猫和杨文英之间，反正肯定是会传染的。经常，杨文英打了一个呵欠，发现来福或来顺也紧接着打起了呵欠。她于是更加肯定，自己也是一只猫。

她在猫面前，自称"姆妈"。来顺表现好，饭吃光之后把自己的猫食盆舔得干干净净，她就表扬它："来顺真乖，姆妈喜欢。"批评来福，她就说："来福，你又开了电灯不关！你浪费电，姆妈要动气的！"来福比较调皮，它会跳到窗台上，伸手玩拉线开关。不过，通常情况下，它总是拉两次，拉一次，拉亮了电灯；又拉一次，电灯关了。

后来猫就越来越多了。绝大多数是流浪猫。杨文英走在街上，眼睛几乎只盯着猫看。就像有的人在街上走只看美女一样。凡是街上出现猫，她总是一眼就看到了。一些可怜地缩在角落里的猫，还有那些饿得乱翻垃圾箱的猫，都被她领回家了。其中还有两只，是别人主动送来给杨文英的。他们一开始心血来潮，买了猫回家养，但养了几天，就觉得太麻烦了，不想要了。听说杨文英收养了很多流浪猫，就把猫抱了来，送给她。一人对她说："我这只是纯种波斯猫，送给你吧，你要待它好点，因为它不是普通的猫。"另外一人则说："一只猫在家里，太孤单了，你这里有这么多猫，好像儿童乐园一样，你就要了它吧，让它融入欢乐的猫儿大家庭。"

鼎盛时期，杨文英家一共养了19只猫。男男女女，当然免不了有爱情，免不了生儿育女。19只猫，相互间的关系就有点复杂了。但杨文英心里清清楚楚，谁是谁生的，谁和谁是夫妻，谁和谁是兄弟或姐妹，谁有两个爸爸，谁和谁同性恋，谁和谁虽然是夫妻，却没有生育能力，这一切，她心里一本账清清楚楚的。猫虽多，但各有其特征，各有其个性，杨文英一点都不会把它们搞错。它们当然也都各有其姓名。虽然辈分不一样，但是，名字一律是"来"字头。因为它们都是杨文英的儿女。除了来福和来顺，又有了来禄、来喜、来寿、来昌、来康、来吉、来妙、来兴、来旺、来盛、来泰、来利、来安、来丰、来发、来贵和来祥。

来利和来兴，领回来的时候，已经是两只老猫。年纪大了，一天到晚就是躺在自己的窝里想心事。杨文英想，人和猫真是一样的，到了老年，就喜欢想心事，回忆往事。那些逝去的岁月，那些相隔时间越来越长，但却反而越来越清晰的过去的事情，就这样一件件一桩桩被回想起来。一辈子，真长啊，经历了那么多事情，认识那么多人。现在老了，老得做不动了，吃不动了，睡也睡不着了，于是就睁着眼睛，呆呆地回忆。

就在这种回忆中，重温着生的欢乐，感受着冰冷死亡的靠近。最终，彻底闭上眼睛，永远地离开这个世界。来利来兴死后，杨文英把它们带到小梅山脚下，很庄重地把它们埋了。每只去世的猫，身上都裹了一块洁白的毛巾。曾经，杨文英想到凤凰山公墓买一块墓地，准备将她的猫陆陆续续葬到那里。但后来，她还是选择了小梅山。小梅山是一处荒地，没有人家，也没有墓地,旁边有一片池塘。把猫葬在这里,它们可以捉田鼠吃,也可以到池塘里去捉小鱼。本事大一点的,还能捉到麻雀。树林里麻雀真多啊!杨文英决定,自己将来死了,也要葬在这里。她不葬到墓地里去,她要和猫葬在一起,因为她也是一只猫。猫不和人葬在一起。

对于来利和来兴的去世,杨文英并没有感到太多的悲伤。它们老了,走完了它们的一生,猫的寿命只有这么长,寿终正寝,不必有太多的悲伤和惋惜。但是,来康和来祥的死,让杨文英受到的打击却太重了。这是两只最健壮的猫,每当它们从远处沉稳地走回家的时候,阳光照在它们身上,看上去,它们就像两只小老虎。来祥的叫声,也是与众不同,声音特别浑厚,真是有一股王者之气。但它胸襟开阔,从来不因为自己体力超群而欺侮别的猫。这样两只正当青壮年的猫,却被阿宝偷去卖给餐馆了。杨文英闻得出这两只猫的味道,她一条街一条街寻,寻失踪的来祥和来康,终于被她闻到了它们的气味。她走进小餐馆的厨房,看到两张猫皮贴在墙上,正是她的来祥和来康。对于自己的猫,杨文英熟悉得不能再熟悉,夸张点说,她的猫,身上有几根毛,她都心里有数。看到猫皮,她当然一眼就认了出来。她当即就哭了,泪流满面。厨师被她的悲痛打动了,觉得很不好意思,就把阿宝供了出来。厨师对杨文英说,我也没有办法,我是厨师,我听老板的,我的任务就是做菜,老板叫我做"龙虎斗",我就只管做,我不管原料从哪里来,我不会问猫是从哪里弄来的,蛇又是从哪里捉来的。但这两只猫,我知道,是一个叫阿宝的人卖到我们餐馆里来的。

杨文英到弟弟家里去闹,杨文辉说她:"姆妈死的时候,也没见你这么哭!"杨文英不理他,只顾哭。她坐在弟弟家的地上,像个泼妇一样,大声地哭。她发现,自己的哭声,非常像猫叫。这个发现,让她更加悲从中来,因此她哭得更加伤心了。杨文辉见她哭得没有停的意思,就劝她:"你不要哭了,不就是两只猫吗!猫又不是人,死了就死了,你不是还有很多猫吗?"听他这样讲,她就用头撞墙。她从地上爬起来,一边哭叫着,一边将自己的脑袋往弟弟家的墙头上撞。撞了几下,额骨头上就撞出血来了。弟媳妇一看,知道她不是装样子的,再撞几下,恐怕要撞出人命来。她于是上去把杨文英抱住了。她打电话叫阿宝回来,命令他向杨文英赔礼道歉。

阿宝叫她"好姆妈",她不让他叫,她说:"我没有你这个干儿子,你不要叫我好姆妈!"阿宝说:"下次我保证不再这样了。"杨文英说:"保证也没有用!"阿宝说:"那你要我怎么样?总不见得要我偿命吧?"

杨文英说:"你是个狼心狗肺的东西,从今以后,你不准再踏进我家里半步。你弄得不好,有一天会把我也卖到饭店里去,剥了皮做人肉馒头的。"

杨文辉听姐姐这么说,觉得很好笑,就调侃道:"现在还有做人肉馒头吗?是不是因为猪肉涨价了,所以要用人肉做馒头?"

弟媳妇对丈夫说："十三点，捣什么糨糊？"

杨文辉似乎玩笑还没有开过瘾，又说："姐姐不是我看不起你，人家真要做人肉馒头，也要挑肉嫩的。你一身老肉了，卖给饭店里也不要。"

杨文英再一次用头撞墙。这一次是当着阿宝的面，咚咚两下，撞得很响，她把自己撞晕过去了。

杨文英醒转来之后，就得了一种头晕的毛病。这个毛病怪得很，饿了要头晕，吃得太饱也要头晕。季节交替的时候，病发得就更厉害。除此，着了凉不行，天太闷热了也不行。发病的时候，轻则摇摇晃晃站不定脚跟，重则即使躺下来，也是天旋地转，呕吐不止。到好多家医院去看过了，也说不出个所以然。有的说她低血糖，有的说她颈椎有问题。还有一个医生，怀疑她脑子里长了肿瘤，要她去做CT。杨文英一听，做CT要好几百块钱，不肯做。她不相信自己脑子里有肿瘤。那个医生，要么他的脑子里才有瘤呢！她认为，自己的头晕毛病，就是被阿宝父子气出来的，加上在墙上撞了几下子，撞坏了。

生活有时候都不能自理了，何况还要照顾这许多猫，她只好请一个保姆回来。一开始，保姆请了几个，都不顺利。那几个保姆，都说自己怕猫，尽管怕法不尽相同。一个说，她从小就怕软体动物。杨文英说，猫是猫科动物，和老虎狮子豹子一样的，哪是什么软体动物？螺蛳、蜒蚰、蜗牛，这些才是软体动物。保姆在弄清了猫不是软体动物之后，仍然不肯来侍候猫，她说，猫这种东西太软了,手一碰到它们,我浑身的汗毛就竖了起来。另一个怕猫的,是因为她属老鼠。她说,她的属相,与猫是克的。如果她到杨文英家来做保姆,天天和这么多猫在一起,那么她的运气就会越来越差。

最终物色到的保姆菊妹,年纪比杨文英要轻十几岁,十分能干肯干,不管是人还是猫,她都照顾得服服帖帖的。菊妹把杨文英家,完全当成了自己的家。在杨家做了一个月保姆之后,她干脆在杨文英这儿住下了。她非常贴心,杨文英发病的时候,她就熬一种粥给她吃。这个粥里面,放了赤豆、莲心、鸡头米、血糯、薏米仁等许多滋补安神的东西。粥熬得稠稠的,然后放一点冰糖,给杨文英吃。吃了之后,杨文英的头居然就不那么晕了。

十几只猫,菊妹也把它们养得非常好。她不准它们出去,只允许它们在院子里晒晒太阳,打打闹闹。她认为,出去一是不安全,外面的人,并不是个个都喜欢猫的,有的人,就是以虐待猫为乐,心理变态的。还有的人,专门捉了猫去卖,卖给小饭店。现在的人,居然要吃猫,居然把猫和蛇一起做成一道所谓"龙虎斗"的菜,真是作孽。所以猫还是待在家里比较安全。其次,猫出去,免不了要扒垃圾箱,免不了要和别的猫接触,因此也免不了要传染上疾病。没事的时候,杨文英和菊妹两个,就坐着聊天,每个人身上都抱了好几只猫。怀里,膝盖上,大腿上,肩膀上,都蹲着猫。那只叫来妙的猫,还特别喜欢爬到杨文英的头上。它总是嗖嗖几下,跳到杨文英的肩膀上,又从她肩膀上跳到她头上。它蹲在她头上，就像她是戴着一顶虎皮斑纹的帽子。

杨文英对菊妹说："你摸摸我屁股上，是不是有一条尾巴？"杨文英的要求，把菊妹吓了一跳。当她确定杨文英不是开玩笑，并且也不是想要为难她后，她仔细地摸了，然后说："你的尾骨确实比别人要突出很多。"

杨文英说："那到底算不算是一条尾巴呢？"

菊妹说："你也来摸摸我。"

杨文英一摸，说："你的尾骨好像比我还要突出啊！"

菊妹说："就是嘛！我们是一样的。我们的尾骨，比别人不知要突出多少！"

杨文英说："那算不算是尾巴呢？"

菊妹想了一阵，说："我也说不准。如果算吧，它上面没有毛；如果不算吧，它毕竟很长，有点像是尾巴了。就算是半条尾巴吧。"

几年过去了，猫的数量变成了五十几只。有人听菊妹说，她在杨文英家当保姆，非但不拿工资，反而还要贴钱养猫。消息传出来，附近的街坊邻舍都不理解了，千做万做，蚀本生意不做，哪有给人家当保姆不拿工资还倒贴钱的？杨文英脑子有病，难道菊妹脑子也有病？大家就开始注意研究菊妹和杨文英的关系。她们好几年吃住在一起，亲得比嫡亲姐妹还要亲。有时候上街，两个人不是手拉手，就是一个挽着另一个的胳膊。听说，晚上她们还在一张床上睡。杨文英家里，现在只有一张床。这两个女人，是不是在搞同性恋？怪不得杨文英70来岁了，还是老姑娘，一辈子不嫁人，对男人就是没兴趣。后来碰到一个菊妹，两个人就谈起恋爱来了。她们非亲非故，如果不是有那种关系，怎么可能好成这样？菊妹怎么可能做保姆连工资都不要呢，而且还倒贴钱和杨文英一起养猫？

杨文英快要死的时候，她最担心的事，就是菊妹离开她。她经常要求菊妹坐到她的床边头，拉着她的手。只要两个人的手拉在一起，杨文英就感到心里不那么恐慌了。菊妹早就不再称呼杨文英"东家"，而是叫她"姐姐"。她们两个姐妹相称，事实上也的确像亲姐妹一样。也许亲姐妹都没有她们这样亲。自从杨文英一病不起，菊妹一步也不肯离开她。就是过年，菊妹也不回她乡下家里去。晚上睡觉，菊妹总是拿出一根布绳子，两头分别系在她和杨文英的脚脖子上。这样做，是为了让杨文英放心。因为杨文英总是担心，自己一觉醒来，菊妹就不见了。当然她更担心，自己一睡过去，就再也醒不来了。每当菊妹在两个人的脚脖子上系布绳的时候，杨文英都要说："轻一点，不要系得太紧，到时候解不开的。"菊妹却说："解不开就解不开，就不要解开了。"杨文英说："要是我死了呢？"菊妹说："那我就跟你一起去死！"杨文英的眼泪就哗哗流了出来。有时候，两个人抱在一起，也不知道谁的眼泪更多一点，反正床单湿了一大片。

在病床上一直拖到说不出话来，杨文英还没有死。菊妹还是守着她，除了上街买东西，一步也不离开她。杨文英说不出话了,凡是要招呼菊妹,她就学猫叫。她就像一只特别苍老、特别可怜的老猫。她一叫,菊妹就听到了,就会跑过来,轻声问她:"痛吗?"或者问:"是要小便吗?"

临死的时候,杨文英一声接一声地叫,就像一只叫春的猫,呜哇呜哇,叫个不停。菊妹问了几十个问题,她都摇摇头,表示不对。与此同时,眉头皱紧,恨自己不能开口说话,无法让菊妹懂得她的意思。好在后来菊妹仿佛得了神的指点,突然明白了杨文英的意思:"你是要我也学猫叫吗?"杨文英赶紧点点头,眉头也迅速舒展了。菊妹就趴在杨文英边上学猫叫,喵呜——喵呜——她学得很像,就像是真的猫儿在叫。菊妹的叫声,健康、有力,它引得家里所有的猫儿也都纷纷叫了起来。老猫、小猫、公猫、母猫,真猫、假猫,这么多猫一起叫,声浪几乎要把屋顶都掀掉了。杨文英就在这一片猫叫声中,安详地走了。

阿宝要得杨文英的遗产,菊妹却不让他进门。菊妹说:"你只是她的侄子,你没有继承权的!"阿宝说:"我是她过房儿子!"菊妹说:"过房儿子不算的,法律上不认账的!"

杨文辉过来说:"我是她弟弟,我也没有继承权吗?你讲不讲法律?"菊妹说:"反正你们一样东西都不能拿走!"

杨文辉全家集体感到愤怒,一致认为菊妹脑子有问题。她是什么人?一个保姆,就想侵吞遗产?她以为她是谁呀?

事情最后闹到法庭上。法庭认为,菊妹要得遗产,只有拿出杨文英的遗嘱。如果菊妹拿不出杨文英的遗嘱,那么所有财产就应该由其弟杨文辉继承。

菊妹说:"当然有遗嘱!我当然拿得出她的遗嘱!"

杨文辉咆哮道:"那你拿出来呀!"法官也说:"那你快出示杨文英的遗嘱!"

杨文英的遗嘱,让包括法官在内的所有人都感到吃惊。从来没有听说过有这样的遗嘱。她在遗嘱中说,她的所有遗产,她银行里存着的钱、她的房子和她屋子里所有的东西,都由她家里的五十几只猫共同继承。全部的财产,由菊妹代管,继承人是她家里的五十几只猫。遗嘱上有杨文英的签名,名字旁边还摁了一个她的指纹印。有人说,这个指纹印,看上去更像是一个猫脚印。

核雕的故事

方东和方南，因为长得实在太像了，所以人们都把他们看作是一对双胞胎兄弟。其实方东要大3岁，不过他的个头看上去，比弟弟方南还要略矮小一些。两兄弟就像真的双胞胎一样，形影不离。上学总是一块儿去，一块儿回。而且读的还是同一个班。方南在班上，比所有的同学都要小1岁，所以大家都觉得方南聪明，其实方南只是比同龄人早一年上学而已。因为两兄弟从小就黏在一起，所以他们的父母就说，让他们同时去上学吧。同出同进，也好有个照顾。当然，父母是指望方东多照顾弟弟一些，因为他要大出方南3岁嘛！

然而实际情形是，许多时候，是弟弟更多地照顾哥哥。因为无论如何，看起来方南都要比哥哥大一些，成熟一些。

有次在公交车上，哥哥踩了别人一脚，那是个光头，凶狠异常，甩手就给了方东一个巴掌。方东胆小，吃了一记耳光，十八九岁的小伙子，竟然当着众人的面哭了。方南不怕狠，上前就揪住光头的衣领，两相拉扯推搡起来。光头看上去凶狠，被方南不依不饶地揪着,倒先示弱起来。最后他问方南:"那你想怎么样?"方南说:"一个耳光,不打还的话,谁也别想走!"

三个人,已经从公交车上纠缠到了大街上。方东还在抹眼泪,方南说:"哥哥,你别哭了,快来抽他一个耳光!我们还要快点回家吃晚饭呢,谁有时间在这儿跟他啰唆呀!"

方东抬头看了一眼光头,就是不敢下手。方南说:"快打呀!你不打我就打啦!"

光头号叫起来:"你敢!你敢!"

"就打你!有什么不敢的?"话音未落,一个耳光就甩上去了。那么干脆,那么响。

光头怪叫了一声,反过来要打方南。不想又被方南连抽了两个耳光。这时候方东好像才醒过来,冲上去助阵,乱踢几脚。光头大概被踢痛了,不敢恋战,竟骂骂咧咧地逃走了。

通常家里有两个孩子的,老二总是会受宠一些,老大总是会吃亏一些。但方家不是这样的。哥哥方东,反倒是像弟弟一样格外受到优待照顾。

兄弟俩成年以后,方南先找到一个女朋友。这个名叫丁小妹的姑娘,和方南谈了不久,又和哥哥方东好上了。她不光还是经常来方家,和方家的人,当然包括她的前男友方南,在一张桌子上吃饭,她甚至一如从前,会在方家过夜。只不过不再睡在方南的房间里,而是与方东同床共眠。

谁也无法从方南那里,看出一点点的不满与愤怒。而哥哥方东，也没有任何的不自然，似乎丁小妹从一开始就是他的女朋友。丁小妹这个姑娘，也是奇葩一朵，她在方家就像在自己家里一样自由，她还经常支配前男友方南为她取这取那，没有丝毫的别扭。三个人的关系，不光叫外人看不懂，就是两兄弟的父母，也实在弄不明白他们之间到底发生了什么。

两兄弟有个叔叔，是个哑巴。改革开放前，是在工艺厂工作的。后来工艺厂解散了，叔叔就一直歇在家里，靠他的腿有残疾的媳妇养他。

最近几年，以前工艺厂的下岗工人，一个个都发起财来。雕玉的、制作红木小件的，一个个都忙碌起来。哑巴叔叔自然也不例外。当年他在工艺厂，是雕刻桃核、杏核和橄榄核的。他的强项是橄榄核雕。他雕的十八罗汉，刀法简练，形象逼真而生动。以前的核雕艺人，是很少在核雕上落款的。哑巴叔叔则在他的核雕上刻下他自己的名字"方文生"。此举一出，人们纷纷效仿，不管刻得好坏，都要落下名款。但是，"方文生"这三个字，还是最为玩家所重。核雕上有无"方文生"款，不是无足轻重的事。因此坊间很快有了很多"方文生"的托款。所谓托款，即冒牌货。东西并非哑巴所刻，款却落着"方文生"。尽管如此，假方文生的十八罗汉，比其他的核雕还是要略贵一些。当然真正的行家，不看落款，也能判别真伪。方文生的作品，刀法简练、果断、老辣。越是简的东西，越难模仿。大师的作品，是有其独特的气息和神韵的。同样是十八罗汉，普通的作品总显匠气呆板。

在江苏省苏州市光福镇舟山村,如今几乎家家户户都做核雕。因为文玩兴盛,手腕上戴一串橄榄核的人,在中国大地随处可见。你去北京上海,坐上出租车,也能见到司机一边开车,一边手里拿着一串核雕捏啊转的。中国人多,一万个人里有人搞一串,也是数字惊人。所以福建、山东、河北,均有人从事核雕。当然还是以苏州为盛。苏作工艺自古饮誉天下。光福的核雕,在文玩界,自然是最受重视和欢迎的。像方文生这样的名家,其核雕十八罗汉,从最早的几百元,涨到千元、几千元,最近已是几万元了。哑巴叔叔不再像从前一样,经常是人们嘲笑欺侮的对象,他成了京沪等大城市许多人追捧的大师。许多媒体,报纸、电视台,都来采访他。遗憾的是,他是个哑巴,不能对着镜头说话。大侄子方东,就成了他的代言人。

方东口才不错,他从来不怕记者。只要摄像机镜头一对准他,他就立刻来了精神。有一句话,他总是不忘对记者说的。他说:"耳朵听不见,心里特别静,刻东西就特别专注。"他的这句话,因此也最多被媒体引用。其实,认识方文生的人都知道,哑巴的心并不安静。他坐在窗口刻东西,外面有任何动静,他都要抬起头来看上几眼的。如果看不明白究竟发生了什么,他就要放下手上的活计,亲自出门看个明白。外面若是走过年轻的姑娘或媳妇,他一定要死盯着她们看。直到她们从他的视野里消失。

虽然方东始终充当叔叔的发言人,方文生每接受采访,也都离不开方东,但哑巴的心里清清楚楚,老大方东为人浮躁,怕苦怕累，心地也没有老二方南好。所以他的手艺，早有了传给方南的打算。方文生自己没有儿女，他一向是把方东方南看作自己的儿子。当然在他心中，对老二方南要看重许多。

方南学手艺十分刻苦，他虽然不是哑巴，但他的话并不比哑巴多多少。他的心，也更为专注。他在刻台前，常常一坐就是一天。除了吃饭睡觉上厕所，就是在那里刻啊刻。学了两三年，他的十八罗汉就已刻到叔叔的水平了。叔叔看了，也没有夸他，只是将核雕拿过去，在那颗莲花鼓珠上刻下"方文生"三个字。

现如今不仅是核雕，许多行当，如玉雕、制壶，大师时间精力都有限，一年做不出几件东西的。但市场追捧，需求量大，怎么办？就在徒弟做得好的作品上，落上自己的名款。徒弟的作品只能卖三千元，刻上大师的名字，就能卖三万元，甚至十万元。有的大师，干脆自己不做了，专门负责落款。徒弟也来不及做了，就把外面做得不错的东西收进来，刻上自己的名款。

方东的脑子，比叔叔还要活络。凡有记者来采访，他都要送作品给他们。无论男女，见者有份。或是手钏，或是一粒单珠。当然不可能是方文生的作品，也不可能是方南刻的。他都是到邻居家去买非常便宜的，拿来让叔叔落款，然后去糊弄记者。方南对哥哥说："这样不好吧？"方东说："他们都不懂的！谁看得出来呀？"

方南还是觉得心里不踏实。这种东西，拿到的人不懂，但它不是食品，吃掉就不见了。东西还在，终有一天，它会遇见懂它

下编 苏州

的人。懂的人一眼就会看得出,这东西刻得很差呀!这样,日久天长,叔叔的牌子不是要坍了吗?

他于是对叔叔说,不要再在不三不四的东西上落款了。那不是在败坏自己的名声吗?方文生并未接受方南的忠告,倒是把方南的话告诉了方东。方东就对弟弟说:"不送东西给记者,他们会帮你宣传报道吗?"方南说:"只要东西做得好,就行了。"方东说:"东西做得好,非遗传承人为什么不是我们呢?"

方东说的,是"非物质文化遗产传承人"。这一称号,按理说是应该评给方文生的。传统核雕,中学语文课本里写到的那只核舟,是苏州人王叔远刻的。但最为重要的橄榄核雕基地,是在苏州。明清两朝,直到民国和1949年以前,光福舟山出了多少核雕大家啊!到了今天,这里更是中国核雕的一方重镇。光福核雕,蜚声海内外。而活着的核雕艺人中,不管有多少大师,刻得最好的,还是方文生。这个哑巴的刀法,既有传统工匠的扎实,又有文人画的灵动意趣。说他是核雕界的齐白石,一点都不为过。"非遗"传承人评给他,才是实至名归。但是,全国核雕界仅有的一个"非遗"传承人名额,却给了另外一个人。而那个人,根本就不会刻的,所有落他名款的核雕,都是他工作室里的人做的。样式呢,都是偷来的,剥了别人的样稿。他们的宣传册上所用的图片,有一件,竟是方文生的作品。但因为此人有大能耐,关系通天。这件事,曾气得哑巴生了一礼拜病。有苦说不出!他只是躺在床上,大声咳嗽,间或长叹。食物则以粥和酱瓜为主，搞得面黄如蜡，一个多月手拿不动刻刀。

　　做工艺品这一行，常常也需要天赋的。从古至今，做紫砂壶的工匠无数，能达到做出来的壶光素大气、文雅古朴堪称尤物的，近代除了顾景舟，又有几人？古代制作铜手炉，名匠是张鸣岐、王凤江；寿山石雕，则是杨玉璇。核雕也是如此，舟山村几乎家家有人做，但将十八罗汉雕刻得出神入化、生动无比的，首推哑巴方文生。他在工艺厂的时候，也拜过师，但他的师父，实在手艺平平。刻出来的东西，呆板凝滞，仿佛模制机刻。更何况，当年与哑巴一起跟着那位师父学刻橄榄核的，共有十个，虽然如今也有多人在以核雕谋生，但皆为庸刀俗手，做出来的东西甚至都还不如他们当年的师父。在市场上出售，也只是走低档路线，不过区区几百元一条手钏，赚个辛苦钱而已。

　　方南有其叔叔的天赋，每一刀，都在橄榄核上画笔一般游走。该硬朗的地方硬朗，该柔和的时候柔和。运刀如走笔，徐疾自如，疏密有致。他的作品，拿到手上仔细欣赏、反复把玩，会叫人越看越爱，心生喜悦。核雕这东西，虽说有些不登大雅之堂，却是文玩中重要的一路，深受人们喜爱，发烧友无数。清康熙年间，有个叫封锡禄的人，因为他雕制的一枚核舟，被皇上看中，结果被召入宫，进了清宫造办处，专门为皇家雕制竹刻、核雕、象牙雕等工艺品。台北故宫博物院就藏有一枚核舟，是举世闻名的国宝啊！

　　喜欢核雕的百姓成千上万，则是完全可以肯定的。新浪微博上"文玩天下"官方微博的粉丝数,有十多万之巨。核雕与玉雕、象牙雕、犀角雕的不同之处在于,它的材质并不名贵。虽然所用之核,也并非普通的橄榄,而是产于福建广东的优良品种,是专供雕刻之用的,须形好质坚,特别大的和特别小的殊为难得,因此价亦较高。那些大而有形的素核,也要卖到两千元一颗。但尽管如此,核子比起紫檀黄花梨等名贵木材来,价还是低廉的。在普通的材料上,施以工艺,特别是妙手神工,它就脱胎换骨、点铁成金了。玩核雕的特别乐趣还在于,它是小巧精致的随身之物,可以绕于腕,亦可系于腰。随时都可以取出观赏把玩,或与同好交流观摩。更为独特的是,随着一天天盘弄把玩,核子会暗暗发生变化,由先前的生涩,变为自然圆熟,色泽也由黄转红,日益莹润红亮。玩上几年,有了一层光润可人的包浆,不仅不会再开裂,而且色若琥珀,珠光宝气。那形制,那图样,仿佛不再是人工刻就,而是鬼斧神工,天然长成。玩得好的核雕,与刚刚刻出的成品,价值是不可同日而语的。而所谓玩得好,是既要出包浆,又不油腻混沌,须清洁无垢,色深而不沉,灿烂而又光泽柔和。如果是方南这样的工手,再玩至色若琥珀的境界,那么就是极品了。就是出再多的钱,也不一定就能求得到的。

一些资深的玩家已经发现,同样"方文生"款的东西,水平却有着奇妙的差异。有些,虽然也有着相当高的水准,但是,刀法却显出了疲惫,缺乏一股生机勃勃的力量。而另一些,却准确、欢腾，每个细部，都洋溢着一种创造的欢快。一些精明的玩家兼商人，开始收罗有着别样神采的"方文生"款核雕，见一件收一件。而真正是哑巴方文生亲刻的，则渐渐受到了冷落。

那些落了"方文生"款的粗俗之物，终究也给哑巴带来了报应。江湖上越来越多的人知道了，只有少量"方文生"款的核雕，是哑巴的侄子方南刻的，这才是胜过方文生的神品，才是有收藏价值和极大升值空间的。除此之外，大量的是托款，贴牌货，是庸手俗品，不值一玩。

而真的方文生所刻，竟也破天荒地出现了滞销。行家只玩方南刻的。而普通玩家，则因为托款充斥坊间，便宜，随便花个一两千元，就能买到"方文生"款的，又何苦大费银子，掏钱去买真的呢？

哑巴当然一下子心理上很不适应。买家来他家中挑作品，挑走的都是方南做的。而他亲自做的十八罗汉，半年都没卖掉一串。卖贵没人要，贱卖他又不愿意。这是多么巨大的变化啊！从前，方文生的作品，一直都是供不应求的。谁能来舟山，在他家中拿到现货，那就是此人的造化，天大的运气了！通常的情况都是，留下地址和电话号码，然后是一大沓人民币，还要像对领导一样点头哈腰，好话说得自己都感到肉麻。总之就是务请方大师多多关照，尽量拔一拔，不要忘了云云。

说方南一点不想自立门户，恐怕也不是实情。但只要叔叔不提出来，他永远都不会开口。他的兴趣，似乎并不在赚钱。事实上，他刻出了那么多好东西，自己并没有拿到多少钱。钱都是交给哑巴叔叔的。更确切些说，大部分都被哥哥方东拿去进行"公关"和"开发"了。方南的心思，都在雕刻上头，他买了大量的书，宗教的、民间传说的，还有中国古典名著。都是一些图文并茂的书。他不仅要从中学习构图和造型，也要为自己多补补文化。他意识到，光靠师父教徒弟学这样的传统方式，已经跟不上当前的形势了，是满足不了新时代的新需求的。现在的玩家，对完全传统的东西，真的是已经感到不能满足了。陈旧单调的题材，千篇一律的造型，在一些大玩家看来，只是玩的初级阶段。玩到高境界，就要收藏那些既有传统意味，又有创新精神，并且是独家品牌、别无分店的。譬如竹刻界，上海的张伟忠、浙江的俞田，还有玉雕界，苏州的杨曦，他们的作品，之所以在业内和玩家心目中备受推崇和尊重，就因为他们有迥异于传统的面目。既是汉民族的，又符合当代人的审美趣味。至关重要的是有自己在里面。有自己的思考，自己的情感，有既不同于传统，又不同于别人的自己的雕刻语言和风格。

传统的核雕，题材是相当狭窄的。最多、最常见的，就是十八罗汉，单面的，那就是十八粒，穿成一串。如果是双面罗汉，那一个手钏就是九粒。除此之外，就是观音、八仙，文气一点的题材，就是竹林七贤和羲之爱鹅。还有一个最重要的品种，就是核舟。其余，就是花篮和一些瓜果了。

要在题材上进行一些新的尝试和开拓，这种想法方南是老早就有了。他买了大量的资料，甚至有清代改琦和当代戴敦邦的红楼人物画册，以及关良、马得的戏曲人物画。还有《绣像金瓶梅》图册和其他的一些古典名著连环画。他一直在悄悄地做准备。既然叔叔不再让他在作品上落"方文生"的名款，他就设计了自己的落款。他用"南方"这样一方篆字小印，作为自己的标记，也从此开创了自己的品牌。文玩江湖上一种落款为"南方"的核雕横空出世了。

他将自己的姓名倒过来，这也是前所未有的。他觉得这样做，先自脱了俗气，给人一种清新之感。其次，他希望自己的作品，更多地体现苏作传统和江南精神。南方，既是方家的，更是江南的、南方的！以此区别于潍坊工和廊坊工。

他在传统的基础上进行了很多改良。无论是罗汉，还是八仙，还是达摩和观音，他都赋予他们以全新的面貌和精神。罗汉还是罗汉，但他们已不是庙堂里那威武严肃得不可亲近的样子了，他们变得那么可爱，具有卡通人物的特质，非常有喜感。

他还向西方美术学习。他的雕刻，得益于学院派美术，人体解剖、透视、明暗等素描关系，让他在人物塑上更准确、有力和传神。

很多媒体来采访他。当今中国，正遇上宋代、民国以后的第三个收藏高潮。许多报纸和电视台，都开设了收藏和鉴宝方面的专栏。甚至中央电视台，都来为他拍了半小时的专题片。

但是方南不喜欢接受采访。他也舍不得把自己的作品送给记者。尽管这样，还是有记者不断找上门来，因为他的名气太大了。许多人是觉得不可思议的，不就是一粒橄榄核吗，怎么让他如此风光？又是名人，又是大师的。最让一些根本不知文玩为何物的人惊诧不已的是，小小的一颗橄榄核，居然卖价几万元！一只方南创作的核舟《闹新春》，船分两层，上面一共坐了三十八个人。这样一枚核舟，竟然卖了15万元！

与哑巴叔叔渐渐几乎是断了关系。每次去叔叔家，叔叔都不理他，似乎叔叔不仅耳朵嘴巴有毛病，眼睛也出问题了。每次方南去，他都只当没看见。连头都不抬一下的。更别说笑一笑打个招呼了。婶子见了他，不知文玩为何物的人虽然没有装着不认识，态度也是怪怪的。

叔叔有次嫖娼被抓，派出所打电话给方东，方东接过一次电话，下来就关机，再也无法打通。后来电话打给方南，方南去交了5000元罚款，才把哑巴叔叔领回来。按理说婶子应该感谢方南才是。但她不。从那以后，方南去叔叔家，婶子便不开门。

方南感到委屈，也有些气愤。从此也就不再登叔叔家的门了。

叔叔和方东一起开了一家小店，店里所出售的核雕，都是从各家收来的。有好一点的，但大部分都是并不上档次的"行货"。甚至连机雕的东西都有。店里当然是不会放方南的东西的。

方南的手上，已经很少有成品了。一刻好，就被人拿走了。订货的、交了预付款的，都排了长队呢。遇到有民间工艺展览和民艺博览会之类的，方南只能向熟悉的玩家借一两件自己的作品去参展。许多时候，他就不送作品去了。所以江湖上盛传方南是一个异常傲慢的家伙。尽管如此，他的"南方"款核雕，还是一粒难求。

通常在核雕店的柜台前坐着的，都是哑巴方文生。东西不受欢迎了，眼睛呢，还越来越不好了。所以他已经不再做东西了。一位曾经的核雕名匠，居然就成了一个普通的售货员。有天方南经过小店，看到坐在柜台后面的叔叔，居然吃了一惊！这真是他吗？他是什么时候变得满头白发的呢？方南的心里酸酸的，很想上前叫一声"叔叔"。正在他伤感时，腿有残疾的婶子的一盆水，哗地从店里泼了出来。方南迈着被水贱湿的双脚，内心并无屈辱之感。他只是觉得悲哀。他的脑海里，飘来荡去的尽是叔叔的白发。他的心异常地柔软，无法确定自己内心那股酸酸的滋味是愧疚呢，还是同情。要是叔叔现在追上来，过来拉住他，像很久很久以前一样，亲热地将手搭在他的肩头，他一定会哭出来的。如果叔叔请他回去，他一定会跟着他走。如果叔叔提出来，要在他做的核雕上刻上"南方"的落款，方南也会答应。不过，显然无此可能！叔叔虽哑，却一向心高气傲，你就是打死他，他也决不会做出在自己的作品上落别人的款这样丢人的事的。在这个世界上，只有别人伪托他方文生的款，而绝无他去冒别人之名的可能。那对他来说，无疑是奇耻大辱。

那么，他也许会以手势告诉方南，允许方南再次借用他"方文生"的款。对于叔叔的哑语,方南从小就是心领神会的。如果真的发生了这样的事,那么方南也会答应的。

方南甚至有了一种不祥的预感,觉得叔叔也许将不久于人世。他的眼前,似乎已经浮现出这样的图景:满头白发的叔叔直挺挺地躺在一块门板上,他的身上,覆盖着一条大红的被子。

要是没有叔叔,我能有今天吗?方南想,我是个忘恩负义之人吗?

在叔叔的丧礼上,方南哭得非常伤心。他听到了自己的哭声。他希望叔叔也能听到,并因此原谅他。但是叔叔闭着眼,躺在那里,一副固执的样子。方南跪在他的遗体边,跪了很久,也没人扶他起来。他跪在那里,除了听到自己的哭,还听见婶子歌唱般的哭诉。她一直在指桑骂槐,好像是在抱怨,叔叔其实是被方南害死的。至少也是被他气死的吧!

叔叔过世之后,坐在核雕店柜台后的,换成了方东妻子丁小妹。她烫了很夸张的发型,嘴唇涂得艳红。耳朵里还总是塞了耳机在那里听音乐。每次走过小店,方南都会瞥她一眼。而当她发现他,也向他看过来的时候,方南收回眼光,匆匆走了。

有一天她叫住了他:"方南!方南!"

"嫂子!"他也叫了她一声。

她向他招手,大声地喊他。

"什么事啊,嫂子?"

"你别叫我嫂子,叫我名字!"

方南叫她"嫂子"，确实不光丁小妹听了别扭，就是方南自己，也觉得不自然。她是他以前的女友啊！以前，他俩谈朋友的时候，他都是叫她"小妹"的。一口一个小妹，叫得不知有多亲热。可是后来，她跟哥哥方东好上了。跟方南谈朋友的时候，她就在方家过夜了。后来跟方东好了，她还是在方家过夜。再后来，她就和方东结婚了。他就叫她"嫂子"。

"你来看！"她把他叫进店里，拿出一串手钏给他看。手钏九粒的，雕的是双面罗汉。"是你做的吗？"她问。

他还没拿到手上，就知道不是他做的。一看气息就不对的。并且材料还是铁蛋核。方南是从来不雕铁蛋核的。虽然它细腻、密度高，也容易盘深颜色和玩出包浆，并且也不太会开裂。但在方南看来，它不够雅气。

"不是落了你的款吗？"丁小妹说，"喏，你看，这里，'南方'，不是吗？"

这个篆字小章，倒是仿得有七分像。但罗汉雕得实在一般。正因为仿制比较用心，所以许多细节的处理，显得十分拘谨。不像方南所刻，刀随心动，线条自如。"谁做的？"方南问。

丁小妹说："我怎么知道！有人拿来叫我看，我又看不出到底是不是你做的。"

但是方南并没有很确定这不是他的作品。他一直都是这样的，凡是看到别人托款"南方"的东西，他的反应都不那么强烈。对那些仿得比较好的，他甚至还表示出赞美和欣赏。他是这

下编 苏州

么想的：大家都是想吃口饭，也都不容易，托他的款，其实也是看得起他方南。再说了，真正刻得好的，应该也没必要来仿他，总有一天会出来，会超过他方南的。而仿制和托款，多少是没出息的表现，也就不用担心他们会抢了自己的饭碗。再说了，"南方"款的核雕，都是行家玩的，高端的玩家，不用看款，就知道是不是方南做的。洒脱的运刀，准确的造型、开相，以及独到的气韵，是无论如何也仿不出来的。

"雕得像不像？"丁小妹的目光瞟过来，方南看到了一种熟悉的妖媚。昔日的恋人，今天的嫂子。他们已经多久没有这样单独在一起了？他闻到了她洗发水的香味。这香味，是多么熟悉呀！他不禁一阵心荡神驰。

"我要到北京去了！"方南对嫂子说，"有人给我开了一家工作室，条件非常好的。北京毕竟是首都，我去那里做，一边还可以到中央美院雕塑系进修。反正做东西，在哪里都是一样的。"

方南四十出头了，还是单身一人。他至今只谈过一次恋爱，就是和丁小妹。后来丁小妹和方东好了，成了他的嫂子，外界都认为方南的女人是被他哥哥抢掉的。真实的情况并不是这么简单的。虽然说，从小到大，在家里，方南什么都是让着哥哥的。他的衣裳，没有一件不是方东穿过的。但是让女人，好像真的是没有这么简单的。在丁小妹投入方东怀抱之前，她与方南之间，已经出现问题了。丁小妹是一个性欲特别旺盛的女人，她只要和方南在一起，就要做那个事情。方南有点吃不消她了。虽然方南性格坚强，较能吃苦，从小也都是他更多地照顾哥哥，保护哥哥，但他体质向来不好，文弱多病，与他的性格和外形有较大的反差。

有人帮他把工作室开到北京，帮他联系了中央美院雕塑系进修。他一个人无牵无挂，也就很爽快地答应了。北京大码头，玩核雕的特别多，行家高人也都在那里。这对方南的事业，当然是再好不过了。方南已经去北京看过了，工作室就在东交民巷的一个老宅子里，环境十分幽雅。他一看，就喜欢上了那个地方。他孤身一人，吃饱了全家不饿，走到哪里都是家。

现在，他却突然有了一些不舍。丁小妹听说他要去北京发展，眼睛里竟然泛出了泪光。"不回来了吗？做北京人了呀？你要讨个北京女人成家吗？"

如果丁小妹劝他不要走，别去北京，北京有什么好呀？人生地不熟的，吃的住的都不一定会习惯，而且北京空气干燥，核子也容易裂呀！如果她这么说，他会不会听她的，就此改变主意，不去北京了呢？

丁小妹从脖子里取下一颗金花生，递给方南说："这个给你留个纪念吧！别忘了家乡！"

方南推辞不要，丁小妹的眼泪唰唰地流下来了："你也送我一件东西好了！"

方南掏出手机，将挂在上头的一颗核雕取下来，给了嫂子。这枚达摩渡江，是他去年刻的。达摩的神情悲悯而固执，其中有许多神来之笔。多少人出重金要买了去,他都没舍得。一年多戴下来,已经有了好看的包浆。核雕要养出漂亮的包浆,其实也是有一些讲究和窍门的。许多人都喜欢将核雕在鼻子两边蹭油。其实这样不好,会把核子搞腻,甚至是搞脏。核雕一定要干净才漂亮。如果手不干净,是不适宜把玩它的。干净的手,轻轻地摩挲它,日子久了,它就会红润莹亮,像琥珀一样。还要经常用干牙刷刷它,把它凹陷处刷得干干净净。同时也是给手摸不到的地方上包浆。一定要是干净的干牙刷,不能带丁点儿水。核雕最怕的就是水,沾上了水,就容易开裂。当然,汗水它是不怕的,反倒喜欢。多接触汗水,它会红得更快、更美。一件核雕,玩好了,玩出了好的包浆,就不会再开裂了。价值也比刚刻出来的时候要高很多的。

丁小妹接过这枚核雕,把它放在手心里仔仔细细地看。她说:"'南方'款原来是这样子的啊!方南,我还是第一次看到你做的东西呢!你雕得真好啊!"

方南说:"这粒达摩渡江,许多人都要向我买,我一直舍不得卖掉。看来我不卖掉是对的,否则今天就不能把它送给你了。"丁小妹一把拉住方南的手:"方南,你不要到北京去!"

方南说:"合同都签好了,一切都安排好了,不可以不去的!"

丁小妹一下子扑进方南的怀里,说:"我不让你走!"她一边哭,一边告诉方南,方东如何对她不好,他的心思根本不在家里，他一直在外面赌，欠了别人很多债。而且，他在外面，还有别的女人。

叔嫂两个人，这副样子，方东在店门外早就看到了。他被内心一股恶气推着，终于走进了店里。他脸色铁青地走进店里，方南和丁小妹，却还是浑然不觉。